Silke Scheuermann
Die Häuser der anderen

Roman

Schöffling & Co.

Für Matthias

Erste Auflage 2012
© Schöffling & Co. Verlagsbuchhandlung GmbH,
Frankfurt am Main 2012
Alle Rechte vorbehalten
Satz: Fotosatz Amann, Aichstetten
Druck & Bindung: Pustet, Regensburg
ISBN 978-3-89561-374-6

www.schoeffling.de

Die Häuser der anderen

Madonna im Grünen

Der Winter war endlos und dunkel gewesen, im April schneite es noch mehrmals, der Mai hatte Nachtfrost und Stürme gebracht und selbst der Juni nur kühlen Regen, aber dann war innerhalb von wenigen Tagen doch noch der Sommer gekommen. Der Juli begann unvermittelt heiß und gleißend hell; die Sonne machte jeden Tag zum Fest. In den Nächten entluden sich Gewitter, doch morgens leuchtete der Himmel in frischem Blassblau, die Vögel tschilpten und hopsten auf den feuchten Zweigen herum, und die Wiesen hinter dem Viertel glitzerten nass vom Tau. *Am Kuhlmühlgraben* hieß die letzte, noch zum Stadtteil gehörende Straße im Osten, eine lange Reihe gepflegter frei stehender Einfamilienhäuser. Im dritten Gebäude, dem weißen Haus mit dem frisch bepflanzten Vorgarten, gingen die Rollläden um Punkt sieben Uhr früh hoch, obwohl es Sonntag war. Luisa machte ihre Runde und fing dabei wie immer mit den Wohnzimmerfenstern zum Garten hinaus an. Benno, der Mischlingshund, lief erwartungsvoll hinter ihr her. Er war gelblichbraun bis auf ein paar schwarze Flecken und mit einem Jahr praktisch ausgewachsen. Genauso lange wohnten Luisa und Christopher inzwischen hier.

»Vor dem Haus ist Stadt, und dahinter beginnt das

Land, wir haben beides«, hatte Luisa entzückt gesagt, als sie das Haus, das Christopher von seiner Großmutter geerbt hatte und am liebsten sofort verkauft hätte, zum ersten Mal besichtigten. Sie hatte nicht lange gebraucht, um Christopher zu überzeugen, dass es genau das richtige neue Zuhause für sie sei. Es war nicht weit bis in die Innenstadt und die lebendigeren Frankfurter Stadtteile wie Bornheim oder Nordend, wo sie vorher in viel zu engen Altbauten zur Miete gewohnt hatten.

Als Luisa die Terrassentür aufmachte und die frische Luft einatmete, roch sie Gras und feuchte, modrige Erde. Auch vom Haus nebenan hörte sie nun Geräusche. Das Leben am Kuhlmühlgraben begann früh. Das lag weniger an den kleinen Kindern – die gab es hier kaum –, es waren die Hunde, die den Tagesrhythmus bestimmten. Sie beschützten die Grundstücke und nahmen die Plätze in den leeren Heimen ein, wenn der Nachwuchs die Familie verlassen hatte. Den jüngeren Paaren, die sich nicht sicher waren, ob sie ein Baby wollten, dienten sie als Versuchslebewesen; gestresste Mittvierziger zwangen sie dazu, regelmäßig zu joggen oder zumindest spazieren zu gehen – dies und mehr hatte Luisa von anderen Hundehaltern erfahren. Was ihr allerdings als erstes aufgefallen war, waren die vielen Rassehunde. Zwei Dalmatiner lebten am Kuhlmühlgraben, ein Windhund, ein Bernhardiner, ein Riesenpudel, zwei Chow-Chows und ein achtzehn Jahre alter, halb blinder und tauber Pekinese, der nur noch Kalbsleberwurst fraß. Vorn protzte man mit den Autos, hinten mit den Hunden – so war die Straße eben auch, und diese

Ambitioniertheit gefiel Luisa und Christopher sehr gut, schließlich wollten sie genauso wenig auf der Stelle treten.

Luisa machte erst Kaffee, nachdem sie lange vor dem Spiegel gestanden hatte. Sie hatte immer schon eine Tendenz zur Eitelkeit besessen, und die hatte neulich noch einmal einen Schub bekommen, als ihr ein Handwerker sagte, sie sähe Lauren Bacall zum Verwechseln ähnlich. Der Mann hatte ein Trinkgeld bekommen, das ihn abwechselnd rot und blass werden ließ, danach reparierte er freiwillig noch die Leisten im Wintergarten. Luisa flocht sich einen langen Zopf und steckte ihn im Nacken zu einer Schnecke auf. Sie war aschblond und hatte ein längliches Gesicht mit geschwungenen, fast unsichtbaren Augenbrauen. Benno, der langsam ungeduldig wurde, brachte ihr einen Turnschuh; sie musste lachen und ließ endlich von ihren Haaren ab.

Aber sie verfiel trotzdem nicht in Hektik, es war so friedlich morgens, wenn Christopher noch schlief und ein gemeinsamer freier Tag vor ihnen lag. Sie ging in die Küche, stöberte im Kühlschrank, beschloss dann aber, dass es noch zu früh sei, um etwas zu essen. Sie holte die Zeitung und setzte sich damit hin, aber sie konnte sich nicht recht darauf konzentrieren.

Die Sonntage waren hier träge und melancholisch, doch dieser versprach anders zu werden. Im Laufe des Vormittags bekämen sie Besuch von ihrer Schwester Ines, ihrem Freund Raimund und Ines' kleiner Tochter Anne. Anne sollte einen Teil ihrer Sommerferien bei ihnen bleiben. Luisa war aufgeregter, als sie es sich eingestehen wollte.

Sie hatte schon vor einer Woche mit den Vorbereitungen angefangen, indem sie die Terrasse aufräumte und gelegentlich Buntstifte, Tannenzapfen und Papier in eine Kiste legte, lauter Dinge, mit denen ein acht Jahre altes Mädchen vielleicht gerne bastelte. Natürlich hoffte sie vor allem, das Mädchen würde sich mit Benno anfreunden. Mit anderen Spielkameraden, das hatte sie Ines am Telefon gesagt, würde es hier für Anne schwer werden. Aber Ines war das egal gewesen; sie hatten Anne für ein paar Tage nach Wien mitgenommen, und jetzt wollte sie mit ihrem Freund eine Woche allein weg. Ines' Psychotherapeutin hatte ihr sehr dazu geraten. Der gesunde Egoismus der Mutter wirke sich nur positiv auf das Kind aus, hatte Ines ihrer Schwester erzählt. Sie und Raimund bräuchten dringend Zeit füreinander, nur zu zweit. Es war selten, dass Ines um etwas bat – sie hatten nicht besonders viel Kontakt, um genau zu sein –, und so hatte Luisa gleich ja gesagt, anstatt sich zu fragen, ob sich der gesunde Egoismus der Mutter auch positiv auf sie und Christopher auswirken würde.

»Sie wollen sie nur abladen«, hatte Luisa Christopher ausgerichtet. »Sie ist absolut brav. Und wenn sie was will oder braucht, dann sagt sie es – total unkompliziert.« Luisa überlegte, wann sie Anne das letzte Mal gesehen hatte. Zuletzt hatte sie ihre Schwester in Heidelberg besucht, doch da war das Mädchen bei irgendeiner Schulveranstaltung gewesen. Ein Sportfest? Eine Wanderung? Luisa erinnerte sich nicht.

»Warum nehmen sie Anne dann nicht mit?«, wollte

Christopher wissen. Wie immer, wenn Luisa ihn vormittags in seinem Zimmer besuchte und bei der Arbeit störte, war er leicht gereizt und behielt seinen Laptop im Auge, als könnten seine sorgfältig angelegten Tabellen allein aufgrund ihrer unerwünschten Anwesenheit schlagartig verschwinden.

»Keine Ahnung, du kennst doch Ines. Aber man muss praktisch nichts mit ihr machen. Ines hat gesagt, sie malt und bastelt vor sich hin. Wir haben doch auch eine Menge Zeichentrickfilme.«

An diesem Punkt hatte Christopher auf seinen Schreibtisch gesehen und etwas gebrummt, und sie hatte das als Zustimmung gedeutet.

Das war vor etwas über einer Woche gewesen. Jetzt ging Luisa noch einmal durch alle Zimmer und überlegte, was noch nicht getan war. Am Vortag hatte sie alles gründlich aufgeräumt. In allen Zimmern standen nun Vasen mit Wiesenblumen, in der Küche leuchtete die bunte Tischdecke aus Bali, die Ines ihr geschenkt hatte, und im Gästezimmer lagen einladend frische Handtücher auf dem Bett, außerdem hatte sie Anne eine Schale mit zwei Äpfeln und einigen Keksen hingestellt, damit sie sich willkommen fühlte. Im Garten hatte sie einen großen Plastikbehälter mit dem Schlauch abgespritzt und ausgewaschen, in dem vorher Trockenfutter für Benno gewesen war, und ihr unter den Schreibtisch gestellt. Darin könnte sie Sachen sammeln, die sie auf den Wiesen oder am Waldrand fand. Luisa kannte zwar kaum Kinder, hatte aber eine klare Vorstellung davon, was die gern taten.

›11‹

Sie warf einen letzten prüfenden Blick ins Schlafzimmer und auf das Bett und konnte Benno gerade noch davon abhalten, draufzuspringen und alles zunichtezumachen, dann endlich leinte sie den Hund an und ging mit ihm nach draußen.

Sie nahm nicht den Weg über die Terrasse, sondern lief über die Vordertür und dann um das Haus herum, denn sie wollte die Tür nicht offen stehen lassen, solange Christopher noch schlief. Über den Mühlbach, der trotz des nächtlichen Regens nicht mehr als ein Rinnsal war, führte eine kleine Brücke. Die Wiesen glänzten und funkelten, und Benno war kaum zu halten; als sie ihn freiließ, flitzte er quer durch das Gras. Man sah sehr weit, und in der Ferne machte Luisa die Schemen von Frau Taunstätt, der bekannten Fernsehmoderatorin, und ihren beiden Chow-Chows aus. Die beiden Hunde mochten Benno nicht – genau genommen mochten sie überhaupt keine anderen Hunde –, und Benno wusste das und rannte gar nicht erst hin. Luisa spazierte in Richtung der alten Fabrik. Sie vergaß dann sehr bald die Zeit und begann sich auszumalen, was sie mit der Nichte unternehmen könnten: am Main spazieren gehen und Eis essen oder ins Museum – Ines hatte einmal erwähnt, Anne liebe Bilder, und Luisa war schließlich Kunsthistorikerin. Oder sie könnten am Waldrand hinter den Hundewiesen ein Picknick machen. Das wäre vielleicht sogar schon für diesen ersten Abend eine Möglichkeit. Sie würden einen Korb und eine große weiße Tischdecke mitnehmen und sich an eine Waldlichtung setzen, sie stellte es sich vor wie Monets *Frühstück im Grü-*

nen. Bei Claude Monet war alles heiter und romantisch; die Ausflügler gruppierten sich locker um die üppig mit Wein, Früchten und einem Brathuhn dekorierte Picknickdecke, die beiden Frauen trugen helle weite Sachen, die das Licht, das durch die Bäume fiel, auffingen und reflektierten. Ursprünglich hatte der Maler ein Riesenbild schaffen wollen, zwölf Personen; das Vorbild für die Natur war der Wald von Fontainebleau gewesen. Das Licht flirrte in den Birken, und über der ganzen Szenerie lag ein Glanz, als spielte eine Blaskapelle. Luisa hatte sich immer vorgestellt, dass dieses Picknick an einem Sonntag stattfinden müsste, und sie fand den Gedanken charmant, dass es zu all dem, was es als Kunstwerk darstellte, auch noch die appetitliche Aufforderung war, sich selbst zum Essen ins Freie zu begeben. Luisa hatte eine praktische Ader und liebte es, Dinge umzusetzen. Eines ihrer Lieblingswörter war deshalb »effizient«, und obwohl es ein wenig technisch war, bezog sie es gern auf sich selbst. Möglicherweise, überlegte sie sich manchmal, bin ich aber im Grunde meines Wesens faul und nur deshalb so effizient. Aber es kam, so gesehen, eigentlich auf das Gleiche heraus, denn wenn es so war, verbarg sie ihre Faulheit durch permanente rastlose Tätigkeit ganz gut. Für das Picknick hatte sie einen Platz auf einer kleinen Lichtung im Sinn, die von Birken gesäumt war.

Als sie zurückkamen, hatte die Stimmung sich verändert. Alle Türen waren aufgerissen, es roch nach Toast, und aus Christophers Zimmer dröhnte laute Musik. Er kam halb angezogen im T-Shirt, die Hose in der Hand, in den Flur, um sie und Benno zu begrüßen.

»Ihr wart ganz schön lange weg.«

»Ja?«

»Ines hat angerufen, sie sind schon in einer halben Stunde da«, sagte er und stieg in ein Hosenbein. »Meine Güte, wieso stinkt Benno so?«

»In einer halben Stunde schon?«

»Sie hat den Hin- und den Rückflug verwechselt – was die Zeit angeht. Er stinkt wirklich erbärmlich.«

»Er hat sich in irgendwas gewälzt«, sagte Luisa, verärgert über ihre Schwester. Sie konnte es nicht leiden, wenn sie sich einen Plan für den Tag zurechtgelegt hatte, und dann hielt sich jemand nicht an die Absprachen und zerstörte alles. Sie traute Ines zu, dass sie das mit Absicht gemacht hatte.

»So was wie Entenscheiße?«

Benno machte Anstalten, sich im Schlafzimmer auf das ungemachte warme Bett zu werfen, aber Christopher hielt ihn fest.

»Ich brause ihn mal ab«, sagte Luisa und übernahm es, den Hund, der nichts Gutes ahnte, am Halsband ins Bad zu ziehen. Als sie ihn gerade nass gemacht hatte und sein spezielles Shampoo auftragen wollte, klingelte es. Das war keine halbe Stunde, dachte Luisa gereizt, sie muss gleich angerufen haben, nachdem ich raus bin. Warum in Dreiteufelsnamen hat Christopher *das* nicht gesagt? Sie hörte Stimmen im Flur, das helle, spöttische Lachen ihrer Schwester. Sie sah an sich herunter, sie war immer noch in der

›14‹

alten Jeans und dem T-Shirt, in dem sie auch geschlafen hatte – abgesehen davon, waren die Sachen ziemlich nass, genau wie der Hund, der sich jetzt um keinen Preis der Welt mehr in der Badewanne aufhalten, sondern die Gäste begrüßen wollte. Sie gab es auf, stellte das Shampoo weg, hievte Benno aus der Wanne. Sie warf rasch ein altes Handtuch über ihn, in der Hoffnung, ihn wenigstens noch abtrocknen zu können, aber er galoppierte davon wie ein gesatteltes Pferd. Vom Flur her hörte sie Ines kreischen: »Niiiiicht! Ben-no!«

»Ben-no! Du sollst nicht hochspringen, du dummes Vieh«, schimpfte Christopher.

Luisa stand im Badezimmer plötzlich still; sie hörte alles, sie gehörte dazu. Aber sie war trotzdem nicht da. Es war einer *dieser* Momente. Unbeweglich stand sie da; die Zeit war eingefroren. Luisa spürte unglaublich intensiv, dass sie existierte und dass dies etwas war, das sie glücklich machte. *Diese* Momente waren selten und kostbar, sie kamen, wann sie wollten. Luisa sah eine Frau im beschlagenen Spiegel, ein Gesicht, ein blasses Dreieck, und sagte sich: Das ist das Leben, halt es fest. Wie sie jetzt, kurz bevor sie ihre Schwester, deren Tochter und Freund sah, kurz bevor sie zu ihnen in die Küche gehen und sich setzen und plaudern würde, hier im Badezimmer stand und atmete und nass war und dastand und all diese Dinge empfand, so stark, dass sie fast platzte.

Die Badezimmertür wurde von einer breiten gelblichen Schnauze aufgeschoben, und Benno stand wieder vor Luisa. Er war angeschrien worden, und er war ein empfindsamer Hund. Luisa wusste wieder einmal, warum sie ihn so gern hatte. Er war es, der jede ihrer Stimmungen als erster wahrnahm. Sie umarmte ihn und drückte ihm einen Kuss an das feuchte Schlappohr. Er stank immer noch. Sie riss sich zusammen und rief laut: »Ich bin mit Benno noch nicht fertig – setzt euch schon mal in die Küche.« Und nach kurzem Nachdenken fügte sie hinzu: »Anne kann herkommen und zugucken.«

Der Gedanke war ihr soeben gekommen: dass es vielleicht lustig wäre, Anne auf so eine unkomplizierte Art kennenzulernen, sie beide nass gespritzt vom Hundebaden, lachend über die Wanne gebeugt. Ein Interieur, intim, ein wenig kitschig, ganz wie von Degas gemalt.

Sie hörte Trippelschritte, und dann schob sich ihre Nichte herein.

»Hallo, Tante Luisa.«

Anne war mager und ziemlich farblos, wie blonde Kinder es häufig sind. Sie hatte eine Zahnspange und trug außerdem eine Haarklammer aus braunem Plastik und Ohrringe, an denen kleine Sterne baumelten. An ihrem Jeansrock waren Hosenträger angebracht, und auf Luisa machte dies zusammen den Eindruck eines hilflosen Kindes, das von allen Seiten her zusammengehalten und befestigt werden musste. Sie winkte sie heran, aber Anne blieb schüchtern im Türrahmen stehen und betrachtete den Hund.

»Das ist Benno«, sagte Luisa überflüssigerweise. »Ich bade ihn gerade. Kommst du mal her? Du kannst mir mit dem Shampoo helfen.«

Sie fühlte sich sicher, sie war hier, in ihrem Badezimmer und ihrem Leben. Sie hatte alles im Griff.

»Lieber nicht«, sagte Anne. »Es riecht hier drinnen so komisch. Und ich finde ihn gar nicht hübsch.« Sie deutete auf Benno.

Luisa blieb die Spucke weg. Sie folgte Annes Blick und sah den Hund an. Natürlich – sie hatte recht, Benno war wirklich kein besonders schöner Hund. Inmitten der Prachtexemplare am Kuhlmühlgraben war er immer die Ausnahme gewesen. Luisa hatte das gleich zu Anfang gemerkt, als sie den Welpen von der Bekannten einer Bekannten bekommen hatten, und hatte geklagt, dass der Kleine zwar süß sei, aber nicht hübsch, und er nicht zu dem Hund heranwachsen würde, den sie gewollt hatte. Aber inzwischen war das längst vergessen. Sie sah nur noch die treuen, schwarzen Knopfaugen und die perfekte schwarze Nase auf der breiten gelben Schnauze. Jetzt betrachtete sie ihn seit langem wieder einmal mit fremden Augen.

So sah er eher aus wie das Produkt eines Kinderspiels, bei dem der eine den Kopf zeichnet, dann das Blatt faltet, der nächste blind den Rumpf ergänzt, der dritte die Beine und so weiter.

Nein, er war nicht besonders hübsch, aber dafür war er liebenswert. Was man von diesem Gör ja wohl nicht behaupten konnte.

Luisa blickte das Mädchen in einem so deutlichen Anfall von Wut an, dass es im Türrahmen einen Schritt zurück trat. Aber Luisa konnte sich beherrschen und unterdrückte eine schneidende Bemerkung. Anne zog eine unsichere Grimasse; sie schien zu warten, bis sie wieder gehen, endlich dieses nasse, nach Tier stinkende Bad wieder verlassen durfte. Als ob sie hier irgendwie im falschen Film gelandet wäre, dachte Luisa. Ich werde dich nicht erlösen. Schweigend bearbeitete sie den Hund weiter und machte dann die Brause an.

»Anne! Tante Luisa hat Kuchen da, willst du ein Stück?«, hörte sie von draußen ihre Schwester, und Annes Trippelschritte entfernten sich.

Als sie in die Küche kam, saß das Mädchen auf einem Kissen auf dem Küchenstuhl wie die Prinzessin auf der Erbse und aß geziert mit der kleinen Gabel ein Stück Obstkuchen. Jetzt sah sie aus wie eine richtige kleine Streberin. Luisa suchte Christophers Blick, aber der war zu vertieft in ein Gespräch mit Raimund über die Schönheit Andalusiens. Luisa war überrascht, wie zierlich Raimund wirkte, das war eigentlich überhaupt nicht Ines' Typ. Womöglich war es auch ein Ratschlag ihrer Therapeutin gewesen, in ihrem Liebesleben einmal eine Abwechslung zu wagen.

»Habt ihr genug Kaffee?«, fragte Luisa in die Runde. Sie war noch immer so aufgewühlt von der brutalen, unpassenden Ehrlichkeit des Mädchens, dass sie sich lieber beschäftigen wollte, bis diese Stimmung verraucht war.

Ines stand auf und umarmte sie, sie roch nach einem herben Parfum: »Jetzt entspann dich mal, Lulu«, sagte sie gönnerhaft, was Luisa innerlich zum Kochen brachte – sowohl der alte Spitzname als auch der nie ausbleibende

Hinweis darauf, dass sie angestrengt wirkte. Ines stellte Raimund vor, und alle vier taten so, als hätten sie sich längst kennenlernen wollen und wären nur durch widrige Umstände nicht dazu gekommen.

Sie unterhielten sich eine Weile über Wien – Raimund, Ines und Anne hatten viele Museen angeschaut und waren im Burgtheater gewesen – und dann über die anstehende Reise. Christopher wollte wissen, wie viel sie für das Auto bezahlen müssten, wenn es zwei Wochen am Flughafen stand. Die ganze Zeit über beobachtete Luisa Ines. Sie trug ein buntes Stirnband und ein kurzes schwarzes Sommerkleid und hatte die Lippen rot geschminkt. Sie sah glücklich aus und nicht ansatzweise so überarbeitet wie Raimund, der zweimal zum Rauchen auf die Terrasse ging. Höchstens einen Meter fünfundsiebzig groß, hatte er auffallende, gepflegte Hände, mit denen er viel herumfuchtelte. Seine dunklen Haare waren strubbelig, aber das sollte wohl so sein. Er machte irgendetwas in der Computerbranche, erinnerte sich Luisa. Er war sympathisch, aber am liebsten hatte sie Sebastian gemocht, den Vater von Anne, der für zwei Monate nach Seattle gegangen und dann dortgeblieben war. Raimund kam zurück und sagte, wie schön er den Garten fände, und daraufhin nahm auch Ines sich einen Moment Zeit, um das Haus zu loben, aber es klang gekünstelt. Luisa, deren Aufregung sich langsam in ein mattes Gefühl von Enttäuschung verwandelt hatte, unterbrach sie: »Willst du noch ein Stück Kuchen, Anne?«

»Wenn ich darf«, sagte die doch tatsächlich vornehm.

Luisa klatschte ihr eines auf den Teller und ließ sich dann wieder auf den Stuhl fallen. Raimund wollte ebenfalls noch Kuchen.

Ines sagte: »Tja, wir haben noch gar nicht gefrühstückt, ich habe gesagt, hier gibt es bestimmt was.«

Biest, dachte Luisa. Kommt sich clever vor, ist aber zu dumm, es für sich zu behalten. Ines begann, von den Malkursen zu erzählen, die sie gab, seit sie mit Hilfe ihrer Psychotherapeutin herausgefunden hatte, dass das freie Künstlerdasein sie zu sehr stresste. Luisa lächelte in sich hinein und dachte, sie hätte ihr das ebenfalls sagen können, und zwar schneller und mit weniger Zeitaufwand und Kosten verbunden als bei einer Therapie – man brauchte eigentlich nur Ines' letzte Bilder anzusehen. Aber sie fragte ja keiner. Ines schlug vor, sie sollte ihr doch noch den Rest des Hauses und Annes Zimmer zeigen, dann wäre es leider schon wieder Zeit für sie zu gehen. Luisa hatte nichts dagegen, dass es ein ausgesprochen kurzer Besuch wurde, denn ihr waren inzwischen wieder all die Gründe eingefallen, weshalb sie beide sich so selten sahen.

»Ja, gehen wir hoch«, sagte sie, »lass mich nur noch meinen hässlichen Hund füttern.«

Nachdem Ines und Raimund gegangen waren – Anne, die über das Zurückgelassenwerden nicht besonders niedergeschlagen zu sein schien, hatte versprechen müssen, jeden Abend vor dem Schlafengehen kurz anzurufen –, schlug die Tür hinter ihnen zu, und sie waren wieder allein. Mit

Anne, natürlich, die von sich aus angefangen hatte, das Geschirr zusammenzuräumen. Der verlassene Tisch sah traurig aus. Die benutzten Kaffeetassen hatten Ränder, Krümel lagen auf allen Tellern außer bei Ines, die nur die Beeren gegessen und den Biskuitboden liegen gelassen hatte.

Anne klapperte mit den Kuchengabeln.

»Das ist nett von dir, Anne, aber das musst du doch nicht machen«, sagte Luisa überrascht.

»Lass sie doch«, widersprach Christopher, zu dessen Aufgaben das Ein- und Ausräumen des Geschirrs eigentlich gehörte.

Den Rest des Vormittags war Anne, genau wie Benno, immer da und beobachtete, was Luisa gerade tat. Sie zeigte weder Missfallen noch Sympathie, als ob sie erst einmal Eindrücke sammeln müsste, um sie dann zu bewerten. Luisa gab ihr eine Schüssel, damit sie ihr helfen konnte, Brombeeren zu pflücken, und sie tat es eifrig, dann sortierte sie mit Geduld und seliger Ernsthaftigkeit noch alle Blättchen und unreifen Früchte aus, die sich in die Schüssel verirrt hatten. Irgendetwas machte Luisa misstrauisch daran, aber sie konnte beim besten Willen nicht sagen, was. Sie schlug Anne vor, sie könne sich doch mit einem Korb Zapfen, Zweigen und Klebstoff auf die Terrasse setzen und etwas basteln, aber Anne wollte lieber beim Bettenmachen und Staubsaugen helfen. Während das Mädchen mit einem Tuch so sorgfältig über einen alten Sekretär im Wohnzimmer fuhr, als könnte der sich gleich bewegen und über sie beschweren, wenn sie nicht aufpasste, sagte es: »Das ist ein schönes Haus. Ich würde auch lieber in einem *ganzen* Haus wohnen als bloß im dritten Stock. Früher hat unser Haus einer großen Familie gehört, einer einzigen, stell dir vor, und heute sind es fünf Wohnungen. Ganz oben, wo jetzt die alte Frau Moll wohnt, da waren die Zimmer für die Dienstboten. Ich würde am liebsten genau dort einziehen. Wenn man unter dem Dach schläft, hört man nachts den Regen, das mag ich. Ich habe keine Angst vor Gewittern. Wirklich nicht, das behaupte ich nicht nur so.«

»Unser Gästezimmer ist leider nicht direkt unter dem Dach, aber vielleicht lässt sich da was machen.«

Sobald Luisa den Satz ausgesprochen hatte, wurde ihr klar, dass sie absolut keine Lust hatte, Annes ganzen Kram noch mal umzuräumen. Sie hoffte, das Mädchen würde ihr halbherziges Versprechen nachher vergessen haben.

Kurz darauf beschwerte sie sich bei Christopher: »Anne macht gar nichts für sich. Sie bastelt nicht und kann sich nicht alleine beschäftigen. Und du glaubst es nicht, aber sie will mir den ganzen Tag im Haushalt helfen. Völlig anormales Verhalten, wenn du mich fragst.«

Er hatte sie natürlich nicht gefragt, das war sie aber schon gewöhnt. Bei dröhnender Musik arbeitete er an seiner Habilitation über das Zwitterblumenproblem und die Selbstbestäubung bei irgendwelchen Kräutern oder Unkräutern. Er murmelte, im Haushalt helfen sei ja wohl kaum ein Grund zur Beschwerde. Als er dabei kurz vom Laptop aufblickte, sah Luisa an seinen Augen, dass er ihr gar nicht zugehört hatte. Sie verschwand wieder. Natürlich, er hatte sie wiederholt gebeten, ihn nicht zu stören;

aber schließlich hatten sie nicht oft ein Kind zu Gast, und sie brauchte seine Einschätzung der Situation, um ihre eventuell zu überprüfen und zu korrigieren. Sie war relativ viel allein, seit sie hierher gezogen waren, noch mehr – sie war zwei Tage die Woche am kunstgeschichtlichen Institut und gab ihre Seminare, aber das war auch schon alles. Luisa wusste, dass sie aufpassen musste; sie wurde bald vierzig, und um keinen Preis wollte sie zu diesen verschrobenen Frauen gehören, die sich ihre einsamen Gedankengebäude errichten, die kaum noch Fundamente in der Wirklichkeit haben, Luftschlösser aus Angst und unberechtigten Hoffnungen. Oder, wie in diesem Fall, Antipathie.

Am Mittag machte Luisa Ravioli – ein Essen, das Kinder mochten –, und Christopher setzte sich kurz zu ihnen vor den Fernseher, wo das Mittagsmagazin lief. Anne war entzückt, beim Essen fernsehen zu dürfen, während Christopher auf diese Weise seinen Gedanken nachhängen konnte, und so waren alle zufrieden. Dann zog Christopher sich mit einer Tasse Kaffee zurück, um erst am Spätnachmittag müde und mit Appetit auf kalte Nudeln wieder aufzutauchen. Luisa stürzte sich sofort auf ihn.

»Ich erzählte ihr vorhin, dass hier dienstags und samstags ein kleiner Markt ist und dass ich hingehe. Da hat sie ziemlich lange überlegt und dann gefragt, jeden Dienstag und jeden Samstag, und ich sagte, ja, genau, und dann wollte sie wissen: Und gehst du auch, wenn es regnet oder du Kopfweh hast?, und ich sagte, ja, dann nehme ich einen

Regenschirm beziehungsweise eine Tablette, und sie hat daraufhin wirklich komisch geguckt. Dann habe ich ihr erklärt, dass ich auch jeden Morgen, nicht nur Dienstag und Samstag, mit Benno spazieren gehe, auch wenn es regnet oder ich krank bin, denn der Hund muss nun mal raus. Das hat sie vollkommen beeindruckt. Findest du das nicht merkwürdig?«

»Nein, eigentlich nicht. Du kannst ihr doch auch sagen, dass ich Dienstag, Mittwoch und Donnerstag im Labor bin. *Jeden* Dienstag, Mittwoch und Donnerstag.« Christopher lachte schallend los. »Weißt du was, Luisa, ich glaube, sie ist einfach kein besonders geregeltes Leben gewöhnt. Ines macht das, was ihr gerade in den Kopf kommt, und so kennt Anne es. Ich denke, sie findet das furchtbar entspannend hier. Ich habe den Eindruck, sie fühlt sich ziemlich wohl.«

Luisa war gekränkt, mehr darüber, ausgelacht zu werden, als über das, was er sagte: »Findest du unser Leben langweilig?«, fragte sie.

Er seufzte: »Nein. Das habe ich dir schon tausendmal gesagt. Ich muss diese Arbeit zu Ende bringen. Selbst *wenn* unser Leben also etwas gleichförmig wäre, dann hätte dies im Augenblick für mich nur positive Seiten.«

»Also findest du es doch eintönig.«

Daraufhin schüttelte Christopher nur den Kopf.

»Jetzt bist du schon wieder genervt von mir!«

»Nein. Aber du machst dir einfach zu viele Gedanken.«

»Über was redet ihr?«, fragte Anne, die sie in der Küche gehört hatte. Sie war in ihr Zimmer gegangen, und Luisa war ganz froh gewesen, sie für eine Weile los zu sein, aber da hatte sie es anscheinend keine fünf Minuten ausgehalten. Luisa sah Christopher triumphierend an, woraufhin er kopfschüttelnd aufstand und mitsamt seinem Teller im Arbeitszimmer verschwand.

»Ich mache Tee, Anne, willst du auch einen? Hör zu, du kannst ruhig mal eine Stunde für dich sein und lesen oder irgendwas anderes machen.«

»Klar«, sagte Anne, und weg war sie. Nach exakt einer Stunde – Luisa hatte sich zweimal überlegt, ob sie nach ihr sehen sollte, es dann aber bleiben lassen – tauchte sie wieder auf. Sie hatte sich die Haare zu zwei Zöpfen geflochten und trug jetzt einen kurzen schwarzen Rock, der überhaupt nicht wie Kinderkleidung aussah, zu einem weißen T-Shirt.

»Braucht der Hund vielleicht frisches Wasser?«, fragte sie und senkte leicht den Kopf, nachdem sie gesprochen hatte.

Ich fasse es nicht, dachte Luisa. Abräumen, Beeren lesen, dem Hund Wasser geben, solche Aufgaben gefallen ihr. Wie unnatürlich für ein Kind, so zu sein. So devot. Oder vielleicht war das auch eine dieser Phasen, von denen Ines gesprochen hatte. Als sie die Kindersachen ins Gästezimmer geräumt hatten, hatte sie sieben oder acht Bücher von Anne auf den Nachttisch gelegt und gesagt, Anne liest unglaublich schnell, und sie nimmt hundertprozentig Anteil an den Schicksalen in den Geschichten, als ob sie sie nicht von der Wirklichkeit unterscheiden könnte. Luisa hatte gefragt, ob sie das nicht etwas beängstigend fände, aber

Ines hatte gesagt, das wäre wohl nur wieder eine Phase. Anne schien viele Phasen zu haben. Und wenn schon, dachte Luisa, mir soll es recht sein. Ob das Kind normal ist oder nicht, steht mir nicht an zu beurteilen. Sie wollte sich keine Gedanken mehr darüber machen, schließlich musste man sich erst einmal aneinander gewöhnen. Auch der Hund war ihr anfangs seltsam vorgekommen – sie hatte nie gewusst, was genau er eigentlich wollte, wenn er sie anstupste, winselte oder bellte, aber das war längst nicht mehr so.

Luisa nahm sich vor, nicht zu ungeduldig und auf keinen Fall böse zu Anne zu werden. Sie musste sich beherrschen. Anne war ein Kind, natürlich, und sie war aus den falschen Gründen enttäuscht. Was hatte sie erwartet? Sie hatte einfach die Tendenz, Menschen in weiß und schwarz einzuteilen, in gut oder böse. Christopher hatte ihr schon so oft vorgeworfen, dass ihre Urteile kein Maß kannten, dass es für sie weder Mischformen noch Differenziertheit gäbe.

»Möchtest du gern ein Eis, Anne?« Luisa sprach nicht einfach, sie flötete.

»Sehr gern«, sagte Anne.

Na also, geht doch, dachte Luisa. Laut sagte sie: »Na, da bin ich aber beruhigt. Komm, wir setzen uns in den Garten, ich muss ein bisschen arbeiten. Nimmst du dir auch ein Buch?«

Und Anne ging, ihr Eis am Stiel in der Hand, folgsam ihre Lektüre holen.

Fast vierzig Minuten lang konnte Luisa sich auf Rubens grässliches Spätwerk konzentrieren, dann aber lenkte

Anne sie ab, die nach dem Eisessen ihr Buch las. Sie las sich halblaut selbst vor, ein Gemurmel, das einen automatisch zum Lauschen animierte – nur, dass man nichts verstehen konnte. Dabei wirkte Anne strahlend glücklich, sie lächelte beim Lesen; Luisa brachte es nicht übers Herz, sie zu unterbrechen, sondern klappte lieber ihren Bildband sowie das Notizheft mit den noch nicht konsultierten Exzerpten zweier neuerer Rubens-Dissertationen zu und schloss für einen Moment die Augen. Auch dieser Sonntag, so wollte es wohl das Schicksal, sollte träge und melancholisch sein.

Das Picknick am Abend war dann endlich ein Erfolg. Da Christopher gut vorangekommen war, zeigte er sich in bester Laune, und als Luisa ihm von ihrer Idee erzählte, sagte er, das höre sich fantastisch an. Einen kurzen Wortwechsel gab es noch, weil Luisa sich partout nicht überzeugen lassen wollte, dass eine blütenweiße Decke nicht ganz das Richtige wäre und man besser ein altes Tischtuch nehmen sollte, das notfalls Grasflecken bekommen durfte. Zu guter Letzt griff Luisa zu einem Mittel, das sie für sich das Totschlagargument nannte – wenn es keine große Sache war, gab Christopher nämlich nach, wenn sie sagte: »O bitte, ich habe es mir so *gewünscht*.« Nachdem sie das einmal mitten im Riesenstreit herausgefunden hatte, wendete sie es sparsam, damit es sich nicht abnutzte, aber regelmäßig an. Christopher wäre schön dumm, wenn er den Abend von Anfang an wegen etwas vermieste, das ihr wirklich wichtig war.

Zufrieden packte sie die Decke zusammen und tat dann übertrieben begeistert, als er die Idee hatte, eine Frisbeescheibe mitzunehmen, obwohl ihr eigentlich nach nichts anderem zumute war, als sich im Gras auszuruhen und ihren Gedanken freien Lauf zu lassen.

Anne sah interessiert zu, wie Luisa einen Korb mit Essen und Besteck packte, und weil sie andauernd helfen wollte, dauerte es länger. Beinahe hätten sie den Nachtisch vergessen. Es war gegen sechs Uhr abends, als sie aufbrachen wie auf eine Expedition, dabei waren es keine fünfzehn Minuten zu Fuß. Anne fragte x-mal, ob sie nicht den Korb und den Rucksack oder wenigstens eines von beiden tragen könnte, und war grenzenlos enttäuscht, als Luisa ihr erklärte, dann würde sie zusammenbrechen, und am Ende müssten sie mit ihr ins Krankenhaus.

»Du musst nicht dauernd *helfen*, Anne. Hat dir Ines gesagt, du sollst das tun?«

Es sah ihrer Schwester gar nicht ähnlich, und Luisa glaubte ihrer Nichte, als die den Kopf schüttelte.

Eine Zeit lang gingen sie schweigend nebeneinanderher, und Luisa genoss die milder werdende Sonne.

»Macht ihr jeden Sonntag ein Picknick?«, fragte Anne, während sie über die kleine Brücke über dem Bach balancierte, die Hände an den Seiten ausgestreckt wie auf einem Schwebebalken, obwohl es breit genug für einen mittleren Geländewagen war.

Christopher sagte: »Nein. Wir sind nämlich sehr fleißig und arbeiten viel, auch am Wochenende. Ein Picknick machen wir nur, wenn wir uns dafür freinehmen.«

»Und ihr nehmt euch nicht jeden Sonntag frei?«

Christopher lachte: »Nein.«

»Sollten wir eigentlich«, sagte Luisa und strich ihm kurz mit der Hand über den Rücken. Dann sah sie, dass in der Ferne Raina, die Putzhilfe der Taunstätts, irgendwelche Abfälle auf deren Komposthaufen im Garten warf, und hob kurz die Hand zum Gruß. Gleichzeitig gingen noch zwei weitere Gartentüren auf, und Benno rannte wie verrückt auf Mortimer, die englische Bulldogge, zu, die ihrerseits zum nächsten Tor lief, aus dem zwei prächtige Dalmatiner kamen. Bald rauften vier sehr unterschiedliche Tiere miteinander.

»Guck mal, Anne – da hast du deine *schönen* Hunde.«

Aber die war im Kopf noch woanders und fragte: »Hat eigentlich jeder Mensch Ferien?«

Jetzt runzelte Luisa die Stirn, während Christopher sich anscheinend freute, etwas erklären zu können: »Klar. Bei allen Berufen ist das mit der Erholungszeit geregelt. Das ist sehr wichtig, weil der Kopf und der Körper nicht dauernd etwas tun können, weißt du. Ich arbeite an einem Forschungsinstitut. Wir haben ungefähr fünf Wochen Urlaub im Jahr, und die kann ich mir einteilen. Luisa gibt an der Universität Seminare, aber wenn Semesterferien sind – das ist so ähnlich wie Schulferien –, muss sie nicht hingehen. Bei Ines ist das genau so. Auch die Volkshochschule hat Schließzeiten. Raimund hat vermutlich nicht besonders oft Ferien, seine Firma gehört Amerikanern, und die sind sehr streng.«

Luisa sah ihren Mann von der Seite her an. Sie hatte

nicht gewusst, wie gut er mit Kindern umgehen konnte. Anne hielt nun beim Gehen den Kopf schief wie Benno, wenn er um ein Leckerli bettelte und deshalb die Person, die es besaß, besser nicht aus den Augen ließ. Luisa wünschte sich für einen Augenblick, selbst wieder ein Kind zu sein und Antworten auf ihre Fragen zu bekommen. Es war jedoch nur ein schwacher, sehr entfernter Wunsch, der sofort überlagert wurde von der Freude darüber, selbst bestimmen zu dürfen und von niemandem mehr abhängig zu sein. Das war schon etwas: nämlich Lebenskunst, so wie das Wort ursprünglich gemeint war, bevor es die Müslis und Esoteriker für sich vereinnahmten. Am meisten freute es sie, wenn sie es schaffte, ihre wunderbaren Fantasiebilder Wirklichkeit werden zu lassen. Sie breitete die Decke genau dort aus, wo sie es sich gedacht hatte, und erklärte in bestimmtem Ton: »Ich richte jetzt alles her, so lange könnt ihr Frisbee spielen.«

Annes Augenlider flatterten, als ihr Christopher die Hand gab, damit sie aufstehen konnte. Luisa beobachtete ein paar der vorsichtigen Würfe, um die er sich bemühte, damit Anne das gelbe Plastikdings auch mal fing, aber es gelang ihr kein einziges Mal. Sie hob das Frisbee dennoch unverdrossen immer wieder auf und schleuderte es zurück. Luisa kniff die Augen zusammen, weil sie direkt ins Licht sah. Sie wollte ein Standfoto machen, für ihre Erinnerung, aber sie fand kein hübsches Motiv; immer bückte sich Anne gerade oder drehte ihr den Rücken zu. Aber es war nicht schlimm; sie hatten ja noch die ganzen Ferien vor sich, und es würde wohl noch die eine oder andere

Spielszene geben, die sich eignete. Benno, der normalerweise allem nachrannte, was durch die Luft flog, ob es
nun eine Fliege oder ein Stöckchen war, trauerte anscheinend immer noch seinen Hundefreunden nach und legte
sich seufzend mitten auf das Tischtuch, so dass er aussah, als ob er selbst gleich serviert werden würde. Luisa
scheuchte ihn herunter, zog sich die Schuhe aus und legte
sich dann auf den Rücken, die linke Hand im Hundefell
vergraben, die rechte als Schirm über den Augen. Der
Himmel war ein weites, blaues, atmendes Zeltdach, und
all die Baumspitzen, die, aus ihrer Perspektive gesehen, in
ihn hineinragten, ließen es brüchig und zerrissen erschei-
nen. Ein dramatisches Gesamtbild ergab sich so, gleichzeitig hatte es etwas Meditatives, als ob die Bäume im
grünlich schimmernden Abendlicht und der Himmel mit
seiner matten Schönheit sich in einem ständigen Kampf
befänden, einem Wettstreit, der aber immer unentschieden
endete und mit jeder Runde neu aufgenommen werden
musste.

Sie hörte Anne kichern und das Gehölz knacken und
richtete sich halb auf. Sie sah um sich herum: Die Decke,
die Obstschale darauf, die Hühnerbeine, die sie am Kno-
chen sorgfältig mit Alufolie umwickelt hatte, damit man
sie besser verspeisen konnte, das Brot und der Salat – ja,
so war alles richtig, so leistete sie ihren eigenen kleinen
Beitrag dazu, dass Bilder sich fortschrieben, überlagerten
und erneuerten. Sie durchströmte ein wohliges Gefühl,
wie schön war es doch, so zielstrebig zu sein. Es war gar
nicht so leicht, man brauchte sowohl Übung als auch

Talent dazu. Sie überlegte, in welchen Worten sie Christopher davon erzählen könnte. Sie hatte das schon mehrfach vorgehabt, und es war niemals die richtige Gelegenheit aufgetaucht, aber möglicherweise war sie das heute. Die Anspannung des Tages war verflogen; sie ruhte ganz in sich. Sie spürte, wie sich ein Lächeln auf ihrem Gesicht ausbreitete, und wusste, dass sie in diesem Moment ziemlich gut aussah.

»Was grinst du so?«, fragte Christopher – aber nicht einmal das konnte ihr etwas anhaben.

»Setzt euch doch«, sagte sie freundlich, fiel dann allerdings aus allen Wolken, als Christopher Anne gegenüber barsch wiederholte: »Du darfst dich setzen«, woraufhin Anne erneut auf diese Weise den Kopf senkte, die Luisa, wäre sie nicht dermaßen entspannt und in sich ruhend gewesen – sie musste sich inzwischen allerdings selbst daran erinnern –, beinahe erneut zur Weißglut gebracht hätte.

»Anne ist nämlich ein Dienstmädchen, das hat sie mir erzählt«, sagte Christopher, während er nach einem Hühnchenschenkel griff. »Das ist ihr Spiel.«

»*Was* ist Anne? Von welchem Spiel sprichst du?«

»Sie ist bei fremden, bösen Stiefeltern abgesetzt worden, weil ihre richtige Mutter sich nicht mehr um sie kümmern kann. Und hier muss sie schuften, bei reichen Leuten mit großem Haus. Niedere Arbeit machen wie Beeren lesen und den Schmutz wegputzen.«

Anne, die ihm die ganze Zeit an den Lippen gehangen hatte, nickte glücklich und sah hungrig zum Picknickkorb. Christopher machte eine herrschaftliche Geste, die bedeutete, das niedere Personal dürfe jetzt zugreifen.

Luisa war perplex. Sie kam sich hintergangen vor. Wie konnte es sein, dass sie auf einmal nur Mitspielerin war? Bei all der Mühe, die sie sich mit dem Picknick gemacht hatte, fühlte sie sich degradiert, wenn sie jetzt nur noch Teil einer fremden Vorstellung sein sollte, noch dazu der eines kleinen Mädchens. Sie, die im Laufe des Tages so viel unternommen hatte, dass alles, was sie sich buchstäblich ausgemalt hatte, auch wirklich stattfand, traf das alles ganz unerwartet. Sie rekapitulierte, welche Bücher sie bei Anne gesehen hatte. *Heidi* – gut, im Hause der reichen Klara gab es vermutlich Dienstboten. *Plötzlich Prinzessin* oder so ähnlich. Ein preisgekröntes Jugendbuch über Sklaverei von Paula Fox, die Luisa selbst als Erwachsenenschriftstellerin liebte. Ja, das alles zusammengenommen, das passte. Anne hatte genügend Vorlagen gehabt, und nun hatte sich, mit Luisa und Christopher, die Möglichkeit geboten, etwas aus ihnen zu machen. Sie selbst wäre niemals darauf gekommen, weil sie den Abstand, den Anne zu ihr hielt, völlig anders interpretiert hatte. Nein, nicht sie war es gewesen, Christopher hatte es herausgefunden.

»Für morgen habe ich freigekriegt«, sagte Anne.

»Das ist schön«, bemerkte Luisa erschöpft.

»Dann kann ich Dienstag auf dem Markt was tragen, wenn ich wieder arbeite.«

»Das ist – wunderbar.«

Luisa nickte vor sich hin. Sie war sehr müde und gar

nicht mehr hungrig. Sie hätte sich hinlegen und einschlafen können, das Gesicht nach oben. Immerhin, dachte Luisa, hat mein Eindruck mich nicht getäuscht. Es stimmte wirklich etwas nicht im Verhalten des Mädchens. Aber jetzt, da sie es wusste, was sollte sie tun? Es war eine Sache, sich auszuruhen und hier auf dem Rücken zu liegen, eine ganz andere war, zur Machtlosigkeit verdammt zu sein. Ach, wäre es schön, die Zeit zurückzudrehen. Und wenn sie aufwachte, wollte sie nichts mehr erklären müssen, sie wollte einfach genau wie Anne etwas spielen, das sie sich selbst ausgesucht hatte, und dabei unterstützt werden. Geliebt werden – das war es und nichts anderes, nur darum ging es.

»Willst du nichts essen?«, fragte Christopher – undeutlich, denn er kaute dabei.

»Doch!« Sie hatte entschieden gesprochen, griff aber nur zögernd zu.

»Halt mal den Kopf wieder nach unten, Tante Luisa«, sagte Anne auf einmal.

»Was? Wie meinst du? So?« Sie guckte wieder nach unten. Was in Dreiteufelsnamen hatte das Mädchen nun im Sinn?

»Jetzt siehst du aus wie die Madonna im Grünen.«

»Wie eine Madonna?«, fragte Christopher, der Banause, mit vollem Mund dazwischen. »Ach nee.«

»Das Bild habe ich in Wien gesehen«, erklärte Anne, die sich, da sie nun einmal offiziell eine Dienstbotin war, nicht aus der Ruhe bringen ließ. »*Madonna im Grünen*. Da sitzt eine Frau in einem roten Kleid und mit hochgesteckten Haaren bei einem Picknick und sieht nach unten. Genau so wie du eben. Du hast auch ein rotes Oberteil an, nur die Jeans passt nicht.« Sie nickte zufrieden vor sich hin.

Luisa konnte sich undeutlich an das Bild erinnern – es war ein Raffael, und er zeigte tatsächlich eine Frau mit aschblonden, hochgesteckten Haaren, einem roten Kleid und einem blauen Umhang. Sie hielt ein nacktes Kind fest. Hatte sie, Luisa, auch ein dermaßen blasses Gesicht und diesen leicht weggetretenen Madonnenblick? Jedenfalls war dies eine unglaubliche Beobachtung für ein Kind.

»Was macht meine Dienstbotin denn im Wiener Museum?«, rief Christopher gut gelaunt.

Anne reagierte sofort: »Da war ich noch nicht in Lohn und Brot, da hatte ich meine Familie«, erklärte sie mit sicherer und doch bewegter Stimme.

In Lohn und Brot, dachte Luisa.

»Na, die wird dich auch wieder abholen, deine Familie«, dröhnte Christopher zurück, »bis dahin musst du hier alles tun, was wir sagen!«

»Okay«, piepste Anne begeistert.

Luisa wollte nicht, aber sie *musste* lachen. Sie lachte erst leicht und glucksend auf, dann wurde ihr Lachen stärker, geradezu unaufhaltsam. Es war nur im ersten Moment befreiend gewesen, kurz darauf schmerzte es schon, es tat ihr in der Brust und in den Augen weh, bis diese anfingen zu tränen und die Tränen ihr in Bächen die Wangen herabliefen. Als sie anfing zu heulen und gleichzeitig zu lachen, fand sie endlich ihren Rhythmus, und so heulte und lachte und lachte und heulte sie. Christopher starrte sie an, Anne drehte verunsichert den Kopf zwischen ihnen beiden hin und her. Luisa war machtlos gegenüber ihrem eigenen Lachen; sie konnte sich nicht dagegen wehren, es entstand einfach in ihr, immer mehr davon drängte hinaus, und sie ließ es zu, denn sie wusste, sie würde sonst daran ersticken.

Da bilde ich mir ein, dachte Luisa mitten in ihrem Lachrausch, meine Bilder, die ich nachbaue, gehören nur mir, niemand macht das wie ich, niemand hat diese Eigenart, und dann kommt eine Achtjährige und richtet mich her, damit ich in ihr Bild passe, es ist nicht zu fassen, ein acht Jahre altes Mädchen – sie verschluckte sich und musste husten –, ein *Dienstmädchen*. Sie lachte jetzt etwas verhaltener, fast war es nur noch ein Kichern, aber das war nur, um Kraft zu tanken und in eine neue Salve auszubrechen, die sich automatisch einstellte und gleich wieder ihren Höhepunkt finden würde, da sie sah, wie Anne vor lauter Hilflosigkeit und Verlegenheit begann, sorgfältig die benutzten Servietten zusammenzufalten und mit den gebrauchten Tellern in den Picknickkorb zurückzulegen. Als sie fertig war und aufblickte, lachte Luisa direkt in ihr erwartungsvolles Gesicht hinein, und dabei wünschte sie sich, dieses Mädchen wäre nie bei ihnen aufgetaucht.

Der Liger

Luisa hielt sich für eine leidenschaftliche Frau, aber man konnte mit etwas weniger gutem Willen auch Maßlosigkeit die für sie kennzeichnende Eigenschaft nennen. Es gab für sie entweder gut oder böse, weiß oder schwarz, niemals grau. Wenn ihr eine Person sympathisch war, lobte sie diese über den grünen Klee, und wenn nicht, ließ sie kein gutes Haar an ihr. Ihre Kriterien blieben unscharf und wechselten, und so konnte es passieren, dass sie bei ein und demselben Menschen innerhalb kurzer Zeit mehrfach die Sortierschublade wechselte, bis sie schließlich keine Energie mehr hatte und den Betreffenden fallen ließ. Der ist mir zu kompliziert, sagte sie, wenn sich jemand wunderte.

Christopher hatte in ihren Augen alles richtig gemacht, als sie sich vor Jahren kennengelernt hatten. Sie vergötterte ihren Mann völlig undifferenziert für alles, was er tat, und respektierte, was er bleiben ließ. Neuerdings gab es jedoch Perioden, in denen sie ihn, oft wegen Nichtigkeiten, zutiefst verachtete. Anfangs war sie darüber bestürzt gewesen, dann hatte sie sich daran gewöhnt; es waren nur Ausnahmezustände. Von Zeit zu Zeit schluckte sie ihre Enttäuschung über ihn nicht mehr herunter, sondern ließ ihrem Zorn freien Lauf; danach empfand sie Erleichterung.

Jetzt zum Beispiel konnte sie es gar nicht erwarten, dass er endlich zurückkam – er brachte ihre Nichte Anne zum Bahnhof –, damit sie ihm alles an den Kopf werfen konnte, was sich in den letzten Tagen aufgestaut hatte. Sie lief aufgeregt im Haus hin und her. Er hatte sie über Tage hinweg schlecht behandelt; es drängte sie schon eine Weile, ihn endlich auf das Unrecht aufmerksam zu machen, aber vor dem Mädchen hatte sie keinen Streit anfangen wollen. Christopher vergaß gerne, dass Anne nicht ihre eigene Tochter war und jederzeit ihrer Mutter gegenüber etwas ausplaudern konnte. Und das, wo Luisa sich so große Mühe gab, gegenüber der Schwester das perfekte Paar zu verkörpern. Nein, darauf legte sie keinen Wert.

Sie blieb stehen und sah auf die Uhr. Er war schon eine Ewigkeit weg. Wenn sie nicht gewusst hätte, dass er gar nichts ahnte – sie hätte ihm zugetraut, mit Absicht so lange herumzutrödeln und sie in ihrer Empörung warten zu lassen. Wirklich, er täte besser daran, bald zurückzukommen. Alles, was ihr jetzt unter die Augen geriet, brachte sie nur noch mehr auf. Beispielsweise hatte Anne ihre Turnschuhe unter dem Sofa vergessen. Wer war es wohl, der sich darum kümmern musste, dass diese Schuhe nach Heidelberg gelangten? Sie natürlich, Luisa, *sie* müsste den halben Tag wartend am Postamt verbringen, kein anderer. Apropos Schuhe. Sie stapfte aus dem Wohnzimmer in den Flur. Klar – da lag auch die Plastiktüte mit ihren schwarzen Stiefeln, die sie Christopher gebeten hatte mitzunehmen; direkt vor dem Bahnhof war ein sehr guter

Schuster. Hatte er natürlich vergessen. Schon diese beiden Unachtsamkeiten würden sie heute den halben Tag kosten. Luisa drehte abrupt um und wäre dabei fast über Benno gestolpert, der ihr mit angelegten Ohren schon seit einer Weile folgte – wohl wissend, dass etwas ganz und gar nicht in Ordnung war. Luisa eilte die Treppe hoch und ging in ihr Zimmer, wo sie sich rücklings auf die Couch legte. Benno setzte sich ans Fußende und blickte sie mit sanften Augen an, wie ein geduldig wartender Psychoanalytiker seine schwierige Patientin.

Angefangen hatte es mit diesem Spaßbad, dachte Luisa; da haben sie sich verbündet. Danach war sie ausgeschlossen gewesen. Sie versuchte, ein bisschen zu weinen, aber es ging nicht. Benno blinzelte verständnisvoll.

Luisa schwamm für ihr Leben gern, aber sie hatte just an diesem Tag ihre Regel bekommen, und da wollte sie nicht ins Wasser. Sie hatte also vorgeschlagen, den Ausflug zu verschieben. Die Gesichter der beiden hätte man fotografieren und ins Netz stellen müssen – unter dem Stichwort »Uns wird Böses angetan«. Christopher hatte geistesgegenwärtig behauptet, es solle bereits am folgenden Tag wieder regnen, und zwar für längere Zeit. Was es übrigens nicht tat, aber darum ging es nicht. Tatsache war, dass Anne und er, als Luisa eher rhetorisch vorschlug, sie könnten ohne sie fahren, sofort einverstanden waren. Wenn es dir nichts ausmacht, hatte Christopher hinzugefügt, aber da war es zu spät gewesen. Luisa betrachtete die weiße Zimmerdecke. Man konnte durchaus sagen, dass sie sich auf ihr Angebot *gestürzt* hatten. Sie fuhren *gerne* ohne sie, vermutlich sogar noch *lieber*. Luisa hatte aus gekränktem Stolz behauptet, sie würde sich einen gemütlichen Tag zu Hause machen. Als ob das mit Bauchschmerzen und bei der Hitze möglich wäre. Sie hatte am Ventilator über ihren Papieren gesessen, die grausamen und ungerechten Schmerzen erduldet und versucht, sich nicht zu ärgern. Die beiden waren begeistert zurückgekommen, und Luisa hatte mit leidender Miene vorgeschlagen, bald noch einmal hinzufahren. Damit hatte sie gemeint: wenn es ihr wieder gut ging, zu dritt. Aber sie hatte sich missverständlich ausgedrückt; Christopher und Anne hatten den Vorschlag aufgegriffen und dies schon am nächsten Morgen getan. Und am übernächsten. Als dann am vierten Tag der Regen kam, hatten sie sich etwas Neues ausgedacht: Sie wollten die Ferien-Tauchschule im Hallenbad ausprobieren. Wieder ins Wasser, klar, und so war sie erneut nicht dabei gewesen. Die Woche verging wie im Flug – für Christopher und Anne.

Luisa blieb mit Benno und ihrem Stolz zu Hause. Vom zweiten Abend an hatte sie sich keine Blöße mehr gegeben, sondern erklärte abends nur immer wieder strahlend, die Arbeit über Rubens schriebe sich wie von selbst; sie würde den Abgabetermin spielend einhalten können. Sie hoffte, Christopher damit neidisch machen zu können; Christopher steckte gerade mit seiner Biologie-Habilitation fest, was wohl zum Teil erklärte, weshalb er so bereitwillig das Kinderprogramm übernahm. Aber er wirkte kein bisschen so, als täte es ihm leid, dass er seinerseits nicht weitergekommen war. Er brachte Anne die Tauchersprache bei, und sie verständigten sich vom Frühstück an in Zeichen.

So war es zu seinem Bündnis mit Anne gekommen, einem Bündnis, das Luisa wirklich nicht verdient hatte. Zumal den großen Teil der Arbeit sie hatte, das fing mit der Wäsche und dem Einkaufen an und hörte beim Aufräumen noch lange nicht auf. Und er spielte den Helden. Es waren die zweiten Sommerferien, die das Mädchen bei ihnen verbrachte – jetzt war Anne neun –, wie sollte das Verhältnis zu Christopher in ein paar Jahren aussehen?

Sie setzte sich auf und begann wütend, ein paar Bildbände im Regal zu sortieren. Es war typisch, alles hielt sie in Ordnung, nur ihr eigenes Zimmer wurde vernachlässigt. Eine Weile räumte sie grimmig auf. Immerhin, ihre Einleitung über Rubens war praktisch fertig. Sollte er doch Kindermädchen spielen, sie war dabei, sich einen Namen in der neueren Kunstgeschichtsschreibung zu machen. Luisa musste zugeben, dass ihr einsam verbrachter Sommer auch einen klaren Vorteil für sie hatte. Aber sollte sie deshalb einfach den Mund halten, wenn man sie wie ein fünftes Rad am Wagen behandelte?

Sie blätterte in einem Rubens-Bildband. Sie hatte das Spätwerk scharf kritisiert, und jeder erneute Blick darauf gab ihr Recht. Es war einfach unappetitlich. Mit dreiundfünfzig Jahren hatte der Maler eine Sechzehnjährige geheiratet, die Patriziertochter Helene Fourment, nachdem zwei Jahre zuvor seine Ehefrau Isabella gestorben war. Es folgte eine neue Schaffensphase, in der Helene Modell stand. Die Bilder vom nackten Pummel Helene mit den

Schweinslöckchen gefielen ihr nicht – es sah aus wie
Lucian Freud. Von Isabella, der erwachsenen Frau, gab es
dagegen Werke, die abgesehen von der Physis auch Facet-
ten einer Persönlichkeit zeigten, wie die spitzbübische
Miene auf der Porträtzeichnung, die im British Museum
hing. Ja, sie war streng mit seiner späten Schaffensphase
ins Gericht gegangen, aber sie hatte alles *ästhetisch* begründet – sie war schließlich Wissenschaftlerin. Ihr fiel
plötzlich ein, dass Anne in sechs Jahren auch schon fünfzehn wäre und Christopher noch nicht einmal fünfund-
vierzig, und sie nahm sich vor, die Besuche bis dahin
unterbunden zu haben. Luisa blätterte in ihrer Einleitung,
die als knapp vierzigseitiger Ausdruck auf dem Schreibtisch lag, und fand sie ebenso spitzzüngig wie brillant geschrieben. Vierzig Seiten, das war fast ein Buch. Noch so
ein Besuch der Nichte Anne in den Ferien, und sie hätte
ein Buch geschrieben. Sie würde sich in ihrem nächsten
Kapitel auf die späten Landschaften von Rubens konzentrieren, die herrlichen, stimmungsvollen Flüsse und Bäume,
die Perspektive, die unendliche Idylle im weichen Licht
vorgaukelte. Er hätte bei den Landschaften bleiben sollen,
der junge Moppel hatte seiner Kunst nicht gutgetan. Es
gab natürlich auch entgegengesetzte Meinungen – andere
Forscher sprachen von einer Inspiration für Maler und
Mann. Sie war aber sicher, dass die Unrecht hatten, und sie
konnte das in luzider Argumentation begründen. Sie sah
schon die Kritiken vor sich: »Bisher haben renommierte
Kunstgeschichtler das anders gesehen. Aber Dr. Luisa
Temper gelingt es bravourös, eine neue Sicht auf schein-

bar Bekanntes freizulegen.« Diese Vorstellung stimmte sie auf einmal sehr milde. Sie war nie aus Veranlagung heraus in etwas besonders gut gewesen, sondern hatte sich mit viel Fleiß bescheidene kleine Erfolge erkämpft. Sie nahm an, es lag daran, dass nie jemand speziell sie gefördert oder an sie geglaubt hatte. Eine junge Frau hatte es auf diese Weise schwer, Selbstvertrauen zu entwickeln. Wenn jemand an sie geglaubt hätte, wäre alles anders gewesen. Aber jetzt, im Alter von siebenunddreißig Jahren, mit diesem Aufsatz, hatte sie sich selbst übertroffen; sie konnte stolz darauf sein. Die Aussicht auf baldigen Ruhm fühlte sich angenehm an – als berühre sie mit der Zungenspitze ein Sahnebonbon. Sie atmete wieder ruhiger, die größte Hitze ließ nach. Allerdings durfte sie sich nur kurz entspannen, sonst lief sie Gefahr, zu milde zu Christopher zu werden, wenn er gleich käme. Gutmütig wie sie war, könnte sie anfangen, auch seine Position zu bedenken und Gründe für seine Bösartigkeit zu erfinden. Sie schnaufte ärgerlich und ging zur Frisierkommode, wo sie sich im Spiegel kurz ansah. Nun, sagte sie leise zu ihrem Abbild, wenn du fürchtest, deine Wut könnte verrauchen, denk an die Sache mit dem Liger. Sofort waren alle Qualen und Demütigungen wieder frisch.

Luisa legte etwas Lippenstift nach. Ihre Augen blitzten, und ihre Wangen waren rot. Gut so. Sie war eine leidenschaftliche Frau. So leidenschaftlich, dass sie allzu lange nicht hatte sehen wollen, was für ein egoistischer Mistkerl er sein konnte. Sie würde jetzt erst einmal in Ruhe ihre Bücher sortieren. Er würde sich wundern, dass das Geschirr vom Mittagessen noch nicht abgeräumt war, aber es war höchste Zeit, dass sie ihre Prioritäten neu setzte. Selbstverständlich hatte sie auch keinen Kaffee gemacht. Er wollte sicher Kaffee trinken, und nichts wäre vorbereitet. Er würde trällernd hereinkommen und dann sehr schnell ein ziemlich dummes Gesicht machen. Luisa konnte nicht anders, sie musste bei dem Gedanken lächeln. Hätte Christopher sie so gesehen, er wäre im Leben nicht auf die Idee gekommen, was sich da zusammenbraute. Sie entdeckte ein lange vermisstes Taschenbuch und fühlte sich etwas besser. Wo er bloß steckte? Sie schaltete das Radio ein und begann, Herbert Grönemeyer mitzuträllern. Christopher fand Grönemeyer grässlich und konnte ihn ausgezeichnet parodieren, er hatte eine schöne Stimme. Er hatte ihr einmal, als sie bei einer Wanderung schlechte Laune bekommen hatte, das Lied »Männer« vorgetragen, nur dass er statt »Männer« Berge einsetzte. Statt »wann ist ein Mann ein Mann?«, sang er »wann ist ein Berg ein Berg«, und statt »Männer sind auch Menschen« »Hügel sind auch Berge« und so weiter. Sie erinnerte sich, dass er beim Singen kaum ernst bleiben konnte, und sie hatte sich kaputtgelacht. Naja, er hatte auch nette Seiten. Jetzt sang Luisa mit, aber richtig. Benno hob alarmiert den Kopf und stellte die Ohren auf. Luisa war völlig unmusikalisch, doch sie bildete sich immer wieder gerne ein, der Hund würde ihren Gesang mögen. In einem Anfall von Sentimentalität kniete sie sich hin, umarmte Benno und drückte ihm einen Kuss auf das Fell. Immerhin, der

Hund mochte sie noch. In den letzten Tagen war er ihr einziger Verbündeter gewesen.

Das Telefon klingelte. Sie runzelte die Stirn. War das Christopher, hatte der Zug solche Verspätung? Oder war etwas mit dem Auto? Warum rief er dann nicht auf dem Handy an? Luisa lief zum Apparat. Es war ihre Mutter, die Stimme hoch und aufgeregt, als tätige sie einen Notruf. Also wie immer. Das hatte ihr gerade noch gefehlt.

»Mama, wie schön«, heuchelte Luisa.

»Luisa? Was machst du gerade? Ich störe dich sicher bei irgendetwas«, sagte ihre Mutter, die bei dieser Freundlichkeit sofort misstrauisch wurde.

»Aber nein! Wie kommst du denn darauf?« Luisa tat entrüstet. »Ich räume nur ein bisschen auf. Ich wollte dich auch schon anrufen. Christopher bringt gerade Anne zum Hauptbahnhof, sie war ganz aufgeregt, weil sie allein Zug fahren darf.«

Sie gaukelte ihrer Mutter eine heile Welt vor, und das erst machte ihr klar, wie schlimm es seinetwegen um ihre Ehe stand. Er zwang sie zu lügen. Dieses Monster.

»Sie fährt allein? Kann sie das denn? Was ist, wenn etwas passiert?«

Frau Temper senior besaß eine Menge Einbildungskraft. Leider verwendete sie diese dazu, sich alle möglichen Horrorszenarien auszumalen. Im Geiste von Luisas Mutter lag Anne, noch während sie sprachen, bereits in einer Interregio-Toilette, ohnmächtig nach Mehrfachvergewaltigung oder etwas in der Art. Anne würde sich davon nicht mehr erholen, nie mehr zu einem fröhlichen Kind werden, geschweige denn zu einer glücklichen Erwachsenen. Sie hatte neulich erst etwas ganz Ähnliches im Fernsehen gesehen. Luisa wusste, dass es schwer möglich war, ihre aufgeregt plappernde Mutter jetzt noch zu stoppen, trotzdem unternahm sie natürlich den Versuch.

»Das ist doch nur eine halbe Stunde. Und sie ist schon neun. Es war übrigens die Idee ihrer Mutter.«

Es war Ines' Idee gewesen, aber um keinen Preis würde sie jetzt den Namen ihrer Schwester erwähnen, die ihnen das alles aufgehalst hatte und dann, wieder einmal, mit ihrem Lover zu dessen Tagung mit Anschlussurlaub gefahren war. Eine clevere Art, sich einen Urlaub zu erschleichen. Falls Christopher jemals mit der Habilitation fertig wäre und eine Professur bekommen sollte, würde Luisa ihn auch zu Gastvorträgen begleiten.

»Also, neun ist nicht alt für so eine lange Reise.«

»Ich bin in dem Alter zum Einkaufen nach München gefahren.«

»Da warst du aber mindestens elf, und die Oma hat dich vom Bahnsteig abgeholt.«

Falsch, dachte Luisa. Aber sie war eben das zweite Kind – da merkte man sich nicht mehr alles so genau; die Ältere hatte bereits alle Energie und Aufmerksamkeit für sich beansprucht. Sie wechselte das Thema. »Ich weiß auch nicht, wo Christopher so lange bleibt«, sagte sie säuerlich.

Ihre Mutter hatte dazu prompt einige Ideen. Das Auto war schon alt: Alles Mögliche konnte da einfach kaputtgehen! Sie waren bestimmt auf der Strecke liegen geblieben. Standen irgendwo auf dem Seitenstreifen. Alle möglichen technischen Defekte fielen ihr ein, Luisa war verblüfft über ihre Kenntnisse auf dem Gebiet. Und hatte Christopher seine Brillenstärke mal überprüft? Sie hatte ein Foto von ihm gesehen, da hatte er ein Buch sehr dicht vor die Nase gehalten... Sie hörte gar nicht mehr auf. Wie konnte jemand bloß so eine negative Fantasie haben, fragte sich Luisa. Von wegen Zugverspätung oder Stau oder Zündkerzen. Mit Sicherheit war er gemütlich einen Kaffee trinken gegangen oder hatte sich ein riesiges Eis gekauft. Am Bahnhof war seit neuestem eine Häagen-Dazs-Filiale. Anne hatte bestimmt auch ein Eis bekommen, bevor sie in den Zug gestiegen war. Die Vorstellung ließ Luisa das Wasser im Mund zusammenlaufen; sie war, seit sie beschlossen hatte, noch einmal zwei Kilo abzunehmen, praktisch permanent hungrig. Überhaupt hatte Christopher Anne vermutlich schon die ganze Zeit sämtliche Süßigkeiten gekauft, die sie wollte, nur um sich beliebt zu machen. Grundnahrungsmittel wie Milch, Brot oder Fleisch, für die sich keiner bedankte, obwohl sie richtig Geld verschlangen, die durfte natürlich sie besorgen. Das wurde als selbstverständlich genommen. Vor ihrem inneren Auge tauchte Christophers Gesicht auf, wie es über dem geöffneten Brotkasten schwebte und verdutzt sagte: »Es ist kein Brot mehr da«, als ob das Brot sich automatisch vermehrte, wie dieses Zwitterunkraut, das er da wissenschaftlich untersuchte. Meine Güte, er war ein einziges Ärgernis.

Um noch ein wenig in ihrem Leid zu schwelgen, begann sie ihrer Mutter noch einmal ausführlich zu schildern, wie gut Christopher mit dem Mädchen umgehe und wie vernarrt Anne in ihn sei.

»Ach, Luisa!«, klagte ihre Mutter. »Glaubst du nicht, dass du doch schwanger werden könntest? Wenn du bloß nicht so elend dünn wärst.«

»Mama, wer sagt denn, dass ich es bisher überhaupt versucht habe? Ich bin siebenunddreißig. Ich kann noch eine ganze Weile ein Kind kriegen. Wenn ich das denn will.«

»Du wärst jetzt schon eine Spätgebärende!« Die Stimme ihrer Mutter war von Kummer erstickt.

»Meine Freundinnen haben alle in diesem Alter Kinder bekommen, gesunde Kinder. Katja war zweiundvierzig, wenn ich dich erinnern darf.«

»Das sind dann praktisch *Spätestgebärende*. Gibt es das? Was für ein Risiko!«

»Ich muss jetzt Schluss machen«, log Luisa, »ich höre Christopher kommen.«

»Wenn man dir mal die Wahrheit sagt, gehst du gleich an die Decke!«

Luisa legte auf.

Sie sah auf die Bücher auf dem Fußboden. Sie hatte keine Lust mehr, aufzuräumen. Hier war einfach viel zu viel Kram. Es war ihr ein Rätsel, wie ein fast hundertachtzig Quadratmeter Wohnfläche fassendes Haus nach einem Jahr praktisch voll sein konnte, wenn sie vorher in einer Wohnung, die ein Drittel so groß gewesen war, alle Sachen untergebracht hatten.

›48‹

Sie hörte den Schlüssel im Schloss. Benno bellte erfreut und lief zur Treppe. Sofort ärgerte sie sich, dass sie aufgelegt hatte. Sie hätte ihn hinterrücks überfallen und ihm den Telefonhörer in die Hand drücken sollen, dann hätte er sich mal mit dem Lamento ihrer Mutter auseinandersetzen können. Es war ungerecht, dass immer sie die familiären Kontakte pflegen musste. Sie holte die Kastanien aus dem Feuer, und er blieb Everybody's Darling.

Etwas rumpelte und schnaufte. Inzwischen, dachte Luisa grimmig, schnaufen sie auf dieselbe Art und Weise, man hört keinen Unterschied mehr, ob es der Hund ist oder der Mann.

»Na, das hat ja gedauert!«, rief sie vom ersten Stock aus die Treppe hinunter.

»Ja! Komm mal her und schau!«

Wie sie es sich gedacht hatte, war er blendender Laune. Sie sammelte sich und ging die Stufen hinunter. Im Flur stand Christopher hinter einem großen roten Ledersessel.

»Wie findest du den? Ich war noch schnell im Laden.«

Er klopfte auf das Polster. Er war sich seiner Großartigkeit so sicher, dass er es nicht einmal für nötig hielt, ihre Antwort abzuwarten. »Rate mal, wie viel der gekostet hat?«

Er bildet sich mal wieder ein, ein Schnäppchen gemacht zu haben, dachte Luisa. Im Laden war er gewesen! Typisch! »Der Laden«, wie ihn alle nur nannten, war eine neue Geschäftsidee eines Schwaben im Stadtteil, und inzwischen hatte er es bis ins *Journal Frankfurt* geschafft. Der Schwabe – Christopher nannte ihn natürlich als Stamm-

kunde beim Vornamen, Ulli oder Olli oder ähnlich bescheuert – hatte die Idee gehabt, eine leere große Ge-
schäftsfläche mit Regalen auszustatten, die er vermietete.
Leute konnten dann ihr ausrangiertes Zeug dorthin legen
oder stellen und ihre eigenen Preise anbringen. Er nahm
»nur« die Miete. Es gab dort buchstäblich alles – von der
Sonnenliege über Comichefte, Bilderrahmen und Geschirr bis hin zu Briefumschlägen und Handfegern. Tatsächlich waren es zum Teil lächerliche Preise für fast neue
Sachen. Aber nach Luisas gesundem Menschenverstand
war der Ankauf von etwas, das man im Leben nie gebraucht hätte, auch für wenig Geld keine Ersparnis, sondern Verschwendung.

Sie kam dem Sessel gar nicht erst zu nahe. Wer weiß,
wer da schon alles dringesessen hatte. Gut, er sah eigentlich nicht besonders gebraucht aus, aber trotzdem.

»Wo soll denn der noch hin?«

Christophers Gesicht wurde lang: »Gefällt er dir nicht?«

Er ist selber wie ein kleines Kind, dachte Luisa. Kein
Wunder, dass er sich mit einer Neunjährigen so gut versteht.

»Ich dachte, hier in den Flur, ans Telefon …«

»Aber es ist hier doch schon so voll! Und du schleppst
dauernd neue Sachen an. Aber klar, es ist dein Haus, ich
habe da nichts zu melden. Du hast es ja geerbt! Mir ver-
erbt keiner was!«

Christopher, völlig überrascht von dem Ausbruch,
starrte sie mit halb offenen Mund an. Wie blöde er drein-
schaut, dachte Luisa und fuhr fort: »So wie ich auch gar

nichts zu melden habe in deinem Leben. Ich hoffe, Anne und du hattet schöne Ferien. Das kann ich von mir nämlich nicht behaupten! Ich habe Tag für Tag zu Hause herumgehockt.«

»Aber das wolltest du doch. Du warst total vertieft in deine Einleitung.« Christopher konnte endlich wieder sprechen.

»Na, irgendetwas musste ich ja unternehmen in der Zeit, in der ich nicht euren Kram aufgeräumt und Essen gekocht habe.«

»Jetzt mach aber mal einen Punkt, ich habe genauso oft gekocht – sollen wir die Abende durchzählen? Hol einen Kalender.«

»Komm mir nicht mit blöden Witzen. Meine Sachen waren viel komplizierter. Du hast nur Spaghetti gemacht.«

»Die haben ihr gut geschmeckt.« Christopher verlor langsam die Geduld.

»Ihr, ihr! Und was ist mit mir! Vielleicht bin ich einfach nicht damit einverstanden, mich von meinem Mann und dem Gör meiner Schwester an der Nase herumführen zu lassen. Die Sache mit dem Liger war doch das Letzte.«

Sie sah, wie Christopher sich bei dem Gedanken an den Liger das Lachen verkneifen musste, und konnte kaum mehr sprechen vor Zorn.

Es war vor zwei Tagen geschehen. Sie hatten alle drei beisammen im Wohnzimmer gesessen, Anne malte, Christopher sah ein Fußballspiel im Fernsehen und Luisa las einen Kriminalroman. Nach einer Weile hatte Anne Luisa ihr Bild unter die Nase gehalten und gefragt, was das sei.

»Nun, eine Katze wahrscheinlich. Eine große gelbe Katze. Hübsch.«

»Noch mal.«

»Oder wolltest du einen Hund malen? In Gelb?« Luisa hatte das untalentierte Kind sogar leidgetan.

»Das ist ein Liger«, hatte Anne triumphierend gesagt. Und auf Luisas Frage, was um Himmelswillen ein Liger sei, hatte sie behauptet, es sei eine Kreuzung zwischen Tiger und Löwe.

»Ach so, ein Fabelwesen«, hatte Luisa gesagt und wollte sich wieder ihrem Krimi zuwenden, doch Anne hatte beharrt, es gäbe Liger in Wirklichkeit, und sie hatten um fünf Euro gewettet.

Mit Sicherheit hatte Christopher das Mädchen angestiftet, ihr die Wette vorzuschlagen. Christopher hatte die ganze Zeit so getan, als achtete er nur auf das Spiel, aber im Nachhinein war ihr klar geworden, dass er aufmerksam gelauscht und sich ins Fäustchen gelacht hatte. Er wusste, wie gerne sie Wetten abschloss. Zu gewinnen freute sie diebisch.

Luisa zitterte vor Wut, wenn sie nur daran dachte. Wie sie dann »Liger« gegoogelt hatten und sie alles über die merkwürdige Kreuzung zwischen Löwe und Tigerin erfuhr, die laut dem *Guinness-Buch der Rekorde* bis zu 400 Kilogramm schwer werden konnte. Es gab auch eine Menge Fotos.

Luisa hatte in das triumphierende Kindergesicht gesehen und sich bei dem Gedanken erwischt, wie angenehm und befreiend es wäre, ihr eine zu knallen. Mühsam beherrscht hatte sie später Christopher zur Rede gestellt, woraufhin er ihr mit herablassender Miene zu verstehen gegeben hatte, etwas Selbstironie könnte ihr nicht schaden, ihre Verbissenheit reize einen ja geradezu zu solchen Unternehmungen.

»Das heckt ihr also aus, wenn ihr den ganzen Tag zusammensteckt!«, hatte Luisa gekeift.

»Bist du jetzt eifersüchtig auf eine Neunjährige?«, fragte Christopher spöttisch.

Jetzt war es, als wären diese Worte eben noch einmal gefallen, und sie sah ihn und den neuen Sessel mit einem Ausdruck kalter Verachtung an.

Er sagte: »Lass mich bitte durch, ich bringe den Sessel in mein Zimmer«, und machte Anstalten, den Sessel an ihr vorbeizuschieben.

Sie rief ihm hinterher: »Und vielleicht hättest du einfach mal etwas für mich kaufen können.«

Er ließ den Sessel mit den Vorderbeinen auf eine Stufe sinken und drehte sich halb um: »Woher weißt du, dass ich das nicht getan habe?«

Für einen Moment wurde sie unsicher, dann sah sie den Spott in seinen Augen glimmen. Er bluffte.

»Tja, ich denke mir, wieso solltest du ausgerechnet jetzt damit anfangen? Wenn du es vorher noch nie getan hast?«

Er stellte den Sessel in den ersten Stock und kam die Treppe bis zur Hälfte wieder herunter, so dass er auf sie herabsehen konnte: »Ich habe dir jedes einzelne Stück in deinem verdammten Zimmer gekauft. Du bist so maßlos!«

Luisa schluckte. So etwas hatte er noch nie gesagt, dazu hatte er sich noch nie hinreißen lassen. Das hatte eine neue Qualität. Sie überlegte, wie sie die übertrumpfen konnte.

»Wieso hast du mich dann geheiratet?«, fragte sie, und so, wie die Frage im Raum stand, wurde ihr ganz seltsam zumute.

Er gab sich den Anschein, nachdenklich zu werden: »Ja«, sagte er langsam, »manchmal frage ich mich das auch.«

Es dauerte einen Moment, bis die Worte in ihr Bewusstsein gelangt waren, dann füllten sich ihre Augen mit Tränen. Sie ließ ihn stehen, um zuerst in die Küche zu flüchten und dann, als sie seine Zimmertür knallen gehört hatte, ebenfalls in den ersten Stock, in ihr Zimmer. Sie bewegte sich wie in Zeitlupe, so schwer war sie verwundet. Langsam passierte sie seine Tür und ging in ihren Arbeitsraum. Es war ein großes, helles Zimmer, aber in diesem Moment erschien es ihr klein und dunkel. Der Schreibtisch – sie nannte ihn immer ihren »Rockabilly«, er war ein echtes Designermodell – war zugepflastert mit Papieren, darunter stapelten sich Bücher, nur ein Fleck war frei, nämlich der, auf dem Benno gerne lag, direkt bei ihren Füßen. Sie sah überdeutlich den Staub in den Ecken. Aus dem alten Sofa, einem Bretz, das leider schon ziemlich zerschlissen war, hatte sie mit etwas Dekorationsgeschick und einem schönen Granfoulard das Beste gemacht, aber jetzt lagen darauf auch noch ihre verschwitzten Yogasachen von vor zwei Tagen. Wann hatte sie begonnen, die Kontrolle über ihre ganz persönliche Umgebung zu verlieren, wie hatte das geschehen können? Zu viel Arbeit mit dem riesigen Haus?

Aber es war sowieso egal. Es war sein Haus, und sie würde es sein, die hier ausziehen musste. Sie würde irgendwo neu anfangen und ihn nie wieder sehen, dann würde alles besser werden. Nur die Scheidungspapiere würde er noch von ihr bekommen.

Sie packte ein paar Sachen in ihre Wochenendtasche, dann fiel ihr auf, dass die Tasche ein Geschenk von *ihm* gewesen war. Nach kurzer Überlegung nahm sie den großen Sportbeutel, in dem sie normalerweise ihre Gymnastiksachen aufbewahrte. Sie hatte vor, zuerst einmal ins Kino zu gehen, um sich abzulenken und einen klaren Kopf zu bekommen. Dann würde sie weitersehen. Er sollte sich Sorgen machen, dass sie ihn vielleicht für immer verlassen hatte – wegen des Satzes mit der Heirat. Und wer weiß, vielleicht hatte sie das ja auch vor. Sie schulterte ihre Tasche und schlich die Treppe hinunter. Sie hätte Benno gerne gesagt, dass sie sich wiedersehen würden, aber der Hund hatte sich wie jedes Mal, wenn er laute Stimmen hörte, in irgendeinem Winkel verkrochen. Sie konnte ihn jetzt nicht suchen. Sie brauchte erst einmal Luft. Sie lief die ganze lange Waldfriedstraße hoch, vorbei an Dr. Taunstätts Tierklinik mit ihrer scheußlichen, an einen fleischfarbenen Sektentempel erinnernden Architektur, erwischte gerade noch den Bus Richtung Innenstadt, stieg dann aber bald wieder aus, weil sie unruhig war, und lief den Rest der Strecke. Es tat gut, schnell zu gehen, obwohl es heiß war. Bald tauchte der große Kinokomplex mit der roten Leuchtschrift auf. Die Straße davor war befahren wie immer, aber man sah kaum Passanten, nur eine Muslima, die einen Kinderwagen schob, und einen dicken Mann in Shorts, der am Kiosk stoppte. Irgendeine Mittagsvorstellung würde es schon für sie geben. Sie war nass geschwitzt, als sie an der Kasse stand, und hatte nicht an etwas zum Überziehen für den klimatisierten Saal gedacht. Gut, holte sie sich eben auch noch eine Erkältung, es war alles seine Schuld. Sie kaufte sich eine Eintrittskarte für eine romantische Komödie und zwei kleine Sektflaschen und freute sich tatsächlich ein wenig auf den Film.

Christopher hatte sie nicht gehen hören. Sie muss sich hinausgeschlichen haben, dachte er, typisch Luisa. Er war froh, für eine Weile Ruhe zu haben. So ein Theater wegen nichts und wieder nichts. Er hatte Anne von dem Liger erzählt, natürlich, aber er war davon ausgegangen, dass diese Spezies Luisa ein Begriff war. Immer wieder war er verblüfft, wie wenig Allgemeinbildung sie besaß. Von bildender Kunst verstand sie ziemlich viel, aber die Natur galt ihr nichts. Selbst wenn sie einen Sonnenuntergang sahen oder ein herrliches Feld im Schnee, hatte sie nur immer ein Gemälde parat, an das sie das erinnerte – ein Bild, das natürlich wesentlich spektakulärer war als alles, was es in Wirklichkeit gab. Dass sie in Botanik eine Null war, war ihm natürlich schon häufiger aufgefallen, aber dass das auch für die Zoologie galt, sah er erst jetzt, darüber hatte ihre Liebe zu Hunden hinweggetäuscht. Vermutlich kannte sie überhaupt keine Großkatzenhybride, die Ärmste. Er würde ihr eine Tabelle zeichnen, oben die weiblichen Tiere Löwin, Tigerin, Jaguarin, Leopardin, und links von oben nach unten die männlichen, also Löwe, Tiger, Jaguar, Leopard. Dann würde er übersichtlich die Kreuzungen eintragen: Löwe, Liger, Liguar, Liard, dann Tigon, Tiger, Tigua, Tigard, dann Jaglion, Jager und so weiter. Es war so leicht wie konjugieren und ebenso logisch – ohne Ausnahmen. Mit der nächsten Stufe der Zucht, Ti-Liger, der Kreuzung zwischen einem Liger und einem Tiger oder auch T-Lepjag, der Kreuzung eines Tigers mit einer Jaguar-Leopardenmischung, würde er sie gar nicht weiter belasten. Er lächelte zufrieden vor sich hin, als er daran dachte, dass Löwe und Tiger sich niemals in freier Wildbahn kreuzen würden, das geschah nur im Zoo, wenn es keine andere Möglichkeit gab. Die Natur war klug, sie suchte sich ihre Wege, und die Ergebnisse waren hochinteressant. Liger schwammen gerne, was für Löwen überhaupt nicht galt, dies war eine Vorliebe von Tigern. Artikulieren konnten sie sich in beiden »Sprachen«, wenn man so wollte. Sie waren fähig, wie ein Löwe zu brüllen, konnten aber auch, genau wie Tiger, die charakteristischen »Paff«-Laute ausstoßen.

Er ging in die Küche und machte sich einen Kaffee, einen richtig schönen starken, nicht die Brühe, die Luisa ihm immer übrig ließ. Sie tat ihm leid. Es war Biologie, nichts als Biologie, die sie so reagieren ließ. Sie wusste inzwischen, dass sie kein besonderes Geschick mit Kindern hatte und auch keine Geduld, aber das würde sie gerne verdrängen, denn ihre biologische Uhr forderte von ihr, dass sie in diesem Alter über Kinder nachdachte. Alle ihre Freundinnen hatten welche. Und dann so ein Misserfolg. Er für seinen Teil war ihr in dieser Frage mit Absicht keine Hilfe. In Wahrheit war er geradezu froh über Luisas Scheitern, was Anne anging, und über ihre Verunsicherung. Er wollte kein Kind, bevor er nicht die Habilitation fertig und eine Professur in der Tasche hatte; erst dann würde er notfalls für die zwei sorgen können. Nicht, dass er vorgehabt hätte, Luisa durch die Bank weg zu finanzieren, aber er wollte sich zumindest so fühlen, als könnte er. Sie sollte ruhig weiterarbeiten, so lange sie konnte. Nur das mit der Heirat hätte er nicht sagen dürfen, das tat ihm leid. Aber Anne war anstrengend gewesen während der letzte Stunde, und er hatte auch nur ein begrenztes Maß an Energie zur Verfügung. Das musste und das würde Luisa auch verstehen. Er war ausgeflippt, fertig. Aber vielleicht machte er sich sowieso zu viele Gedanken, und es war viel einfacher. Wahrscheinlich hatte sie ihren Rubens-Aufsatz noch mal gelesen und feststellen müssen, dass er doch nicht so toll war, wie sie sich das eingeredet hatte. Wäre nicht das erste Mal. Und dann hatte sie sich in diese ganze Anne-Sache hineingesteigert, weil sie ein Ventil für ihre Frustration brauchte. Vielleicht störte es sie unbewusst auch, dass er sich habilitierte und sie sich mit kleinen Lehraufträgen herumschlagen musste – die ihr nicht einmal sehr oft angeboten wurden. Sie war mit ganzem Herzen bei ihrer Arbeit – dass sie leidenschaftlich wäre, hatte er ihr schon mehrmals gesagt, denn sie hörte es geradezu absurd gern –, aber ihre Analysefähigkeit ließ zu wünschen übrig. Insgeheim war er erstaunt gewesen, dass sie diese Lehrstelle an der Universität überhaupt bekommen hatte. Nun, sie war sehr hübsch, wenn man den blassen Typ mochte. Er trank seinen Kaffee, aß ein Salamibrötchen und nahm dann die Zeitung mit in sein Zimmer, wo er sich in den neuen Sessel setzte, der sehr bequem war. Nach einer guten Stunde beschloss er, noch mal mit Benno auf die Hundewiesen zu gehen. Hinterher könnte er etwas staubsaugen, zum Zeichen seines guten Willens. Vielleicht war das aber auch gar nicht mehr nötig.

Als Luisa nach Hause kam, waren Benno und Christopher weg. Sie merkte es sofort – Benno kam nicht an die Tür gelaufen, um sie zu begrüßen. Sie erschrak. Sie war mit Absicht noch etwas trinken gegangen, um die Zeit, die sie weg war, zu verlängern. Der Film war lustig gewesen, aber allein im Kino zu sitzen, hatte keinen Spaß gemacht; bei Leuten, die allein im Kino saßen, stimmte irgendetwas nicht. Entweder sie hatten keine Arbeit oder keine Freunde oder waren in irgendeiner Form in der Krise. Jetzt fühlte sie sich beschwipst und sehr einsam. In der Küche roch es nach Kaffee. Sie trank den kalten, viel zu starken Rest aus der Tasse, die Christopher benutzt hatte, dazu nahm sie vorsichtshalber gleich ein Aspirin. Sie wagte sich in sein Zimmer, um den Sessel noch einmal anzusehen. Er gefiel ihr eigentlich – sehr sogar –, richtig schick sah er aus, und es ärgerte sie, dass er nun nicht im Flur stand, wo ihn alle Besucher gleich sehen konnten. Es war mit Sicherheit irgendeine teure italienische Marke. Jetzt hatte Christopher ihn im Zimmer, für immer, dabei betrat sein Zimmer kaum je ein Besucher. Und sie hatte nur die alte Couch, die ohne die Überdecke wirklich nichts hermachte, ob sie nun von Bretz war oder nicht. Sie nahm Platz. Man saß hervorragend auf diesem Sessel. Er war so groß, dass sie die Beine hochziehen und mit angewinkelten Knien die Füße aufstellen konnte. Eigentlich hatte sie das nur ausprobieren wollen, aber nun blieb sie sitzen und rührte sich nicht mehr. Und wieder, dachte sie, wieder warte ich auf ihn. War es das, was von nun an ihr Leben ausmachte, warten und wieder warten? Sie hatte alles durchdacht, aber bei der Warterei kam einem die Vernunft abhanden. Sie fing an zu weinen.

Christopher fand sie so – das heißt, erst fand Benno sie, und dann stand ihr Mann vor ihr und hörte sie schluchzen. Er nahm sie in die Arme und flüsterte ihr ins Ohr: »Ich weiß doch, ich weiß«, und Luisa sah über seine Schulter und blinzelte und dachte, du Idiot, gar nichts weißt du. Vom vielen Weinen fühlte sie sich ausgetrocknet, und dann bekam sie auch noch einen Schluckauf. Es dauerte eine Weile, bis sie etwas sagen konnte. Mit heiserer Stimme flüsterte sie: »Aber du musst dich bei mir entschuldigen.«

Männer, die pfeifen

Sie waren immer zu zweit anzutreffen, Herr Eisen und Herr Emmermann, ein ausgesprochen unattraktives Paar in den Fünfzigern. Beide waren klein, hatten Bierbäuche und Schnauzbärte. Auf ihren Gesichtern leuchteten feine Netze roter Äderchen, ihre Augen waren leer und grausam, ihre Stimmen quäkend. Alle anderen Mieter im Haus am Kuhlmühlgraben 38 hatten Angst vor ihnen.

Man konnte die beiden leicht verwechseln. Tagsüber war es in der Regel nur Herr Emmermann, dem es aus dem Weg zu gehen galt, denn Herr Eisen, mittlerer Angestellter der städtischen Verkehrsbetriebe, watschelte um acht Uhr morgens aus dem Haus – zu seinem Leidwesen war er gezwungen, den Bus zu nehmen, da sein Chef Wert darauf legte, dass seine Mitarbeiter sich umweltbewusst zeigten. Er musterte dann mit herablassender Miene alle, die freiwillig diese unbequeme Fortbewegungsmethode gewählt hatten. In jedem Fall tat er, was er für seine Pflicht hielt: Wenn er sah, dass ein gesund aussehender Fahrgast den Behindertensitz benutzte, dann jagte er ihn weg und schob irgendeine überraschte und verängstigte ältere Dame hin, der das ausgesprochen peinlich war. Für die Arbeit kleidete Herr Eisen sich in billige dunkle Anzüge, die er um vier Uhr vierzig, spätestens dreiviertel fünf, wenn er pünktlich heimkam, mit einer schlecht sitzenden Jeans und einem kleinkarierten Hemd tauschte. Sein Lebensgefährte Herwig – Herr Emmermann – konnte sich den Luxus leisten, den Tag bereits in Jeans und Karos zu beginnen, da er tagsüber zu Hause blieb. Im Sommer trugen beide gerne Shorts, die ihre weißen, stark behaarten Beine entblößten. Sie zeigten keine nennenswerten Gefühle, auffällig vital an ihnen war lediglich ihre Bösartigkeit.

Herwig Emmermann war gelernter Fachverkäufer für Elektrogeräte, aber die Technik hatte ihn überholt, und seit der gemütliche Laden, in dem er mit einem Kollegen herumgehockt hatte, zugemacht hatte, da es überall die großen Ketten gab, fand er keinen Job mehr. Es war nicht schlimm. So konnte er, der sich schon von Berufs wegen eher als Feingeist sah – wenngleich er weder Bücher las, noch Musik hörte, noch sich für Kino oder Theater interessierte –, die Tage mit Gartenarbeit verbringen. Das entspannte ihn. Während er düngte, umgrub und Hecken stutzte, dachte er sich Schikanen für die anderen Mieter im Haus aus. Und da auch Herr Eisen bei seiner Bürotätigkeit noch die Muße fand, die Gedanken schweifen zu lassen, sammelte sich bei den beiden einiges an Ideen, so dass sie, obwohl sie schon so lange zusammenlebten, abends immer noch Gesprächsstoff hatten. Sofern es das Wetter erlaubte, trugen sie ihren Plastiktisch und zwei Campingstühle auf die akkurat gemähte kleine Rasenfläche zwischen den herrlichen Beeten und berieten sich über ihre nächsten Schritte. Es gefiel ihnen, wenn sie bemerkten, dass ab und zu ein Nachbar, der zufällig das Fenster öffnete, sie im Garten sitzen sah, erschrak und sofort den Kopf wieder wegzog. Dass sie das Grundstück auf diese Weise ganz für sich allein hatten, verstand sich von selbst.

Die Namen, bei denen diese Nachbarn sie – natürlich nur unter sich – nannten, waren vielfältig: »Die Ekel«, »die Giftspritzen«, »die Blockwarte« waren nur einige. »Sie sehen andere Menschen nicht als ihre Opfer, sondern halten sie für Ungeziefer und zertreten sie ohne schlechtes Gewissen«, bemerkte einmal ein scharfsinniger Kurzmieter. Aber auch er gab diesen Kommentar nur flüsternd im Treppenhaus ab – an dem Tag, an dem er auszog. In der Regel begannen Mieter, die noch ein Mindestmaß an Selbstachtung besaßen, spätestens nach einem halben Jahr, sich eine neue Bleibe zu suchen – sechs Monate, in denen die Herren ihren Nachbarn angeblich zu große Pappstücke aus den Altpapiertonnen sortiert vor ihre Haustür zurückgelegt hatten, im Flur geparkte Kinderwagen oder Fahrräder draußen vor die Haustür stellten, wo sie gestohlen wurden, und die Treppeputzenden anpöbelten; sechs Monate, in denen die Polizei mehrfach wegen Lärmbelästigung auf den Plan trat, wenn ein Baby schrie oder ein Hund bellte. Die wenigen Masochisten, die trotz allem blieben, lebten so unauffällig wie Schatten vor sich hin. Die Hausbesitzerin, eine reiche Anwaltswitwe mit Hang zur Esoterik, wohnte auf Mallorca und glaubte angesichts der kurzen Verweildauer ihrer Mieter, auf ihrem Eigentum am Kuhlmühlgraben 38 laste ein Fluch; sie ließ sich niemals blicken.

Soweit lief alles bestens für Eisen und Emmermann, und sie führten ein erfülltes Leben. Der Ärger begann, als der Makler auf die Idee kam, die riesige Fünfzimmerwohnung im Erdgeschoss an eine Wohngemeinschaft zu vermieten, nachdem das zuvor dort lebende Arztehepaar schon nach wenigen Monaten am Kuhlmühlgraben behauptet hatte, sie würden spontan nach Amerika auswandern und sich dort niederlassen. Sie hatten auf Mallorca angerufen und flehentlich darum gebeten, vorzeitig aus dem Mietverhältnis entlassen zu werden – für die Witwe einmal mehr eine Bestätigung für ihre Theorie über den Fluch.

Es war ein heißer Freitag im August, Herr Eisen – Bert – war von der Arbeit heimgekommen und hatte gerade die speckige Schirmmütze und die Sandalen angezogen, um sich in den Garten zu setzen, als das Telefon klingelte und der Makler ihnen das Wochenende verdarb.

»Liebenswerte junge Leute«, schwärmte er in Eisens gereiztes Schnauben hinein. »Aus gutem Elternhaus.«

Herr Emmermann, der sofort bemerkte, dass etwas nicht stimmte, zog fragend die Augenbrauen hoch. Eisen drückte auf die Lautsprechertaste, und sie hörten gemeinsam, dass es sich um drei junge Männer und eine Frau handelte, die im Laufe der nächsten Wochen einziehen würden – so ganz hatten die jungen Leute sich anscheinend nicht auf ein Datum festlegen wollen.

Nach dem Gespräch begaben sich die beiden Männer in den Schatten der Sommerlinde, um diese Neuigkeiten zu diskutieren. Während Herr Emmermann die Zustände im Hause, die sie bald zu erwarten hätten, in den düstersten Farben ausmalte, spähte Herr Eisen immer wieder in seine Kaffeetasse, um sicherzugehen, dass keine Wespe in dem zuckersüßen Getränk gelandet war. Er konnte Insekten nicht leiden. Eigentlich mochte er überhaupt keine Tiere, und wenn es einen Garten ohne sie gäbe, er fände es gut.

»Hörst du überhaupt zu?«, fragte Herr Emmermann.

»Natürlich. Du sagtest gerade, sie werden eine Menge Lärm machen«, sagte Herr Eisen. Das war geraten, traf aber ins Schwarze, und Herr Emmermann nickte bedächtig. »Aber weißt du, ich sehe das nicht so negativ. Es sind Kinder. Halbe Portionen. Ich sage dir, denen habe ich die Hausordnung rasch beigebracht. Das wird schnell eine saubere Sache.«

Sauber war das Lieblingswort der beiden; es fiel in allen möglichen Zusammenhängen, ob es ums Putzen ging oder um allgemeine Fragen der Lebensführung.

»Ich weiß nicht«, sagte Herr Eisen. »Es war gerade alles so friedlich ...«

Trübsinnig starrte er auf die hellgrünen Zweige der Linde, zwischen denen gelbe Blüten im Licht glänzten. Der phänologische Hochsommer werde durch die Blüte der Sommerlinde eingeleitet, hatte ihm Herr Emmermann einmal erklärt. Sie sei die wichtigste Kennpflanze für diese Jahreszeit. Diese beiden Sätze fielen ihm unter Garantie jedes Mal ein, wenn er den Baum ansah, und manchmal wünschte Eisen sich, er hätte sie nie gehört.

Herr Emmermann aber ließ sich nicht beirren: »Überleg doch mal, wie viel schlimmer es hätte kommen können – denk bloß an den Rechtsanwalt mit seiner Frau, bis wir die draußen hatten! Nein, nein. Ich sage dir: Kinder – das ist machbar.«

Und pfeifend stand er auf, um in den Keller zu gehen und Bier zu holen. Die Wahrheit war, dass er sich über frisches Fleisch und Blut freute. Ihm war in letzter Zeit ein wenig langweilig geworden.

In den nächsten Tagen malte Herwig sich die vielen Vorteile aus, die so eine Wohngemeinschaft ohne Zweifel hätte. Zum Beispiel hatte er schon immer davon geträumt, dass er, wenn er tagsüber im Garten war, die Toilette der Wohnung im Erdgeschoss benutzen durfte, da er nicht ständig in den dritten Stock laufen wollte: Das war eine ziemliche Rennerei, da er schon bei der Arbeit gerne ein Bier trank und deshalb oft Wasser lassen musste. Er würde einfach dem Studenten gegenüber, den er für den Schüchternsten hielt, behaupten, das sei hier Usus, es sei schließlich ihrer aller Garten, den er da pflegte.

Er stellte sich außerdem vor, dass solche jungen Leute jede Menge Zeitungen und Zeitschriften abonniert hatten, und diese lagen dann morgens im Flur – quasi abholbereit. Ihn schmerzte schon das gute Geld, das er für sein Abonnement von *Mein schöner Garten* zahlte, das genügte wirklich. Man wusste ja, dass Studenten bis in die Puppen schliefen. Und falls jemand merkte, dass etwas fehlte, konnte er sich sicher sein, dass die WG-Bewohner sich erst einmal gegenseitig beschuldigten. Er sah sich schon die Treppe herunterlinsen, lauschen und dann einen

Satz quer durch den Flur machen, sich die Zeitungen schnappen und wieder zurück zur eigenen Tür hechten – er war ziemlich unerschrocken. Im Nachhinein musste man sagen, dass diese Phase der Erwartung eigentlich die schönste in diesem Sommer war. Herr Emmermann schnarchte nachts zufrieden, während sich in seinem Kopf die Bilder seiner künftigen Heldentaten zu kleinen Geschichten summierten, zu schönen Träumen, die er morgens leider allzu schnell wieder vergaß.

In der letzten Augustwoche war es so weit. Herr Emmermann hing am Fenster und beobachtete die Straße. Einem vw-Bus entstieg ein zartes Geschöpf mit goldblonden Haaren, blassem, fast bläulich schimmerndem Teint und einer blauen Reisetasche. Herr Emmermann stürzte fast auf die Straße, um die Unterhaltung des jungen Mannes mit dem Fahrer des Busses mitzuverfolgen. Obwohl er nichts verstand, hätte er die Szene um nichts in der Welt verpassen wollen: Das, wunderte er sich, sollte ein Student sein? Er musste ein ums andere Mal schlucken. Unmöglich, sich vorzustellen, dass dieses überirdische Wesen so etwas Profanes tat wie beispielsweise Müll trennen. Dass es überhaupt welchen produzierte. Er war hingerissen. Der junge Mann schien alle Zeit der Welt zu haben, wie er lässig, die Hand in die Hüfte gestemmt, mit dem Fahrer plauderte, der seinen zwar ebenfalls blonden, aber doch völlig gewöhnlichen Kopf aus dem Autofenster hängte. Der neue Mieter war, was den Ausdruck auf seinem Gesicht anging, noch fast ein Kind – wie Titus oder Timo oder wie der engelsgleiche Knabe in Thomas Manns *Tod in Venedig* hieß. Emmermann hatte den lange nicht mehr zur Hand genommenen Roman tatsächlich noch vage in Erinnerung, weil es die einzige Schullektüre gewesen war, die ihn vor über dreißig Jahren angesprochen hatte. Noch am selben Abend begann er, unter den wenigen Büchern zu kramen, die sie besaßen, und wurde fündig. Tadzio hieß der Junge. Er begann, den Studenten heimlich so zu nennen. Es schwante ihm, dass er dem schönen neuen Mieter kaum erklären konnte, wieso er seine Toilette mitbenutzen wollte, ohne fürchterlich rot zu werden. Vielleicht sollte er seinen Plan ändern. Zwar hatte er erst einmal den Einzug sämtlicher neuer Nachbarn beobachten wollen, bevor er überhaupt in Erscheinung trat – er hatte das schwächste Glied der Gemeinschaft ausmachen wollen, um es separat von allen anderen in die Mangel zu nehmen –, aber jetzt schien es ihm das Beste zu sein, sich erst einmal demjenigen vorzustellen, der schon da war. So konnte er mit Tadzio sprechen.

Herr Emmermann musste nicht lange klingeln, bis die Tür aufgerissen wurde.

»Oh«, sagte der junge Mann enttäuscht, »ich dachte, es sind meine Sachen. Der Umzugswagen, wissen Sie.«

Emmermann rührte sich nicht. Er war verwirrt und dachte etwas wie: Nein, ich bin kein Umzugswagen. Als er endlich sprechen konnte, stellte er sich vor und fragte den jungen Mann etwas zusammenhanglos, was er studiere.

»Musik. Ich heiße Sven. Sven Merano.«

»Wie das Glas«, bemerkte Herr Emmermann feinsinnig. Er lächelte, stolz, seine Geistesgegenwart wiedererlangt zu haben.

»Ja, na ja, fast«, sagte Sven mit gerunzelter Stirn, da er nicht wusste, ob der Mann sich verhört hatte oder einfach dumm war. Ihm fiel auf, wie unangenehm der neue Nachbar anzusehen war, mit diesen unappetitlichen Füßen, die er in einer Art offener Römersandaletten zur Schau stellte. Sein Blick war unverkennbar lüstern. Sven bemühte sich, freundlich zu bleiben; er konnte es mit seinem Selbstbild nicht vereinbaren, schwulenfeindlich zu sein. Seit Jahren quatschten ihn genauso häufig Männer wie Frauen an – er sollte es gewohnt sein.

Herr Emmermann verbreitete sich jetzt darüber, wie ausgezeichnet es Sven in diesem Hause gefallen werde. Dabei schlüpfte seine linke Sandale so zwischen Tür und Rahmen, dass der neue Nachbar ihn nicht einfach aussperren konnte.

»Haben Sie vielen Dank, ich denke auch, ich werde mich hier wohlfühlen. Hat mich sehr gefreut, Sie kennenzulernen«, sagte Sven missmutig. Sehr gefreut – das war die Übertreibung des Monats. Der Mann behielt sein Vertreterlächeln bei, er schien nicht zu verstehen. Sven betrachtete den fürchterlichen Fuß: »Den müssen Sie schon wegnehmen, sonst wird er eingeklemmt.«

Für eine Sekunde zögerte Herr Emmermann unglücklich, dann ging er – spielerisch, nicht allzu defensiv – einen Schritt zurück, fast war es ein Tänzeln, und ehe er sich versah, befand er sich wieder allein im Hausflur, wo er einen Winkel im Zwischengeschoss bezog, um dort versteckt gemeinsam mit Sven Merano auf die Ankunft des Umzugswagens zu warten.

»Ein Klavier?«, wiederholte Herr Eisen am Abend stirnrunzelnd, als er den Lagebericht einholte. Er sah Musikinstrumente jeder Art, ähnlich wie Haustiere, als Affront an, als Kriegserklärung – es war nicht einmal nötig, das jemand auf ihnen spielte. »Du meinst, wir machen es über die Lärmbelästigungsschiene?«

Die Lärmbelästigungsschiene beinhaltete Beschwerden beim Ordnungsamt und bei der Polizei. Sie kannten die zuständigen Beamten inzwischen, mit Sammy im Ordnungsamt war Eisen per »Du«. Es wäre kein Problem, relativ schnell die erste Abmahnung zu erreichen. Die Vermieterin auf Mallorca spurte, wenn man den rechten Ton anschlug. Eisen lächelte: »Du hattest mal wieder alles richtig vorausgesehen, mein Lieber. Es wird nicht schwer. Wie konnte ich nur so dumm sein!«

Bert säuselte die Worte – er dachte an Sex dabei und hätte nichts dagegen gehabt, wenn sie als Vorspiel verstanden würden –, doch Herwig war ganz offensichtlich nicht in Stimmung.

»Erst einmal warten wir auf die anderen drei«, blockte er ab.

Herr Eisen, der sich schon auf das ausführliche Planen aller Schikanen gefreut hatte, zog einen Schmollmund, von dem er ebenfalls hoffte, er würde als Vorspiel verstanden, denn er fand seinen Schmollmund, wenn er sich im

Spiegel betrachtete, immer außerordentlich sexy. »Du musst aber auch bei ihm damit rechnen, dass er versucht, sich in den Garten zu setzen«, muffelte er, als das auch nichts nutzte, und stand auf, um den Fernseher anzumachen.

Es ärgerte ihn, dass sein Lebensgefährte sich so unentschlossen zeigte – normalerweise besaß er den Ehrgeiz eines echten Sadisten. Man konnte nur hoffen, das deutete nicht auf bröckelnde Charakterfestigkeit hin; er musste das im Auge behalten.

»In den Garten setzen? Da mach dir mal überhaupt keine Gedanken«, erwiderte Herwig nun zum Glück und ließ in diesen Worten immerhin etwas vom alten Zuchtmeister erkennen. »Ich werde aufpassen.«

Herwig Emmermann hielt Wort. Er verbrachte seine Tage von nun an permanent draußen, er nahm dort auch seine Mahlzeiten zu sich. Auf diese Weise hörte er, wenn Sven Klavier übte. Oder was man so üben nannte: Er spielte ziemlich perfekt; Emmermann glaubte sogar einmal, Mozart zu erkennen. Zuerst versuchte er, sich selbst vorzumachen, dass ihn das Spiel störte, und es erschien ihm wie Betrug, als er sich eingestand, dass dies keineswegs der Fall war. Dann beließ er es dabei und gab sich ganz seinen Tagträumen hin.

Zu diesem Zeitpunkt war Herwig Emmermann sich keiner Gefahr bewusst, im Gegenteil, er sah beinahe gespannt in die Zukunft. Zumal er sein Versprechen nicht vernachlässigte: Er achtete darauf, dass niemand außer ihnen den Garten betrat. Er hatte vom Rasen aus den besten Blick auf den Hausflur, denn er ließ die Durchgangstür sperrangelweit offen. Wenn es regnete, konnte er sich ins Gartenhäuschen setzen, aber die meiste Zeit war es schön; er lauschte Svens Klavierspiel und ließ die Gedanken schweifen. Allerdings dachte er sich keine Quälereien aus und spielte auch keine möglichen Szenarien im Kampf mit den neuen Mietern im Kopf durch, wie es besonders fähige Schachspieler vor großen Turnieren taten. Vielmehr tauchte er in die Vergangenheit ab. Er erinnerte sich noch genau daran, wie hier vor fünfundzwanzig Jahren alles ausgesehen hatte, als Bert und er eingezogen waren. Die alten Paare, die hier gewohnt hatten und inzwischen dort lagen, wo sich auch die Blumenzwiebeln befanden, hatten das Haus schon lange nicht mehr im Griff gehabt. Wie dankbar waren sie ihm gewesen. So hatte sie angefangen – seine Gartenleidenschaft. Und Leidenschaft hieß schließlich Leidenschaft, weil sie *Leiden schafft*, dachte er feinsinnig; was man liebte, galt es zu bewachen, um es beschützen zu können. Rasch war ihm aufgefallen, dass es am schönsten war, den Garten für sich allein zu haben; zum Glück kam es immer öfter vor, dass Gebrechen die alten Leutchen daran hinderten, herunterzukommen – die Reyers und auch die alte Klahr hatten sich zuletzt alles liefern lassen. Und dann waren sie einer nach dem anderen, alle aus dem vierten und fünften Stock, mit den Füßen voran die Treppen hinunter getragen worden. Die Musik machte eine Pause und setzte dann wieder ein. Herr Emmermann stieß die Luft mit einem Seufzen aus. Es war früh am Tag, die schlimmste Hitze ließ noch auf sich warten. Über Nacht hatte es geregnet; die Beete sahen in nassem Zustand schwarz und nahrhaft aus, die Rosen noch stolzer und schöner, wie frisch gespült. Die Blüten glänzten in allen Farbabstufungen, vom zartesten Pfirsichrosa über Karminrot, Scharlachrot, Purpurrot, Weinrot, Blutrot bis zu einem Ton, der fast schwarz war, ein Schattenmorellenschwarz. Rechts am Grundstück waren die Stauden, die ein Stück der alten Mauer überwucherten, verblüht, aber dafür standen Sommerlinde, Beifuß und Dahlien in voller Pracht, sorgten für gelbe, rosa und rote Farbtupfen. Dahlien mit ihren dicken, schweren Köpfen waren seine liebsten Blumen – nicht Rosen, Dahlien. Diese kleine Extravaganz erlaubte Herwig sich. Er schätzte vor allem, dass sie völlig geruchlos waren. Wer hätte diese Diskretion von einer so auffälligen Blüte erwartet. Aber so war es. Er pulte sich mit dem Zeigefinger im linken Ohr herum. Er hatte in diesem Jahr nicht versäumt, die Walnussbäume zu beschneiden, wie im Vorjahr, wo sie viel zu stark geblutet hatten. Oh ja, das alles war Arbeit. Aber es lohnte sich. Es sah herrlich aus.

Seine Hoffnung, Sven würde an diesen schönen Tagen herauskommen und sich sonnen, wurde jedoch enttäuscht. Ihn entschädigten die Melodien, die sein Tadzio spielte und die alles um Emmermann herum neu färbten, neu benannten und veränderten; inmitten der ihm altbekannten Umgebung kam Herwig sich vor, wie an einen anderen Ort versetzt, einen Ort, den er weder lokalisieren noch wirklich hätte beschreiben können. Die Tage nach Svens

Einzug verbrachte er wie betäubt. Er glitt durch den Garten, als wöge er gar nichts, er biss in sein Mittagessen, und es schmeckte süß und salzig und weich und hart zugleich, er folgte einem Schmetterling mit den Augen und empfand eine nie erlebte Empathie mit dem Insekt. In ihm regte sich der Verdacht, er wäre nie zuvor wirklich glücklich gewesen. Sobald Sven aufhörte zu spielen, begann Emmermann, das Gehörte nachzupfeifen, weil er hoffte, der junge Mann würde das mitbekommen und erkennen, wie unglaublich musikalisch er war. Leider reagierte Sven nicht auf seine Bemühungen; bis auf ein knappes Grüßen, wenn er seinen Müll hinausbrachte und ihn in der Nähe der Tonnen herumlungern sah, kam seinerseits gar nichts. Er ist in Gedanken bei seiner Musik, sagte sich Herwig.

Nacheinander zogen die anderen Studenten ein. Keiner von ihnen war auch nur ansatzweise zu vergleichen mit Tadzio, weder die beiden pickligen angehenden Informatiker noch die junge Blondine. Den Einzug der Frau verpasste Sven, da er über das Wochenende zu seinen Eltern gefahren war, wie Emmermann wusste, da er durch das offene Erdgeschossfenster ein Telefonat mitgehört hatte. Diese Frau war Herrn Emmermann auf Anhieb unsympathisch, da sie ihn, wie alle Heterofrauen mit großen Brüsten, an seine Mutter erinnerte. Und dann auch noch dieses ordinäre blonde Haar! Dass sie ein echtes Problem darstellte, begriff er aber erst, als er miterlebte, wie Sven und sie sich begrüßten. Sven kam gerade vom Einkaufen nach Hause, er traf die Blonde im Hausflur. Emmermann, der sich gerade an den Briefkästen zu schaffen machte, trat hinter die Tür.

»Hallo. Du musst unser Neuzugang sein.« Sven reichte Blondie eine lange weiße, sehr feine Hand.

»Hallo. Mirjam Mahler.« Sie lächelte.

»Schöner Name«, lächelte Sven zurück.

Und er begann augenblicklich, über seine Liebe zu Mahler zu sprechen. Er sagte wirklich »Liebe zu Mahler«. Unfassbar. Es dauerte eine Weile, bis Herwig begriff, dass es sich um einen toten Dirigenten und Komponisten handelte, der überhaupt nicht mit der Schnepfe verwandt zu sein schien, ein Gustav Mahler. Sven schwärmte vom »Übergang von der Spätromantik zur Moderne«, mit der dieser Kerl anscheinend etwas zu schaffen hatte. Dann sagte diese Mirjam etwas, das mit dem frühen Tod dieses toten Mahlers zu tun hatte. »*Tod in Venedig*«, hörte Herwig, und es wurde ihm schwindelig, weil er nun glaubte, innere Stimmen zu hören. Es war doch wohl nicht möglich, dass ausgerechnet diese dumme Schnepfe jetzt mit Sven über dessen Ähnlichkeit zu Tadzio sprach? Herwig war komplett verwirrt. Nach einer Weile teilte sich ihm mit, dass es um etwas anderes ging. Thomas Mann hätte, erzählte diese Mirjam, die Hauptfigur in seiner Novelle, den Schriftsteller Gustav Aschenbach, nach Mahlers Vorbild gestaltet und die Handlung im Jahr 1911, dem Todesjahr Mahlers, angesiedelt. Emmermann war schockiert darüber, dass sie so viel über das Buch wusste. Sein jüngst erst wiederentdeckter Lieblingsroman kam ihm beschmutzt vor. Außerdem ärgerte er sich, dass diese Mirjam dauernd von einer »Novelle« sprach, dabei war er sich sicher, es handelte sich nicht um ein französisches, sondern ein normales deutsches Buch.

Als er der immer dreister werdenden Flirterei zwischen den beiden wirklich nicht mehr zuhören konnte, wandte er einen uralten Trick an. Er zählte im Stillen bis zehn, sagte sich dann »Los« und marschierte nach vorne. Ihr Gespräch verstummte sofort, und niemand sagte ihm, wovon sie gerade gesprochen hatten, was dumm war, denn er konnte schlecht anfangen, ebenfalls über den *Tod in Venedig* zu sprechen – sie würden merken, dass er gelauscht hatte.

»Wir hatten noch nicht das Vergnügen«, sagte er also grimmig zu Mirjam. »Wir hatten gedacht, Sie machten mal eine Runde im Haus und stellten sich vor.«

Mit »wir« meinte er natürlich Herrn Eisen und sich. Mirjam allerdings dachte für einen Moment, der rotgesichtige Zwerg vor ihr spräche im *pluralis majestatis*. Da sie keine Anstalten machte, sich zu entschuldigen, begann Emmermann zu erklären, wie das Treppenhaus in drei Gängen – kehren, feucht, trocken – zu reinigen war. Die Haustür müsse aus Sicherheitsgründen abends ab acht Uhr verschlossen sein. Er sprach so herrisch wie immer, war aber innerlich nicht bei der Sache, weil er Svens Deodorant zu riechen glaubte. Also beendete er die Ansprache, kündigte der Frau an, ihr den Plan der städtischen Müllabfuhr auszuhändigen, und eilte dann rasch nach oben in seine Wohnung, wo er sich auf den nächstbesten Stuhl setzte und erst einmal durchatmete. Er bekam nicht mehr mit, wie Mirjam sich kopfschüttelnd an Sven wandte und fragte: »Der ist ja vollkommen gestört, oder?«, und auch nicht, dass Sven nickte und sagte: »Absolut.« Nein, Herwig Emmermann verspürte auf einmal Herzschmerzen und konnte kaum mehr atmen. Und obwohl er fast starb beziehungsweise glaubte, er stürbe, sah er die ganze Zeit die Szene vor sich, wie sich Sven und Mirjam unterhielten. Es hatte etwas von einem Film gehabt. Einem Film, bei dem er der einzige Zuschauer in einem riesigen, leeren Kinosaal gewesen war. Herwig empfand auf einmal barbarische Einsamkeit.

In den folgenden Tagen und Wochen musste Emmermann mit ansehen, wie Mirjam und Sven immer mehr Gefallen aneinander fanden. Sie kamen und gingen zuerst manchmal, dann praktisch nur noch gemeinsam ins Haus, Emmermann fürchtete, sie waren längst intim, so wie sie miteinander scherzten, sich küssten und begrapschten. Sie kennen keinerlei Scham, dachte Herwig, weder vor mir noch vor ihren anderen beiden Mitbewohnern. Die ließen sich kaum jemals blicken; Emmermann war ihnen gegenüber zu gleichgültig, als dass er ernsthafte Antipathie empfand. Er war zu beschäftigt damit, die Entwicklung zwischen Mirjam und Sven zu beobachten. Während er Sven gegenüber, wie er sich einbildete, mehr Toleranz zeigte, weil der Junge so fleißig war, empfand er Mirjam gegenüber blanken, kalten, weißglühenden Hass, Hass, der in seinem Herzen so großen Raum einnahm, dass es schmerzte. Herr Eisen wurde sein Gejammer leid und empfahl ihm, sich beim Arzt durchchecken zu lassen. Doch Herwig Emmermann wusste, dass er viel zu lange im Wartezimmer sitzen müsste. Alles Mögliche konnte währenddessen geschehen. Denn diese Trine Mirjam hatte begonnen, ihre »Arbeit« oder was sie so nannte, in den Garten zu verlegen. Sie hatte es tatsächlich gewagt, eine hölzerne Liege neben Herrn Emmermanns Hibiskus aufzuschlagen und sich daraufzulegen. Dort lag sie stundenlang herum und las. Es war eine Frechheit. Herr Emmermann kam ihr mit der Heckenschere so nahe, dass jeder halbwegs normale Mensch Angst hätte, gleich ein Ohr abgeschnitten zu bekommen, aber sie ließ sich nicht stören. Groß und braun gebrannt, mit ihrem dämlichen Pferdeschwanz und ihrer ewigen Flasche Multivitaminsaft, saß sie da und las und kritzelte irgendwas an die Ränder des Papiers. Er konnte ihre ekelerregende Vanille-Sonnenmilch zehn Meter gegen den Wind riechen.

Jetzt pirschte er sich von hinten an: »Sind Sie denn bescheuert?«, fragte er, donnernd laut. Die Faulenzerin zuckte zusammen, dann zeichnete sich Überraschung in ihrem Gesicht ab.

»Wie bitte?«

»Ihr Gartenstuhl zerdrückt die Pflanzen.«

Sie schaute auf die Grasbüschel zu ihren Füßen und schüttelte nur den Kopf, anstatt zu antworten. Emmermann wäre ihr am liebsten an die Gurgel gegangen. Er beschloss, sie so lange anzustarren, bis es ihr ungemütlich wurde und sie abzog. Aber sie las einfach weiter. Nach einer halben Stunde rief Sven aus dem Fenster

nach ihr, und sie rief zurück, er solle doch zu ihr herauskommen.

Der aber lehnte ab: »Viel zu heiß!«

Also ging sie endlich ins Haus. Herwig konnte das nicht
als Sieg verbuchen und ärgerte sich während des ganzen
weiteren Tages. Detailliert berichtete er seinem Lebens-
partner von der Unverschämtheit der Gartenbesetzerin,
und Herr Eisen stimmte ihm zu und heizte seine Wut
noch mehr an. Er war froh, dass er endlich seinen Herwig
wiedererkannte – diese neue, harmlosere Variante, die
Musik hörte und nichts gegen das junge Gemüse im Haus
unternahm, war ihm äußerst suspekt gewesen. Doch nun
schien er wieder so unerschrocken wie ehemals; mit der
Mahler lieferte er sich einen erbitterten Kampf. Die Frau
versuchte, ihr Territorium zu erweitern, indem sie Kübel-
pflanzen auf die Terrasse stellte, Herr Emmermann goss
sie nachts mit Terpentin. Weitere Kübel tauchten auf.
Herr Eisen und Herr Emmermann machten sich an den
Wochenenden und werktags ab Viertel vor fünf, sobald
sie draußen saßen, lauthals über ihre Versuche der Terras-
sengestaltung lustig.

»Aus dem Weg, Miststück«, sagten sie beide gleichzeitig, als sie der Mahler zufällig im Flur direkt gegenüber-
standen.

Doch anders als Herr Eisen war Emmermann nicht
glücklich, ganz im Gegenteil. Aus Gründen, die er selbst
nicht kannte, hielt er das Ergebnis seiner Schikanen für
inakzeptabel. Es lag wohl zumindest teilweise daran, dass
Sven aufgehört hatte, ihn zu grüßen. Emmermann konnte

noch so laut und vorwurfsvoll »Guten Tag!« trompeten, Sven sah einfach weg. Es wäre einfacher, wenn Emmermann ihn der Blondine zuschlagen und ebenfalls hassen könnte, aber so funktionierte es nicht. Im Gegenteil: Als bräuchte so viel Hass einen Gegenpol, liebte er Sven um so stärker. Und obwohl der sich nichts anmerken ließ, war Herwig sich inzwischen fast sicher, dass Sven ihn heimlich liebte. Er wusste, wie viel es manche angebliche Heteromänner kostete, sich einzugestehen, dass sie keine waren. Welche Aufopferung, welche Selbstverleugnung musste es ihn kosten, weiterhin die Kerzenlichtdiners, das Schreien, Stöhnen und Knutschen in den Nächten mit Mirjam vorzuspielen, das Emmermann manchmal nachts am Fenster unten belauschte, wenn Eisen längst schlief. Und als Mirjam die beiden Hundewelpen anschleppte, wie schwer musste es Sven da gefallen sein, diesen lächerlichen Versuch, ihn in eine Pseudofamilie zu integrieren, nicht einfach wegzulachen, nicht einfach in einen einzigen hysterischen Lachkrampf auszubrechen wie Emmermann, der es nicht glauben konnte, dass die Frau tatsächlich zwei Hunde anschleppte. Die im Übrigen noch nicht einmal stubenrein waren. Er beobachtete, wie die Mahler mehrfach am Tag mit beiden Tieren in den Armen auf die Terrasse rannte und sie in die seitliche Begrünung pinkeln ließ. Wahrscheinlich hätten die Tiere noch länger bei ihrer Mutter bleiben müssen. Sie waren so klein, dass sie nicht einmal ein Bein heben konnten. Sie sahen aus wie Zwillinge, beige, mit eingedellten schwarzen Schnauzen. Schlappohren hingen an den großen runden Schädeln, und zwei Paar weit auseinanderstehende Knopfaugen sahen den Betrachter hilflos an. »Das werden einmal richtige Kampfhunde«, sagte sich Herr Eisen schockiert, der die fast reinrassigen englischen Bulldoggen mit Pitbulls verwechselte. Herr Emmermann, der neben ihm am Fenster stand, stimmte zu, nahm dem Freund das Fernglas aus der Hand und besah die künftigen Kampfhunde, die allerdings nicht ganz das Kampfhundformat hatten, das sie mit Sicherheit bekommen würden. Sie waren eher noch recht wackelig auf ihren kurzen, dicken Beinen.

»Was werden wir tun?«, fragte Eisen mit vor Lust bebender Stimme.

»Ich weiß es noch nicht. Aber ich werde einen Plan machen. Einen guten Plan.« Und bei sich dachte er: »Armer Sven. Das Weibsstück hat ihn gefangen.«

Ja, er hatte Mitleid mit Sven – so lange, bis er »das Gespräch«, wie er es im Nachhinein nannte, mithörte. Sven und Mirjam hatten lang und breit besprochen, was sie zum Abendessen kochen würden – Dorade –, und dann auf einmal das Thema gewechselt. Ihr Kopf erschien kurz am Fenster, Emmermann duckte sich rasch hinter einen Strauch.

»Ist er da?«, fragte Sven. Herwigs Herz klopfte: Er wurde vermisst!

»Keine Ahnung, ich glaube nicht. Aber bei dem weiß man nie. Er schleicht sich immer so an – man müsste ihm eine Glocke umbinden«, antwortete die Mahler und warf die Hände nach oben, um auf unverschämte Art und Weise zu zeigen, wie Emmermann sich angeblich bewegte.

»Noch schlimmer finde ich es, wenn er pfeift! Es ist einfach grässlich!«

»Er ist vollkommen verknallt in dich, das ist dir schon klar?«

»Oh Gott, hör auf!«

Es war der Widerwille in Svens Stimme, der Emmermann mehr schockierte als der Inhalt der Sätze. Der Ton war es, der Herwig sagte, dass Sven die Frau nicht anlog, um seine Gefühle für ihn zu vertuschen. Er hatte einfach keine.

Herwig war nicht gekränkt. Das wäre eine zu schwache Formulierung gewesen. Er war zerstört. Was hatte er getan, um derart bestraft zu werden?

»Ich gehe mit den Hunden raus«, hörte er Sven noch sagen; es folgten das charakteristische Klirren der Leinen und das Zuschlagen einer Tür, als er nach vorne zur Straße die Wohnung verließ. Emmermann setzte sich mitten ins Gras, was er noch nie getan hatte. Er saß lange da; sein Kopf war leer.

Gift, dachte er dann, als er langsam die Treppe nach oben in den dritten Stock ging. Es würde nicht anders gehen.

Sven spazierte die Gerauer Straße entlang nach Hause. Er kam an den Hochhauskomplexen vorbei, in denen er ebenfalls eine Wohnung angeboten bekommen hatte, die er aber zugunsten des Mietshauses im Kuhlmühlgraben ausgeschlagen hatte – er hatte diese Straße so verdammt schick gefunden. Jetzt überlegte er sich zum wiederholten Mal, ob das nicht ein Fehler gewesen war. Mini und Maxi an den Leinen zogen ihn nach vorne, und er gab ihnen mit einem kleinen Ruck das Kommando, sich seiner Schrittgeschwindigkeit anzupassen. Der Abend war schon etwas kühler, es war angenehm, nach diesem heißen Sommer ein wenig Wind auf der Haut zu spüren. Man brauchte noch keine Jacke. Noch einmal ruckte er an den Leinen. Für einen Augenblick hatte er gedacht, Mirjam hätte die Hunde wirklich nur zur Provokation ihrer Nachbarn gekauft, aber selbst wenn es so gewesen wäre: Inzwischen hatten beide die Kerlchen lieb, man konnte einfach nicht anders. Zumindest, wenn man normal war: Die beiden emotionalen Krüppel im dritten Stock hassten Hunde natürlich. Ja, diese Sache mit den unmöglichen Nachbarn war ärgerlich. Es hätte alles so schön sein können. Er liebte Mirjam, er fand sie sexy und natürlich (»Ich stehe einfach auf natürliche Frauen«, sagte er seinen Freunden immer), er hatte die Hunde lieb gewonnen, und da man die beiden anderen Mitbewohner nie zu Gesicht bekam, fühlte es sich fast an, als wohnte er mit dieser kleinen Familie allein. Doch immer wieder war alles vergiftet, weil Mirjam wegen des pfeifenden Ungeheuers wütend war oder traurig. Neulich hatte sie sogar deswegen geweint. Als Sven an ihre Tränen dachte, blieb er abrupt stehen, und zwei Paar Hundeaugen schauten ihn vorwurfsvoll an.

»Ich muss etwas unternehmen«, erklärte er ihnen. Er drehte um und betrat den Wohnkomplex, den er damals besichtigt hatte. Unten hingen graue Briefkästen nebeneinander, funktional und unpersönlich wie die Käfige in einer Legebatterie.

Daneben, das wusste er noch von seinem Besuch, war das schwarze Brett. Zwei Wohnungen wurden angeboten, ein Einzimmerapartment (war das immer noch dasselbe?), das jetzt nicht mehr infrage kam, und eine ziemlich geräumige Dreizimmerwohnung. Das Penthouse, genau genommen. Das ist es, sagte er sich. Da hat Mirjam eine eigene Dachterrasse, und ihre Pflanzen werden wachsen und gedeihen. Er würde sie fragen, ob sie zusammenziehen wollten, so richtig, kein Kinderkram mehr. Er würde den größten Teil der Miete, die mit Sicherheit um einiges teurer war, bezahlen können, weil er mit seinen Hauskonzerten für betuchte Frankfurter Bürger sehr gut verdiente. Er würde es formulieren wie einen Antrag; Mirjam würde begeistert sein. Und er würde nie, nie wieder dieses grässliche Pfeifen ertragen müssen.

Herr Emmermann hatte mehr Zeit über Gift nachzudenken, als ihm lieb war, denn am übernächsten Tag stolperte er auf der Treppe, polterte auf das Schmerzhafteste fünf Stufen herunter und brach sich das rechte Bein. Er war sich sicher, jemand hätte einen Teil der Treppe mit Melkfett oder Ähnlichem eingeschmiert, und drängte seinen Lebensgefährten, die betreffende Stelle daraufhin zu untersuchen, aber Herr Eisen, der täglich zu ihm ins Krankenhaus kam – sehr zu seinem Leidwesen musste er dazu wieder Bus fahren –, fand keine Spuren. So konnten sie nicht einmal Anzeige erstatten. Es war ein Dilemma. Denn natürlich war Herrn Emmermann nun für geraume Zeit die Gartenarbeit unmöglich geworden; er konnte weder düngen noch die Walnussbäume zuschneiden. Außerdem fiel auch das Ausspionieren fürs Erste flach; er war einfach nicht in der Lage, abends mal rasch die Treppe herunterzulaufen, um zu kontrollieren, ob späte Heimkehrer die Haustür ordnungsgemäß abgeschlossen hatten; die Humpelei war allzu mühsam. Herr Eisen musste angelernt werden, die nötigste Gartenarbeit zu verrichten. Da er aber körperliche Arbeit nicht gewohnt war, war er nach fünfzehn Minuten erschöpft und schlechter Laune. Insgeheim dachte sich Herr Emmermann, da sieht der Bert mal, was ich hier im Haus alles leiste. Aber es war ein schwacher Trost. Weder war Herwig ein geduldiger und dankbarer Kranker, noch stellte Herr Eisen einen geeigneten Pfleger dar. Zudem hatten sie sich jetzt, da ihre Beobachtungsfreuden wegfielen und sie mit den Schikanen pausieren mussten – Herr Eisen allein hatte einfach nicht mehr die Energie –, nichts mehr, worüber sie miteinander reden konnten. Beide hatten ausgesprochen schlechte Laune und kreischten sich bei jeder Gelegenheit an wie zwei alte Marktweiber. Herr Eisen war mit dem Haushalt vollkommen überfordert – ihm war nie zuvor aufgefallen, dass sich das Essen nicht von selbst kochte und das Gemüse nicht herspaziert kam. Es fehlte plötzlich an allem: an Bier, an Knoblauchgurken und sogar an Klopapier. Herr Emmermann lag auf dem senfgrünen Sofa, das eine Bein hochgelagert, eine Flasche Bier in Griffweite, und litt, während Herr Eisen versuchte, das Chaos nicht überhandnehmen zu lassen. Die Gerichte, die er kochte, schmeckten nach nichts, und Herr Emmer-

mann sagte eines Abends, dass sie doch lieber den Pizza-
service anrufen sollten. Herr Eisen, der innerlich resigniert
hatte und sich immer häufiger fragte, was er mit dem
unzufriedenen Invaliden auf seinem Sofa eigentlich wollte,
lächelte böse und widersprach nicht. Es waren teure Wochen. Das einzige spärliche Vergnügen gewährten dabei
die Fantasien über den Gifttod der beiden Kampfhunde.

»Es ist ganz einfach: Schokolade«, sagte Herr Emmermann eines Tages, als er den Fernseher nach einer Folge
Der Tierdoktor berät ausschaltete.

»Was ist ganz einfach Schokolade?«, fragte Eisen, der
halb ohnmächtig vor Erschöpfung im Sessel saß und sich
mit letzter Kraft die schweißigen, wunden Füße rieb.

»Hunde sterben, wenn sie eine gewisse Menge an Schokolade gefressen haben«, sagte Emmermann begeistert.
»Und ich habe schon befürchtet, man müsste extra Gift in
der Apotheke besorgen! Aber nein, völlig unauffällig:
Schokolade. Zwei, drei Tafeln dürften reichen.«

Seine Augen glänzten. »Das war ein hochinteressanter
Fall da eben. Vergiftungen kommen anscheinend bei so
Viechern sehr oft vor, und fast ebenso häufig verdächtig-
ten die Besitzer irgendwelche Leute, die es getan haben
sollen; die Polizei hat keine Zeit, solche Anzeigen groß zu
verfolgen.«

Herr Eisen blickte missmutig auf.

Emmermann fuhr fort: »Im Prinzip könnte ich das
direkt vor meiner nächsten Kontrolluntersuchung machen. Ich gehe kurz in den Garten, verstecke ein hübsches
Schokoladennest und nehme dann das Taxi.« Er nickte

zufrieden vor sich hin – so hätte er auf jeden Fall etwas, auf das er sich während des nächsten Arzttermins freuen konnte.

»Haben wir noch Schokolade da?«, fragte er.

Herr Eisen zuckte die Schultern. Er war zu k.o., um sich selbst von so einem großartigen Plan mitreißen zu lassen.

Herr Emmermann machte eine wegwerfende Handbewegung und humpelte los, um selbst im Vorratsschrank nachzusehen. Nichts, natürlich. Bert würde gleich morgen einkaufen gehen müssen. Doch als Emmermann zurück im Wohnzimmer war, konnte er Eisen nichts mehr auftragen, denn der war eingeschlafen. Sein Mund stand offen, und er schnarchte leise. Herr Emmermann dachte erfreut an das Doppelbett, das er diese Nacht für sich allein haben würde, und lächelte.

Nachdem Sven Mirjam seine Idee dargelegt und sie nach kurzer Bedenkzeit zugestimmt hatte, konnte es den beiden gar nicht schnell genug gehen mit dem Umzug. Alles in der Wohnung am Kuhlmühlgraben erschien ihnen plötzlich widerwärtig: die ungepflegten Mitbewohner, ihre Kaffeetassen überall, die scheußlichen Brennholzstapel neben den Rosen, die Emmermann und Eisen aufgetürmt hatten wie emsige Eichhörnchen. Überhaupt die beiden: Wie hatten sie so lange diese Kerle ausgehalten, die an den Wochenenden nichts taten, als drei Meter vor ihren Fenstern im Garten zu sitzen, um hereinzuglotzen? »Es sind untragbare Zustände«, sagte Sven zu Mirjam und fühlte sich dabei sehr erwachsen. Er teilte den Mitbewohnern knapp mit, sie müssten sich zwei Nachmieter suchen. Auch bei der Hausbesitzerin, die er auf Mallorca anrief, trat er sehr bestimmt auf, und die Frau verlangte nicht einmal, dass sie renovierten. Sven war unglaublich stolz auf sich. Er erinnerte sich gern an die Szene, als Mirjam angesichts der hohen Miete weiß im Gesicht geworden war und ihn Hilfe suchend ansah. »Geht in Ordnung«, hatte er nur geantwortet und ihr ein Zeichen gemacht, sie würden später darüber sprechen. Er erklärte ihr auf dem Rückweg, er sei zu außerordentlich vielen Hauskonzerten gebucht, so dass er den größten Teil der monatlichen Zahlungen übernehmen könne – wobei er ihr verschwieg, dass solche Salonmusik eigentlich unter seiner Würde war. Nie wieder dieses Pfeifen!

Herr Emmermann nahm diesmal die Mühe, zum Supermarkt zu hinken, gerne auf sich, er ließ sich Zeit, die passende Schokolade auszusuchen, es machte ihm eine diebische Freude, vor dem Supermarktregal zu stehen und sich zu überlegen, ob die Henkersmahlzeit der beiden kleinen Hündchen lieber nach Nuss oder nach Nougat schmecken sollte. Er, der sonst ja wirklich auf das Geld achtete, entschied sich für vier Tafeln Lindt-Krokant. Er humpelte zur Kasse und bezahlte mit ergebenem Lächeln den horrenden Preis, als ob er dem Gott des Hundemords damit ein Geschenk darböte. Am Abend saßen sie nicht im Garten, sondern zerteilten am Küchentisch die Schokolade in lauter einzelne Teilchen.

»Wieso hast du nicht einfach Schogetten genommen, die sind schon zerteilt«, meckerte Herr Eisen, den es fuchste, die gute Schokolade nur ansehen, aber nicht essen zu dürfen. Herr Emmermann ging nicht darauf ein, er war allzu gut gelaunt.

Allerdings machten sie damit einen kapitalen Fehler – da sie den Garten einmal nicht bewachten, bekamen sie nicht mit, dass ein kleiner Umzugswagen mit Kommilitonen von Sven und Mirjam vor der Haustür hielt, die das Klavier, zwei Matratzen, ein paar Koffer und Bücherkisten einluden und für immer verschwanden.

Die Bulldoggenwelpen pinkelten längst fröhlich auf der Dachterrasse, als Emmermann nachts um drei in den Garten schlich und ein schönes Nest aus Schokolade anlegte, wo man es am wenigsten sah. Wenn die Mahler morgen in aller Herrgottsfrühe die Biester laufen ließ, wäre es ohnedies nicht heller als jetzt. Er blinzelte in einen akkurat halbkreisförmigen Mond und bestaunte seine wunderbaren Dahlien, die jetzt dunkle, geheimnisvolle Schönheiten waren.

Als am nächsten Morgen der Anruf der Hausbesitzerin kam, die ihnen schüchtern zwei neue Studenten ankündigte und sich wiederholt für die Unruhe im Haus entschuldigte, begriff Emmermann zuerst nicht.

»Sie müssen sich täuschen«, sagte er, »ich habe die zwei gestern noch gesehen. Genau genommen sind sie übrigens zu viert, sie haben zwei unmögliche bissige ...«

Die Frau widersprach: »Sie sind gestern Abend ausgezogen. Mitsamt der Hunde. Wissen Sie Herr Emmer-

mann, ich bin am Überlegen, ob man das Haus mal aus-
pendeln sollte. Da stimmt etwas mit dem Energiefluss
nicht, glaube ich.« Und sie begann, solchen Blödsinn von
sich zu geben, dass Emmermann sich gezwungen sah, auf-
zulegen.

Er raste – soweit er mit dem Bein rasen konnte – sofort
in den Garten, wo er das Nest unangetastet vorfand. Die
Herbstsonne leuchtete über dem bildschönen Garten, er
hatte bei offenen Fenstern geschlafen, weil er gehofft
hatte, von Geschrei und Geheul aufgeweckt zu werden.
Der Lärm war ausgeblieben, stattdessen hatte die Mal-
lorcatante angerufen. Mit Sicherheit, dachte er, träume ich
noch und werde gleich aufwachen, weil mich die Blase
drückt. Sollte er vorsichtshalber gleich aufs Klo gehen?
Aber wenn er doch noch schlief, würde er dann nicht ins
Bett machen? Wie schön der Garten war, vor allem um
das Brennholzhäuschen herum, das er neben den Dahlien
aufgestellt hatte und mit dem er Berts und sein Revier
markierte. Er wartete; nichts geschah. Er war wach und
wirklich im Garten. Er zündete sich eine Zigarette an.
Sie schmeckte nicht, er ließ sie fallen. Setzte sich mitten
auf dem Rasen hin, halb auf die Knie wie zum Beten, weil
er plötzlich Schmerzen in seinem kaputten Bein bekam,
wirklich schlimme Schmerzen, die er, der schon bei einem
Mückenstich ein Schmerzmittel nahm, nicht gewohnt
war. Das machte ihm Angst, und die Angst wiederum
schnürte ihm den Atem ab. Ein Herzanfall, dachte er. Er
sah an seinen dicklichen Knien in der abgeschabten Jeans
vorbei auf ein paar Büschel Gras ohne Unkraut da-

zwischen. Für wen, verdammt noch mal, rackerte er sich eigentlich ab? Die Welle von Hass, die er spürte, war seine Rettung: Der Schmerz nahm ab. Hass war sein natürliches Gefühl, das Gefühl, das ihm guttat. Nichts tat ihm mehr weh, wenn er im Hass schwelgte. Es sieht niemand, empörte sich Herwig innerlich, was ich hier im Garten leiste, dass es der schönste Garten ist in dem ganzen verdammten Snobviertel. Und weit darüber hinaus. Meine Dahlien machen jedem europäischen Dahliengarten Konkurrenz.

Selbst Bert war es nicht mal aufgefallen, dass er in der letzten Zeit plötzlich behauptet hatte, lieber fernzusehen als neben ihm im Garten zu sitzen, weil er die Abendgeräusche von Mirjam und Sven nicht hatte hören wollen – abends ging es erst richtig los mit dem Kochen und Musikhören und, ja, sie schienen dauernd Sex zu haben. Er sah die Schokoladenstückchen an, dachte an die Pitbulls und Berts feuchte Hände, der das Zuckerzeug lieber selber gegessen hätte, die unterdrückte Gier in seinem Gesicht, als er ihm widerwillig beim Zerteilen geholfen hatte. Sven war weg, und Herwig Emmermann war wieder allein. Sogar unerträglich allein, denn ihm fiel ein, dass er nicht einmal Bert sein Leid klagen konnte – der würde den Auszug befürworten und sich nur über die Schokoladenverschwendung ärgern. Er stellte sich Eisens feuchte, spitze Lippen vor, das Kussmündchen, das er immer machte, wenn er Süßes aß, sein dämlich verzücktes Grinsen dabei. Herwigs Knie taten jetzt beide weh, aber er blieb in seiner unbequemen Position hocken. Er begann, sich systematisch ein Stück Schokolade nach dem anderen in den Mund zu schieben, und es, kaum zerkaut, zu schlucken. Aber zu kauen war nicht wichtig, nichts war mehr wichtig in einer Welt ohne Bedeutung. Er saß da wie ein Hund und fraß einfach. Er war ganz bei sich. Es schmeckte gut.

Hundeträume

Sechs Wochen und fünf Tage nach Franks Tod ging Dorothee das zweite Mal in ihrem Leben zu Dr. Fischwasser. Während sie im Wartezimmer saß – auf, wie sie glaubte, genau dem gleichen Stuhl wie vor zehn, nein elf Jahren –, erinnerte sie sich vage daran, wie neugierig sie die vermeintlich »Verrückten« um sich herum beobachtet hatte, als sie das erste Mal hierhergekommen war, und wie enttäuscht sie sich damit abgefunden hatte, dass es einfach Leute waren, die sich hinsetzten und eine Zeitschrift nahmen und zu lesen anfingen. Es war nicht anders als beim Zahnarzt. Sie hatte zwei Stunden gewartet, und dann hatte sich herausgestellt, dass alles umsonst gewesen war. Der Psychiater hatte ihr kein Medikament verschrieben, sondern ihr klargemacht, dass er für eine überspannte Philosophiestudentin weder Zeit noch Interesse aufzubringen gedächte.

Damals war Dorothee wütend aus der Praxis gerauscht; inzwischen sah sie einiges anders. Durch das jahrelange Zusammenleben mit dem ausgeglichenen Frank – und zum Teil wohl auch einfach durch das Älterwerden als solches – hatte sie gelernt, wie man sich dazu disziplinierte, auch im größten emotionalen Chaos die Dinge immer mal wieder aus der Perspektive eines Außenstehenden zu betrachten. Es war reine Übungssache. Schon bald begann sie, sobald sie sich am Rand einer Katastrophe wähnte, sich automatisch die einfache Frage: »Ist das wirklich so schlimm?« zu stellen. Und natürlich war selten etwas *wirklich schlimm*; alles war eine Frage des Maßstabs. Dorothee hatte Frank kurz nach dem ersten Termin bei Dr. Fischwasser kennengelernt. Sie hatte in dem gar nicht so kleinen Kreis ihrer Freunde in der Mensa gesessen und das ungenießbare Essen vor sich kalt werden lassen und geredet, und alle hatten an ihren Lippen gehangen und fanden diesen Dr. Fischwasser grässlich, in Anbetracht der Tatsache, unter welchen Depressionen die arme Dorothee litt. Alle außer Frank. Der hatte erwidert, sie sollte froh sein, dass sie nicht an so einen Scharlatan geraten sei, der eine Notlage ausgenutzt hatte, um sie medikamentensüchtig zu machen. Er hatte von vornherein so eine Art gehabt, ihr zu widersprechen, die sie als Herausforderung empfand, und er sah mit seiner schlaksigen, jungenhaften Erscheinung umwerfend gut aus.

Später erfuhr sie, dass er nur in der Mensa gegessen hatte, weil er mit ein paar Sportstudenten befreundet war; er arbeitete als Fitnesstrainer. Sie hatten erst beide gedacht, sie wären ein One-Night-Stand füreinander, aber aus der Nacht wurde eine Beziehung und schließlich die Ehe. Dorothee fand es heute noch merkwürdig, wie sie beide es geschafft hatten, sich trotz aller Vorbehalte so aufeinander einzulassen. Er war doch, eigentlich, immer *zu* praktisch und *zu* simpel-lebenslustig für sie gewesen, nicht philo-

sophisch genug für sie mit ihren schwarzen Rollkragen-
pullovern und den vielen starken Zigaretten. Aber dann
war ihr aufgefallen, dass sie eigentlich recht wenig mit den
Theorien und Seminaren anfangen konnte, dass nur ein
paar Fernsehfilme, unter anderem über Simone de Beau-
voir und Sartre, sie beeinflusst hatten. Ja, Frank und sie
waren glücklich gewesen. Dorothee sogar so sehr, dass sie
mit dem Rauchen aufhörte und zugab, dass Rollkragen sie
am Hals unerträglich kratzten, selbst wenn sie ihr standen.

Nun war es eine Zeit, die nicht wiederkam und an die sie
sich auf einmal nur noch sehr schwer erinnerte, als ob all
die Jahre zwischen ihrem Kennenlernen und dem plötzlichen Tod weggewischt wären. Es war, als wäre ihr Leben
mit Frank ein Traum gewesen – viel zu intensiv und liebevoll, um wahr zu sein. Als hätte es ihn lediglich als ihr
eigenes Wunschbild gegeben. Dorothee spürte wieder,
wie ihre Augen nass wurden. Aber sie wusste, dass sie
nicht weinen würde; das Weinen hatte schon vor einiger
Zeit aufgehört. Sie saß sehr aufrecht, den Blick auf die
Zeitschrift vor sich auf dem Schoß geheftet – es war nicht
wichtig, welche. Auf einmal hörte sie ein Husten, sah auf
und bemerkte überrascht, dass eine junge Frau sich ihr ge-
genübergesetzt hatte. Sie hatte sie angestarrt und sah jetzt
verlegen weg. Dorothee konnte sich gut vorstellen, dass
sie, genau wie Dorothee damals, gerade überlegt hatte, ob
die andere Patientin, die immer nur auf dieselbe Seite
eines Magazins starrte, wohl eine echte »Verrückte« wäre.
Die Frau war sehr hübsch. Dorothees Gedanken wander-

ten wieder zu Frank. Ob er in all der Zeit eine Affäre gehabt hatte? Und wenn ja, würde es ihr etwas ausmachen, wenn es eine temporäre Sache gewesen wäre, sagen wir, ein, zwei Abende oder Nächte? Es ist mir so was von egal, sagte sich Dorothee. Wenn er nur wieder da wäre; er könnte die ganze weibliche Kundschaft in seinem Fitnessclub beglücken. Sie hörte, wie ihr Name aufgerufen wurde, stand wie an Schnüren gezogen auf und verließ das Wartezimmer.

Sie meinte, Dr. Fischwasser als Mann fortgeschrittenen Alters kennengelernt zu haben, aber der Arzt sah eigentlich nicht so alt aus, als dass er bereits vor über zehn Jahren väterlich auf sie gewirkt haben konnte. Zu ihrem Erstaunen besaß er noch ihre frühere Karteikarte – wurden die nicht irgendwann vernichtet? –, faltete sie auseinander und studierte, die Stirn runzelnd, seine Notizen. Ohne aufzusehen fragte er: »Na, wo drückt der Schuh?«

Guter Ausdruck, dachte sie und sah auf ihre gefütterten Winterstiefel. Die schönsten Kleidungsstücke, die sie besaß, hatte Frank ihr geschenkt, diese Schuhe nicht. Niemals Schuhe, da war er abergläubisch. »Kaufst du einer Frau Schuhe, läuft sie dir darin weg.« Endlich erinnert mich einmal etwas nicht an ihn, dachte sie.

Wie paradox diese Aussage war, fiel ihr im selben Moment auf. Dr. Fischwasser wiederholte seine Frage.

»Mein Mann hatte vor einigen Wochen einen Motorradunfall. Am 24. September. Er ist gestorben. Er war 42.«

Der Psychiater schaute von der Karteikarte auf. Für einen Augenblick meinte sie, Anteilnahme in seinen Augen zu sehen. Vielleicht dachte er auch nur an seinen eigenen Tod. Es hieß ja, die Leute täten das, warum nicht auch professionelle Berater? Er war selber höchstens Ende vierzig, es war ungerecht, dass es Frank getroffen hatte und nicht ihn. Und doch war sie, wie sie sich sagte – oder vielmehr vorwarf –, gar nicht so außer sich, wie sie es hätte sein müssen. Sie machte einfach weiter, stand und saß und redete und tat Dinge, Stunde um Stunde, bis abends. Sie hatte von älteren Verwandten, die verwitwet waren, unisono gehört, eine Beerdigung mache so viel Arbeit, dass man erst später zum Trauern komme, aber Franks Beerdigung hatte gar keine Arbeit gemacht; sie hatte bereits vergessen, was alles zu entscheiden gewesen war. Der Besuch des Gemeindepfarrers war kurz gewesen, seine Predigt dann wirklich persönlich und schön. Sie hatte ihm danach zwei E-Mails geschrieben, um sich zu bedanken, er antwortete auf beide ausführlich und bot ihr an, einen Kontakt zu irgendeiner Beraterin herzustellen, daraufhin hatte sie es gut sein lassen. Das ist also das soziale Netz unserer Stadt, hatte sie festgestellt, das waren jene Institutionen, von deren Arbeit sie bisher nur im Zusammenhang mit Mittelkürzungen in der Zeitung gelesen hatte. Das ist das Auffangnetz für Leute wie mich, Menschen, die fallen und dankbar für alles sind, was sie bremst. Der Pfarrer empfiehlt ein paar Gespräche mit der Caritas – meine Güte, die Caritas! Das ist wie die Mahlzeitenausgabe, die Suchtberatung, der Kleiderdienst: Institutionen, die so unauffällig existieren wie Regenschirme, die in allen Wohnungen dieser Stadt in den Ecken herumstehen und vergessen sind, solange die Sonne scheint.

Sie räusperte sich, weil sie bemerkte, wie Dr. Fischwasser sie beobachtete.

»Ich weiß, dass ich darüber – irgendwie – hinwegkomme. *Muss* – hinwegkommen *muss* –, meine ich. Aber es ist schwer, ich wollte Sie bitten, mir für eine gewisse Zeit etwas Stimmungsaufhellendes zu verschreiben. Ich verkrieche mich so.«

Sie war sich sicher, dass sie sehr vernünftig klang.

»Es ist gut, dass Sie das selber so sehen.« Er nickte vor sich hin. »Haben Sie Kinder?«

»Nein«, sagte sie.

Sie dachte: Wir haben eine Hündin. Kitty. Sie sitzt draußen und wartet auf mich.

Er tippte etwas in den Computer, Tavor, eine ziemlich starke Dosierung, wie er sagte. Er machte außerdem eine ganze Reihe Bemerkungen über extreme Krisensituationen im Leben eines Menschen, aber die rauschten an ihr vorbei.

Sie bedankte sich und war schon aufgestanden, da sagte er noch: »Darf ich Ihnen einen Rat geben?«

Nein, dachte sie.

»Setzen Sie sich jeden Tag eine Stunde in sein Zimmer. Genau eine Stunde, nicht mehr und nicht weniger, und erinnern sich an ihn. *Bewusst*, meine ich, mir ist klar, dass Sie sich den ganzen Tag über erinnern. Ein fester Termin, vielleicht jeden Abend um fünf.«

Nein, dachte sie wieder. Aber sie nickte lediglich und ging. Als sie bei der Sprechstundenhilfe ihr Rezept abholen wollte, drängte ein rotgesichtiger Mann Dorothee zur Seite, um der Frau mitzuteilen, dass vor der Tür ein Hund liege, der krank aussehe.

»Das ist meiner. Wir gehen schon«, sagte Dorothee unfreundlich und nahm eilig an dem Dicken vorbei ihr Rezept entgegen.

Kitty war vor der Tür eingeschlafen; Dorothee kniete sich hin und weckte sie sanft. Sie war eine verdammt alte Hündin, und die Tatsache, dass Dorothee sie unbedingt zu ihrer Unterstützung bei diesem Arzttermin hatte dabei haben wollen, hatte sie eine Stunde langsames Gehen gekostet. Kitty war viel zu schwer, um sie zu tragen, und da die Hündin selbst am meisten unter ihrer Schwäche litt, tat sie Dorothee unendlich leid. Früher war sie so schnell und stolz gewesen, sie wurde niemals müde, spazieren zu gehen oder etwas zu bewachen. Jeden Auftrag, den Frank ihr gab, versuchte sie bestmöglich auszuführen. Ja, Kitty war in jeder Hinsicht ein überlegener Charakter. Wenn Frank sie lobte, war sich Dorothee oft nicht sicher gewesen, ob er damit nicht in Wirklichkeit sie, Dorothee, hatte tadeln wollen.

»Ein Schäferhund-Labrador-Mischling, so ungefähr das Anstrengendste an Hund, das du dir vorstellen kannst«, hatte ihr Frank erklärt, als er gestand, er lebe nicht allein. Dorothee hatte zu diesem Zeitpunkt noch keinerlei Erfahrung mit dem Zusammenleben und genauso wenig mit

Hunden gehabt und war einfach erleichtert gewesen, dass es sich bei »Kitty« nicht um eine Frau handelte. So erleichtert, dass sie lange nicht begriffen hatte, dass Kitty durchaus eine ernstzunehmende Rivalin darstellte. Zu einem bestimmten Zeitpunkt hatte sie sogar erwogen, sich einen eigenen Hund anzuschaffen, um ihre Partei in der Familie um einen Kopf zu vergrößern und damit bei Abstimmungen eine Pattsituation schaffen zu können. Letztlich war es daran gescheitert, dass sich der »Zweithund« – Franks Begriff – hinsichtlich Geschlecht, Charakter, Alter und Rasse zuallererst an Kitty zu orientieren hätte und keineswegs an Dorothees Vorstellungen. Nun, und dann hatten Kitty und Dorothee, trotz gegenseitigen Argwohns, das Beste aus ihrer Ménage-à-trois gemacht. Nach Franks Tod aber begann Kitty, all ihre Demut und Liebe auf Dorothee zu übertragen, die gar nicht wusste, wie ihr geschah. Dorothee meldete sich bei der Arbeit krank und verbrachte ihre ganze Zeit mit der Hündin. Sie schleppte sie zu mehreren Tierärzten und in die teure Tierklinik von diesem Dr. Taunstätt und bezahlte alles, was ihr halbwegs sinnvoll erschien, inklusive homöopathischer Zusatzmittel, die anzupreisen sich die Ärzte nicht einmal viel Mühe machten. Sie bezahlte und bezahlte und dachte dabei an Frank. Es half ihr, um seine Hündin so zu kämpfen, wie sie es um ihn nie hatte tun können. Sein Tod war völlig unvorbereitet gekommen – wie es Verkehrsunfälle nun einmal an sich hatten. Was aber sollte sie mit sich anfangen, wenn Kitty tot wäre?

Sie führte Kitty an der kurzen Leine, direkt an den

Hausfassaden vorbei auf die Fußgängerzone, Kitty kannte den Weg. Vielleicht erinnerte sie sich auch traurig daran, wie sie ihn früher einmal entlanggeflitzt war. Als sie nach einer Weile begann, den linken Hinterlauf nachzuziehen, beschloss Dorothee, an der nächsten Querstraße abzubiegen, um am Taxistand einen Wagen zu nehmen. Kitty war seit Wochen nicht mehr so viel gelaufen wie heute; es war jetzt eindeutig genug.

»Gleich, Kitty«, sagte sie, »gleich nehmen wir uns ein schönes warmes Taxi.«

Der Fahrer schaute Kitty skeptisch an, als sie einstiegen.

Während der Fahrt erinnerte Dorothee sich daran, dass bis vor Kurzem noch sie es gewesen war, die versucht hatte, Frank davon zu überzeugen, dass Kitty eingeschläfert werden musste. Sie war sich absolut sicher gewesen, dass es das einzig Richtige wäre.

»Kitty hat nichts davon«, begann sie meistens, wenn er abends etwas von seinem Teller unter das Hundefutter mischte, weil die Hündin das vor Jahren immer als das Leckerste überhaupt angesehen hatte. Damals hatte er winzige Häppchen abgezwackt, später trennte er sich von Rumpsteak ebenso leicht wie von Heilbutt.

»Frank? Hörst du? Es gibt nichts mehr, was wir tun können. Kitty will das nicht essen.«

»Schau, sie frisst doch!«

Sie wussten beide, dass das Tier nur ein paar Bissen nehmen und sie wieder erbrechen würde. Frank würde versuchen, das Malheur unauffällig zu beseitigen.

»Frank, hör mir zu.«

Er drehte widerwillig den Kopf zu seiner Frau.

»Schau, Kitty hat dich geliebt und war für dich da, jetzt leidet sie nur noch. Und sie zählt auf uns, dass wir ihr Leiden verkürzen. Es zu stoppen ist alles, was wir noch tun können. Wir sollten es ihr so angenehm wie möglich machen.«

»Ich weiß nicht, wovon du sprichst.«

»Du weißt genau, worüber ich spreche.«

Pause. Und dann, als wäre es ihm soeben erst eingefallen: »Wir sollten sie zu einem anderen Arzt bringen. Wir brauchen eine zweite Meinung.«

»Aber wir haben bisher immer auf Dr. Zeltner gehört, was soll das denn?«

»Eben. Er kennt sie zu gut. Natürlich hat er Kitty schon viel fitter erlebt. Er ist nicht mehr objektiv, er erinnert sich an die alte Kitty. Dieser Taunstätt soll gut sein.«

»Der Promi-Tierarzt! Viel zu teuer!«

Frank senkte den Kopf, und Dorothee legte ihm mitfühlend die Hand auf die Schulter, allerdings hörte sie nicht auf, unerbittlich weiterzuargumentieren. Eine der gnadenlosen Spruchweisheiten, mit denen sie in ihrer ebenso gnadenlosen Jugend aufgewachsen war, lautete: Lieber ein Ende mit Schrecken als ein Schrecken ohne Ende. Auf diese Weise hatte Dorothee, dem Rat ihrer Eltern vertrauend, zur Zeit des Abiturs ihre erste große Liebe fallen lassen, weil der junge Mann ihrer Familie unhöflich erschien, hatte ihr Studienfach falsch gewählt – dass sie überhaupt studiert hatte, war ebenfalls den Eltern zuliebe geschehen – und sich zuletzt Aktien eines bestimmten Pharmaunternehmens gekauft, nur weil ihr Vater beim Stammtisch einen Mitarbeiter kennengelernt hatte und sie dazu überredete. Aber sie war immer noch bereit, weitere Fehler dazukommen zu lassen. Frank wusste das alles, hatte aber keine Lust, über Dorothee – die das eigentliche Problem darstellte – zu diskutieren. Genau genommen hatte er überhaupt keine Lust zu reden.

»Willst du das wirklich, Frank? Dass sie noch mehr Tests machen muss? Noch mehr Nadeln und Spritzen?«

Frank schwieg und streichelte Kitty.

So war das jeden Abend gegangen – so langsam kam Dorothee sich vor wie die einzige Befürworterin der Todesstrafe im Bundesstaat New York.

Und heute, während sie mit Kitty im Taxi nach Hause fuhr, fühlte sie sich wie eine Idiotin.

Sie hatte damals eine Position eingenommen, die ihr inzwischen völlig absurd erschien. Wieso sollte man das Tier einschläfern? Was wusste sie vom Hundeleben, von Hundeschmerzen? Vielleicht war Kitty glücklich, auch wenn sie ein Hüftleiden hatte und Krebs und sich kaum bewegen konnte. Und ihr Fressen kaum bei sich behielt.

Wie immer mobilisierte Kitty alles, was noch an Kraft in ihrem vierbeinigen Körper steckte, als sie ihr Haus erkannte; Dorothee hatte sich eine Ecke früher absetzen lassen, um noch bei der Apotheke das Rezept einzulösen. Kitty wurde aufgeregt – es dauerte ihr zu lange, bis Dorothee den Schlüssel ins Schloss gesteckt und umgedreht hatte – und drängte die Eingangstür der Wohnung mit der Schnauze auf. Schon im Flur schien sie aber zu zögern, sie ahnte anscheinend, dass sie wieder umsonst gehofft hatte. Dennoch gab sie noch nicht auf, sie strebte, kaum hatte Dorothee ihr das Halsband abgenommen, zu Franks Arbeitszimmer, um nach ihm zu suchen. Dorothee öffnete die Tür einen Spalt, um die Hündin hineinzulassen. Sie wartete kurz, bis Kitty enttäuscht wieder herauskam, um vorsichtshalber noch im Wohn- und Schlafzimmer und im Bad nachzusehen. Genau in dieser Reihenfolge ging das Tier vor, ob sie nun für zehn Minuten draußen gewesen waren oder, wie jetzt, für fast vier Stunden. Dorothee liebte Kitty dafür, dass sie immer wieder neue Hoffnung schöpfte, und gleichzeitig fragte sie sich, woher sie sie nahm. Seit Neuestem spielte sie sogar manchmal mit ihr das Suchspiel, sagte sich, dass Frank einfach kurz aus dem Haus gegangen war und bald wieder zurück wäre. Beide, Kitty und sie, wurden dann so umtriebig wie sonst zu keiner Gelegenheit mehr. Sie spielten sich das so gut vor, dass Dorothee es manchmal selbst glaubte. Warum tat sie sich das an? Die einfachste Antwort war: um überhaupt etwas zu tun. Die problematischere, dass in Dorothee der Wunsch erwacht war, auch sie könnte einfach für immer glauben, dass er bald wiederkäme; auf diese Weise könnte sie vielleicht weiterleben.

An diesem Nachmittag nahm sie zur Beruhigung das erste Tavor und am Abend ein zweites. Der Tag wurde etwas weicher, die Stunden flossen gnädiger an ihr vorbei. Es gelang ihr sogar, einige Pflichttelefonate zu führen. Vor allem ihre Mutter, die krebskrank war, sorgte sich sehr um sie und drohte ständig mit einem »längeren Besuch«, damit Dorothee das tragische Geschehen »leichter verwinden« könnte. Aber Dorothee hatte ihr schon mehrfach erklärt, dass sie es gar nicht verwinden, sondern lieber erst einmal begreifen wollte, und nach ein paar unerfreulichen Gesprächen, die beide Seiten aufwühlten und zum Weinen brachten, rief Dorothee nicht mehr zurück. Nur hatte sie jetzt den Verdacht, die Mutter plane, hier aufzukreuzen, so ungewöhnlich war es, dass sie sich gar nicht mehr meldete. Also galt es, die alte Frau zumindest so weit zu beruhigen, dass sie nicht wirklich in den Zug stieg. Dorothee log ihr etwas von Kirchbesuchen und einer Hinterbliebenen-Selbsthilfegruppe vor, und diesmal weinte sie selbst nicht am Telefon, nur ihre Mutter.

In der Nacht schlief Dorothee bestens, so gut wie seit Ewigkeiten nicht mehr. Die ganze nächste Woche gelang ihr das. Der Schlaf war besser als das Wachsein, denn sie träumte vom Leben. Wenn sie erwachte, dann fühlte es sich an, wie lebendig begraben zu sein. Die Luft war dickflüssig und dunkel, sie bildete immer einen Widerstand, und Dorothee schwamm permanent gegen eine Strömung an, auch wenn sie nichts tat, als zu versuchen, vom Bett ins Badezimmer zu kommen. Es waren nur fünf Meter, die aber eine fast unüberwindbare Strecke darstellten, weil Frank ihr früher vom Bett aus immer nachgeschaut hatte auf dem Weg zum Zähneputzen, morgens und abends. Kam sie nackt zu ihm ins Bett zurück, so nahm er sie in die Arme; das war ihr Liebesritual.

»Man muss lernen, mit der Trauer zu leben«, erklärte sie Kitty, nachdem sie nachts kurz wach geworden war und sich am Waschbecken den Nacken und das Gesicht nass gespritzt hatte, um danach gleich zurück zum Bett zu schwimmen. Die Hündin sah kurz zu ihr hoch und schlief wieder ein. In dieser Nacht, benebelt vom Tavor, kniete sich Dorothee neben sie und sah ihr beim Schlafen zu. Kitty atmete tief und gleichmäßig, unterbrochen von einzelnen Seufzern, die fast zufrieden klangen. Der Körper der Hündin lag im Dämmer des Flurs seitlich ausgestreckt da, als wäre sie umgefallen. Dorothee sah, dass Kitty – die inzwischen so bewegungsfaul gewordene Kitty – immer noch träumte und dabei mit den Pfoten ruderte, als ginge sie jagen. Es war erstaunlich: Selbst kurz davor, eingeschläfert zu werden, träumte sie immer noch vom Laufen und Jagen, wie sie es als Welpenmädchen, das sie einmal gewesen war, so gern getan hatte. Der Traum ist all das, woraus du erwachen kannst, wer hatte das noch einmal gesagt, Paul Valéry? Dorothee blieb ganz still in der Hocke sitzen, lauschte dem Atem des Tiers und sah der nächtlichen Jagd zu. Nach einer Weile entfuhr Kitty ein Laut, und Dorothee erschrak. Es schien ihr, als wäre dieser Schlaf der Hündin ungewöhnlich, fast bedrohlich tief, als wäre er an einer Grenze angesiedelt – die Vorbereitung auf den unendlichen Schlaf, in dem sie über weite, grenzenlose Hundewiesen laufen würde, die unvergleichlich besser dufteten als alles, was sie bisher gekannt hatte. Die wie eine Essenz ihrer geliebten Personen, nach Frank und Dorothee, rochen – ja, vielleicht ein bisschen auch nach mir, dachte Dorothee. Sie stellte sich vor, wie die Jahre von nun an vergehen würden. Sie würde allein sein und Wege finden, damit zurechtzukommen. Das war es jedenfalls, was alle sagten, und sie war keine schwache Person, nie gewesen, nicht schwächer als alle anderen, nicht wahr? Sie würde nicht viel Aufhebens machen, sondern weiterhin ihre Arbeit in der Schreinerei erledigen, die irgendwo zwischen Handwerk und Kunst angesiedelt war und die sie immer als sehr erfüllend empfunden hatte – etwas mit den Händen tun, etwas, das man dann sah, das fertig vor einem stand. Sie würde länger in der Werkstatt bleiben als früher und spätabends eine einfache Mahlzeit zu sich nehmen. Dann würde sie fernsehen – sie würde keine Romane mehr lesen und auch keine Musik mehr hören, es war zu sehr mit Gefühlen verbunden. Sie würde die seichten Fernsehschicksale an sich vorbeiziehen lassen, und jeder Tag wäre gleich. Dorothee fragte sich, ob sie das wollte, so leben wollte. Sie sah auf die Uhr, es war sechs, und nur deshalb noch dunkel, weil es November war. Noch vor zwei Monaten wäre sie jetzt aufgestanden, aber so sah sie keinen Grund zur Eile. Keinen Grund, einem Tag nachzujagen, der sie längst überholt hatte. Genau genommen hatte das ganze Leben sie überholt, sie und ihren kranken Hund. Es hatte die Vorspultaste gedrückt und war am Ende angelangt, während sie noch irgendwo im Mittelteil herumtrudelte.

Es war zufällig fünf Uhr nachmittags, als sie mit Kitty von den Hundewiesen heimkam, und Dorothee beschloss spontan, dem Rat des Psychiaters zu folgen und eine

Stunde in Franks Zimmer zu sitzen. Es war das erste Mal, dass sie länger als für einen der kurzen Suchspiel-Momente dablieb, und auch früher hatte sie Frank kaum in seinem Arbeitszimmer besucht, da er, als Jugendlicher mit einer indiskret herumschnüffelnden Mutter geschlagen, geradezu absurd großen Wert auf seine Privatsphäre gelegt hatte. Schon bald nach ihrem Zusammenziehen hatte Frank Dorothee gebeten, nicht in seinen Schreibtischschubladen zu kramen, auch dann nicht, wenn sie nur Tesafilm oder eine Schere suchte. Dorothee, die sowieso kein Bedürfnis verspürte, in fremden Schubladen zu stöbern, setzte sich jetzt auf die Couch und sah sich um. Ja, hier waren sie immer noch, seine Sachen, genau so hingelegt, wie er es für richtig befunden hatte, Dinge, die er berührt hatte. Bilder, die er aufgehängt hatte, seine Plastiktüten mit speziell geordneten Papieren darin, es ging um seine Arbeit. Irgendwann würde sie die Tüten samt Inhalt wegwerfen, und Frank würde alle Geheimnisse für immer behalten. Es war Ehrensache, auch wenn sie sich fragte, ob sie jemals die Kraft haben würde, die Tüten auch nur anzuheben.

Sein Zimmer hat so gar keine Atmosphäre von Verlassenheit, sagte sich Dorothee verwundert, und das gefiel ihr. Eine Stunde hierzubleiben fiel ihr nicht schwer und stimmte sie nicht einmal traurig.

Am nächsten Tag lag sie zum Nachmittagsschlaf im Bett und wachte auf, als es mehrfach drängend klingelte. Sie sah wie immer zuerst auf die Uhr, um sich eine grobe Orientierung zu verschaffen. Es war halb fünf, und es passte ihr nicht, dass jemand etwas von ihr wollte. Irgendwann, als es nicht aufhörte, schleppte sie sich zur Tür und öffnete. Da stand eine fremde Frau, vielleicht in ihrem Alter oder etwas jünger. Ihr Gesicht war verschlossen und schön wie eine Meermuschel, sie hatte gewölbte Augenlider, hohe Wangenknochen, breite und schräge Nasenflügel und war trotz dieser indianischen Züge sehr blond. Erleichtert, dass es sich weder um eine wohlmeinende Freundin, ihre Mutter oder sonst jemanden handelte, den sie kannte, sagte sie Hallo.

Kitty, die mit Dorothee zur Tür getrottet war, hob nur leicht den Kopf, sie bellte nicht und sprang auch nicht an dem Besuch hoch. Die Frau schenkte dem Hund keine Beachtung, sondern sah nur Dorothee nervös an. Vielleicht, dachte Dorothee einen Moment lang, sind wir drei hier alle schon längst tot und riechen daher nach nichts, und Hunde bellen nicht mehr und haben kein Revier zu verteidigen.

»Oh, hallo. Guten Tag. Ich heiße Luisa Temper. Ich bin vor einer Weile mit meinem Mann – und mit unserem Hund – hier in die Straße gezogen und habe mir neulich sagen lassen, es wäre unhöflich, sich nicht den Nachbarn vorzustellen. Etwas spät nun – aber ich wollte das nachholen.«

»In welchem Haus wohnen Sie denn?«, fragte Dorothee höflich und überlegte, während die Fremde antwortete, wann sie sich zuletzt die Haare gekämmt hatte. Aber die Fremde hatte entweder eine enorme Selbstbeherrschung, oder es war nichts besonders verwahrlost an ihr. Es war jedenfalls angenehm, einmal mit einer Person zu sprechen, die Frank nicht gekannt hatte, die nichts von Dorothees Schicksalsschlag wusste und der daher das Mitleid nicht aus allen Ritzen tropfte.

Sie bat die Frau ins Wohnzimmer, schlug ihr das Du vor, und diese Luisa Tempel oder Tamsel, die geradezu erschrocken schien von der Freundlichkeit, die ihr hier entgegenschlug, ließ sich willenlos auf das Sofa setzen. Sie gab bereitwillig Auskunft – sie war achtunddreißig, Kunsthistorikerin und freie Dozentin, verheiratet –, und Dorothee versuchte ganz ernsthaft, davon etwas mitzubekommen, aber es war, als hätte ihre Energie nur für die Fragen gereicht. Schweigen trat ein, und Dorothee hatte plötzlich den Einfall, die Fremde könnte doch hier auf sie warten, während sie wieder eine Stunde in Franks Zimmer verbrachte. Und so kam es, dass sie von ganz alleine den Unfall ihres Mannes, der noch nicht lange her war, erwähnte, und daraufhin traute Luisa sich natürlich nicht, ihr die Bitte abzuschlagen.

In Wirklichkeit lebte Luisa schon länger am Kuhlmühlgraben, wo sie sich niemals irgendwelchen spießigen Nachbarn vorgestellt hatte, und sie und Dorothee waren sich bloß zufällig noch nie begegnet. Nun, vielleicht nicht ganz: Seit einem gewissen Ereignis war Luisa ihr absichtlich aus dem Weg gegangen. Reiner Zufall war jedenfalls, dass Luisa Frank einmal, als Dorothee bei irgendeiner Kunsthandwerksmesse war, bei einem Grillabend getroffen hatte. Reiner Zufall war weiterhin, dass beide allein zu diesem eher betulichen Ereignis gekommen waren – was erwartet man schon von einer Einladung zu einem »fröhlichen Grillabend«, hatte Frank geflachst – und dass sie sich sehr gut verstanden. Seine betont proletenhafte Art, hinter der sie einen empfindsamen und intellektuellen Menschen vermutete, gefiel Luisa, und ebenso, wie er sie mit Komplimenten überschüttete. Seit der Nacht mit Frank jedenfalls lief es in Luisas Ehe wieder besser. Sie hatten sich nicht wieder gesehen, und das war gut so. Luisa war ein Mensch, der sowieso zu schlechtem Gewissen neigte, und ihr Fehltritt bescherte ihr unzählige wache Nächte und müde Tage. Und jetzt das. Sie hatte dem Begräbnis in einer der hinteren Reihen beigewohnt, immer absurdere Schuldtheorien entwickelt und sich zuletzt entschlossen, dass sie zumindest einmal mit Dorothee sprechen, sie kennenlernen müsste. Aber als sie jetzt so vertrauensselig aufgenommen wurde, war sie beinahe ein wenig erschrocken. Zum Glück verhielt Kitty, die ebenfalls Teilnehmerin an dem Grillfest gewesen war, sich ihr gegenüber nicht auffällig, kein Zeichen, dass sie sie jemals zuvor gesehen hatte.

Dorothee sah schlecht aus, mit Augenringen und rotem Ausschlag im ganzen Gesicht. Sie war unglaublich mitteilsam, aber auf eine völlig verquere, aufgelöste Art. Sie erklärte Luisa, wie angenehm es sei, einmal mit jemandem zu sprechen, den man nicht kannte, und dass sie auf ärztlichen Rat hin jeden Tag zwischen fünf und sechs Uhr abends im ehemaligen Arbeitszimmer ihres Mannes sitzen und an ihn denken sollte. Luisa war sich wirklich nicht sicher, ob sie das für den besten aller Ratschläge hielt, wagte aber nach dieser kurzen Bekanntschaft nicht, sich einzumischen, und schlug daher vorsichtig vor, dass sie ein andermal wiederkäme, sie habe sich ja ohnedies nur vorstellen wollen. Insgeheim fragte sie sich, ob dieser Dorothee eigentlich klar war, dass sie auf jemanden, der nicht von ihrem Schicksalsschlag wusste, wie eine Geistesgestörte wirkte. Aber dann fragte Dorothee unvermittelt, ob sie nicht noch eine Stunde bleiben könnte, vielleicht ein bisschen in einer Zeitschrift blättern und auf Kitty aufpassen – sie habe doch gerade gesagt, sie sei ebenfalls Hundebesitzerin, nicht wahr? Als Luisa, der heiß und kalt wurde bei dem Gedanken, hier in dieser ungesunden Atmosphäre noch mehr Zeit verbringen zu müssen – eine Stunde gar –, einen Laut von sich gab, nahm Dorothee das für ein »Ja«. Sie erklärte: »Prima, bis gleich«, und verzog sich in Franks Zimmer.

Das ist alles nicht gut, dachte Luisa. Was habe ich mir bloß dabei gedacht, hier hereinzuplatzen? Jetzt sitze ich statt bei Benno zu Hause in einem fremden, völlig geschmacklosen Wohnzimmer vor einem halbtoten Hund, während die trauernde Witwe meines One-Night-Stands ein paar Meter hinter der Wand, im ehemaligen Zimmer des Toten, irgendein merkwürdiges Ritual absolviert.

Sie betrachtete die dunkle Schrankwand, den riesigen, flachen Fernseher und die imposante Sammlung DVDs. Sie sah in diesem Wohnzimmer, und das war kein Witz, kein einziges Buch. Was sollte sie jetzt tun, womit sollte sie sich *eine Stunde* lang beschäftigen? Das Nachmittagsprogramm gucken? Einen Film? Oder sollte sie einfach gehen? Es würde dieser augenscheinlich unter Medikation stehenden Frau vielleicht gar nicht auffallen. Dann sah sie, dass die Terrassentür sperrangelweit offen stand, und hatte eine Idee: Sie würde kurz durch den Garten nach Hause gehen, sich den Stapel mit Brücke-Hausarbeiten holen, den sie gerade durchkorrigierte, und hier eine Stunde arbeiten, dann wäre das keine verschwendete Zeit, sondern ausgesprochen effizient. Sie schaute kurz zu dem Hund, aber der schlief und merkte nichts.

Als Luisa nach kaum zehn Minuten zurückkam, fand sie alles unverändert vor. Mit ihren Papieren hockte sie sich an den peinlich geschnitzten, farblich anscheinend passend zur viel zu dunklen Sofagruppe ausgesuchten, niedrigen Tisch und begann zu lesen. Zuerst störte sie das laute, unregelmäßige Atmen des fremden Hundes, dann konnte sie sich erstaunlich gut konzentrieren. Sie las die eher fantasielose Zusammenfassung über Veränderungen in Ernst Ludwig Kirchners neuem, im Schweizer Kurort Davos entwickelten Malstil, die eine eigentlich sehr begabte Studentin verfasst hatte, als ihr auffiel, dass sie die Atemzüge nicht mehr hörte.

»Kitty?«, fragte sie. Keine Regung. Sie stand auf und ging hin. »Kitty! Kitty!«

Keine Regung. Es war ganz klar. Sie versuchte, rational zu sein. Diese Hündin war alt – schon seit langem. Vor Monaten, bei dem Grillfest, hatte Frank ihr zwei Stückchen Rindfleisch geradezu ins Maul schieben müssen, Fleisch, für das ein normaler Hund Hunderte von Metern galoppiert wäre. Aber Dorothee, wie würde sie es aufnehmen? Eine Stimme in Luisa behauptete, es könne nicht so schlimm sein, da sie ja den anderen Verlust hatte hinnehmen müssen, da kam es auf den Hund nicht mehr an. Ihre Gedanken rotierten noch, als Dorothee auf einmal im Türrahmen stand.

»Ist was? Ich dachte gerade, ich hätte dich was sagen hören?«

Dann wanderten ihre Augen zu Kitty. Wieder zu Luisa. Zu Kitty. Und sie fing an zu schreien. Luisa hatte noch nie jemanden so entsetzlich schreien gehört, sie musste sich die Ohren zuhalten. Der Schrei war nicht menschlich, er klirrte und gellte. Luisa versuchte, mit offenen Armen auf sie zuzukommen, um das Schreien einzudämmen, aber Dorothee begann, wild um sich zu schlagen. Luisa hatte nicht gewusst, wie lange ein Mensch am Stück schreien konnte, anscheinend ohne Luft zu holen; sie hätte niemals gedacht, dass eine Person aus allen Fasern heraus schreien konnte.

Dorothee existierte nicht mehr, ihr Körper wurde nur noch von einem einzigen Gedanken beherrscht, dieser einzigen Botschaft: Der Hund ist tot. Der Hund ist tot.

Der Unterschlupf

Ich sitze auf dem Sofa. Habe das Licht nicht angemacht, als ich von meinem Nachmittagsschlaf aufgewacht bin, obwohl es draußen inzwischen dunkel geworden ist. Habe den Kühlschrank auch so gefunden, die Straßenlaterne ist hell genug. Ich ziehe an meiner Zigarette. Nach zwei Bier stehe ich auf und hole ein drittes.

»Irgendwann schalten sie sowieso den Strom ab. So gewöhn' ich mich schon mal dran«, sage ich zu Benno.

»Stoßen wir darauf an, dass es nicht so bald sein wird. Nein, mir wird etwas einfallen, Frauchen ist nicht blöd.«

Ich trinke. Asche auf den Boden. Der Hund sieht mich vorwurfsvoll an. Ich würde ihn gerne auf die Straße lassen, wo er herumrennen und alles anpinkeln kann, aber das geht nicht. Er würde zu Luisas Haus zurücklaufen und die Nachbarn auf den Plan rufen. Benno ist nicht mein Hund. Ich bekomme Geld für das, was sie »seine Pflege« nennen. Ich achte immer darauf, dass sie mich beim Gassigehen in einem guten Zustand sehen. Ganz lieb spiele ich auf den Wiesen direkt hinter Luisas Haus mit ihm und seinem Stöckchen, und wenn sie und ihr Mann von der Reise zurück sind und dezent ihre Erkundigungen einholen, werden sie nur Gutes über mich hören.

›115‹

Ich drücke die Dose zusammen, hole noch eine; es ist die letzte, ich muss gleich raus. Beschließe, jetzt ganz langsam zu trinken. Mache erst noch mal den Fernseher an. Der Hund winselt. Er ist ein ganz Schlauer. Laufender Fernseher heißt: So schnell passiert hier gar nichts mehr. Ich erkläre ihm, dass es hier nicht um den Film geht. Ist nur Unterhaltung beim Biertrinken. Ich sage ihm, dass ich meine Mindestdosis brauche. Erwähne auch, dass es an seiner Hundehoheit höchstpersönlich liegt, dass ich nichts Stärkeres daheim habe. Dann ginge es schneller. Aber Fürsorgepflicht und so. Was passiert, wenn ich einschlafe und erst am nächsten Tag wieder aufwache, was geschieht dann mit ihm? Na also.

»Guck doch mal die schöne Tiersendung, Süßer. Affen, da in dem Kasten.«

Etwa fünf Minuten lang ist Benno beeindruckt von meiner Rede. Hört sogar mit dem Gewinsel auf. Nach einer Weile beginnt er, an der Tür zu kratzen. Ich denke: Vielleicht muss er einen Haufen machen. Das kann ich in der Wohnung echt nicht gebrauchen. Es sieht hier schon seit einer Weile nicht mehr besonders toll aus. Aber es gibt eine Grenze. Der Forscher sagt gerade: »Gorillas sind wie alle Affen nicht stubenrein, sie müssen ihre Schlafplätze täglich neu bauen.« Als ob er bei mir ins Wohnzimmer schauen könnte, wo ich mit Benno die gleichen Probleme habe wie die Gorillas. Naja, ungefähr. Benno ist ja stubenrein. Ich schalte aus, obwohl es mich interessiert hätte, was der Forscher mit »neu bauen« meint. Ziehen sie andauernd um, oder was? Mehrmals am Tag? Vielleicht wird die Sendung morgen im Vormittagsprogramm wiederholt, dann werde ich besser zuhören.

Ich ziehe Franks alten, schweren Parka an, ein Kleidungsstück zum Drinwohnen, das leider längst nicht mehr nach ihm riecht. Gehe mit Benno an der Leine die Abkürzung zu den Wiesen. Sie führt an zwei Trinkhallen vorbei, aber nicht an meinem Stammkiosk. Besser so. Die kalte Luft macht mich schnell wieder nüchtern. Ich gehe rasch, dicht an schwarzen Hausfassaden entlang. Selbst in der Dunkelheit, die alles verschlingt, erkennt man noch, ob die Leute dahinter wohlhabend sind oder nicht: Es gibt die arrogante, kalte Schwärze der glücklichen, innerlich abgestumpften Bürger und die ausweglose, ansteckende der Mietshäuser mit den kleinen, kahlen Fenstern. Mein Viertel ist das mit den Mietshäusern. Glätzenviertel klingt wie eine Mischung aus »Glatze« und »ätzend«; das Gallus ist ein Immobilienparadies dagegen. Die Fenster ähneln schwarzen Löchern. Ab und zu springt einer raus, man weiß nie, ob aus Depression oder im Drogenrausch, und es ist letzten Endes jedem egal. Eine Viertelstunde Fußweg entfernt sieht es anders aus. Die ganze Straße Am Kuhlmühlgraben, auch unser ehemaliges Haus, gehört zu denen mit der arroganten Schwärze. War das früher anders, als wir darin wohnten? Ich könnte nicht festmachen, was sich geändert hat. War ich eine andere? Ich lasse den Gedanken fallen. Ich kenne die Mieter nicht, aber sie werden sein wie alle hier. Ehrgeizige Leute, nicht mehr ganz jung, die es geschafft haben. Die Bausparverträge haben es gebracht. *Sie* haben es gebracht. Oder sie haben geerbt.

Unser Haus hat nach Franks Unfall wieder seine Mutter bekommen – er hatte nur Wohnrecht gehabt, das hat er mir nie gesagt. Auch nicht, in welchen finanziellen Schwierigkeiten die Studios seit der Krise stecken, dass etliche Mitglieder nicht mehr zahlen. Er wollte mich nicht aufregen, ich bin früher immer wegen jedem Schwachsinn durchgedreht; er hat mich geschützt. Und natürlich hat er mit zweiundvierzig kein Testament gemacht. Er war so großzügig – wir haben selten über Geld gesprochen. Seine Mutter dagegen ist eine eiskalte Person. Sie konnte mich nie leiden, und das einzig Gute am Tod ihres Sohnes war, dass sie mich nach den drei Monaten, die sie mir für die Trauer zugestanden hat, vor die Tür setzen konnte.

»Seien wir ehrlich«, hatte sie zu dem Typen im Gericht gesagt, »sie versäuft es ja doch.«

Als ob ich nicht anwesend wäre. Und dann hatte sie ihm allen Ernstes das Hochzeitsfoto von Frank und mir gezeigt, um zu beweisen, wie sehr ich in ein paar Jahren abgebaut hätte.

»Ich werde eine Kur für sie beantragen«, heuchelte sie, und der Amtsmensch nickte verständnisvoll, arme Mutter, die ihren Sohn verloren hat und sich jetzt mit der erbschleichenden Alkibraut rumschlagen muss. Wochen später kam ein Bündel mit Antragsformularen von der Rentenversicherung für mich, ohne Gruß. Weiß der Teufel, woher sie über meine Rentenversicherung Bescheid weiß, vermutlich habe ich etwas im Haus vergessen. Ich habe nicht viel mitgenommen und ich würde nie mehr in die Gegend um den Kuhlmühlgraben kommen, wenn ich nicht noch losen Kontakt zu Luisa hätte, die mir ab und an Jobs besorgt. Allerdings waren wir nie richtig befreundet, sie kam zum ersten Mal unter einem Vorwand nach Franks Tod, um nach mir zu schauen, weil sie tragische Geschichten mag und gerne Mutter Teresa spielt. Ich fürchte, dass ihr Mitleid sich mit den Jahren verbraucht hat. Dass sie mich nur noch als Belastung empfindet. Aber ich kann nicht von ihr lassen. Nicht allein, weil nur sie weiß, dass es mein früheres Leben überhaupt gegeben hat, und es mir sonst keiner glauben würde. Irgendwie habe ich sie auch lieb gewonnen. Sie ist so makellos. Wie eine bildschöne, kleine Maschine, die nur für sich allein ihre selbst erfundenen Aufgaben perfekt löst.

Ich zünde mir eine Zigarette an. Verdränge den Gedanken, dass es Luisa lieber wäre, ich würde gar nicht mehr bei ihr vorbeischauen. Ich habe von mir aus angeboten, mich die sechs Wochen, die sie weg sind, um Benno zu kümmern und ihre Blumen und die Post, ja, das war mein Vorschlag gewesen, und keiner hat darüber gesprochen, dass es um Geld geht, ein paar kleine Scheine. Sie hat lange gezögert, bis sie gequält ja gesagt hat.

»Das Leben geht weiter«, sage ich zu Benno, der wie idiotisch an der Leine zieht. »Aber weißt du, das sagt man so. Ich denke manchmal, dass das nicht stimmt. Das Leben geht nicht weiter, es tut nur so. Alles um einen herum ist Fassade und wertlos.«

Beim letzten Satz bin ich laut geworden. Habe ihn über die Straße gebrüllt. Benno bleibt irritiert stehen.

»Fassade und wertlos«, wiederhole ich, leiser. Peinlich, eigentlich, hier auf der Straße rumzugrölen. Scheißegal.

Ich biege nicht in die Straße ein, sondern gehe an der Hausreihe vorbei. Dahinter beginnen die Wiesen. Als wir die ersten Bäume passieren, mache ich den Hund los. Hier, nicht weit von den Gebäuden, ist schon Natur. Hier ist dieser Herbst tagsüber, wie Kinder ihn malen, wenn sie einen dieser gigantischen Buntstiftkästen besitzen; er lässt mit seinen Farben, von buttergelb bis weinrot, keinen Gedanken an andere Jahreszeiten zu, so schön ist er. Und dann sind da auf den Blättern diese Reste von Grün, neonfarbenem Grün, die mich immer total umhauen, kleine Kleckse in der Gelbrotbraunpalette, Kleckse mit präzisen Konturen. Solange sie an den Bäumen hängen, merkt man nicht, dass diese schönen Blätter schwach geworden sind. Weil sie so prachtvoll sind, denkt man automatisch, sie seien voller Kraft, gerade so, wie man von einer großartigen Eigenschaft auf andere schließt, so, wie man glaubt, eine Frau mit einem schönen Mund müsse auch gut küssen oder ein Mann mit großen Hände könne einen wirklich und wahrhaftig beschützen.

Ich sehe das Herbstlaub an, das noch an den Bäumen hängt, und denke darüber nach, was wir alles hatten und noch hätten haben können. Das Haus und ein Kind, das einen großen Farbkasten besäße. Frank haben zuletzt drei Fitnessstudios gehört; wir hätten die wieder hochgewirtschaftet. Und was habe ich jetzt? Aber was sollen solche Gedanken. Vergiss sie, sage ich mir.

Das ist das Problem beim Spazierengehen, man kommt

auf alles Mögliche. Ich will mir eine Zigarette anzünden, lasse sie aber leider fallen.

Benno hat sich in ein Gesträuch geschlagen und kreiselt um eine Stelle, geht dann auf seine spezielle Art in die Hocke, um sein Geschäft zu machen. Instinktiv drehe ich mich kurz um, völlig idiotisch.

Ich zünde die nächste Zigarette an, sogar an der richtigen Seite. Die Packung ist jetzt leer.

Ich hätte an neue denken sollen, hätte mir an einer der Trinkhallen einen kleinen Wodka für den Weg holen müssen, denke ich, wäre besser gewesen. Auch wenn es nicht meine Stammbuden sind, sondern die mit den echten Pennern. Mein Kioskmann verkauft auch viel Eiscreme und Zeitungen; es ist ein hübscher Kiosk. Zu den Trinkhallen würde nie ein Kind laufen, um sich ein Eis am Stiel zu holen, an meinen Kiosk schon. Mir ist langsam wieder nach einem Schluck zumute.

Benno kommt zu mir und will eine Belohnung fürs Haufenmachen. Was für blöde Sachen Luisa ihm beigebracht hat.

»Ich habe leider kein Leckerli, Süßer, später, ja?«

Mir fällt ein, dass ich zu Hause auch keine Leckerli mehr habe. Genau genommen überhaupt kein Hundefutter mehr. Gestern hat er kaum etwas bekommen. Ich muss noch zu Aldi. Aber ich wollte sowieso zu Aldi – meine eigene Belohnung holen. Noch fünf Minuten, dann gehe ich. Als ich an meine Belohnung denke, geht es mir gleich besser. Noch fünf Minuten. Komm, das schaffst du. Da fällt mir etwas ein. Ich habe den Parka noch nicht ge-

checkt. Da ich hier immer die Flachmänner in den vielen
Innen- und Außentaschen versenke, kommt es vor, dass
ich einen vergesse. Ich krame herum, finde zuerst meine
Schlüssel, ein riesigen, schweren Bund, dann den Draht-
ring, an dem Luisas Hausschlüssel und der kleine Brief-
kastenschlüssel baumeln. Ah, da ist er also. Erleichterung.
Ich finde Münzen, Feuerzeuge, ein gelbes Reclamheft, aus
dem ich die Seiten zum Tütenbauen reiße, Zigarettenkrü-
mel, zwei zerknüllte Fünfeuroscheine, einen leeren Flach-
mann – und einen vollen. Kein Korn, es ist Wodka, der
gute Gorbatschow. Meine Güte, ich reise mit einem 0,2er
Spitzengetränk durch die Gegend und tue mir Entzugser-
scheinungen an. Ich schraube auf, höre das leise Klicken,
als der blaue Metallverschluss reißt und ich das Fläsch-
chen aufdrehen kann. Klick – das ist große Oper. Ich lasse
den Deckel einfach fallen. Werfe den Kopf nach hinten
und nehme einen großen Schluck, bloß nichts schmecken,
mir wird sonst schlecht. Dann Pause, atmen und die auf-
kommende Übelkeit niederkämpfen. Wäre zu schade, das
jetzt wieder auszuspucken. Okay, es geht. Noch einmal
das Gleiche. Kurz warten, was passiert. Ich weiß ja, was
passiert, und es ist gut so. Die Wärme dringt augenblicklich durch den Blutstrom, ich kann es in den Adern fühlen.
Mein Kopf wird warm und größer, realer. Die Umgebung
verändert sich, verschwimmt leicht, wird dafür dreidimen-
sionaler. Es ist, als hätte ich vorher in einem miesen Foto
gestanden, und jetzt bin ich eine Figur in einem perfekten,
nur eben sehr dunklen Aquarell. Ich erinnere mich an
die Ausstellung von einem Typen, in die Luisa mich ge-

schleppt hat, ungefähr um die Zeit, als sie mir den Job als Kartenabreißerin in der Schirn besorgt hat. Jahre her. Es waren keine Aquarelle, es waren einfach schwarze Bilder. Und doch war schwarz nicht einfach schwarz; man konnte beim genauen Hinsehen Figuren drin erkennen. Solche Dinge kommen aus meinem Gedächtnis hoch, wenn ich exakt die richtige Menge getrunken habe, dann sind weder Vergangenheit noch Zukunft ein Problem. Und was will man mehr. Ich sehe mein Leben wie einen spannenden Krimi. Es ist nicht mehr gut oder schlecht, es ist einfach erstaunlich. Alte Leute, die den ganzen Tag am Fenster sitzen und rausgucken, die sehen sicher auch solche Filme.

Ich rufe Benno, nur um zu sehen, ob er hört, und er hört auf mich, ist das nicht herrlich, der Hund lässt sich von mir rufen. Weil er nun vor mir steht und guckt, was ich von ihm will, suche ich im Gras nach einem Stöckchen und werfe es für ihn. Es kommt mir vor, als täte ich alles in Zeitlupe, und vielleicht ist es auch so. Der Hund zögert, bevor er losgaloppiert, er merkt, es wäre besser, bei mir zu bleiben, falls ich auf Ideen komme.

»Aber tue ich doch nicht, mein Süßer, alles ist gut. Jetzt lauf, apport!«

Es ist schön, hier zu stehen und die kalte, klare Luft zu trinken. Es ist schön, dem Hund zuzusehen, der in einiger Entfernung Zickzacklinien läuft. Es ist wirklich schön. Er ist zwar weder besonders schnell noch sehr elegant, aber so lebendig, und er gibt alles, wenn er über die Wiesen jagt.

Oben, dämonisch auftrumpfend, der Mond, und darunter die Wiesen. Ich bin ganz allein und habe Angst, auch bald zu sterben, und ich wünsche es mir. Wenn es jetzt, in diesem Moment passierte, wäre es nicht schlimm. Oder doch? Ich stehe ganz still. In der Angst und der Ungewissheit bin ich ganz bei mir.

In einiger Entfernung kommt eine Gestalt mit einem angeleinten großen Hund, ein Bernhardiner dem Umriss nach. Benno rennt hin, und der andere Hund wird auch abgeleint, sie jagen sich gegenseitig. Ich gehe ein paar Schritte zurück, aber die Gestalt steuert auf mich zu. Es ist eine Frau, sie ruft schon aus der Entfernung: »Hallo!« Sie will ein Gespräch anfangen, ich merke es.

»Hallo«, sage ich nur. Ich will sie nicht kennenlernen, oder doch? Ich habe einen ganz klaren Kopf, ich lalle nicht. Wann habe ich zuletzt mit einem echten Menschen gesprochen? Gestern Morgen, kurz, mit Marlon, dem Kioskmann. Ich könnte eine ganz normale Unterhaltung führen. Vielleicht kennt sie Luisa. Ich pfeife meine Gedanken zurück wie eben Benno. Allein dass ich das denke, ist schon schlecht. Keine Unterhaltung. Ich habe meine Regeln. Lasse mich auf den Wiesen nie ins Gespräch ziehen. Wer schlau ist, merkt es und kann es riechen. Die Tiere riechen es sowieso.

Ich pfeife nach Benno. Er trabt an und bringt seinen neuen Kumpel mit.

»Das ist Eddie. Er ist erst eins«, sagt die Frau freundlich, und der Bernhardiner wedelt mit dem Schwanz.

Ich leine Benno an.

»Das ist Benno. Leider müssen wir jetzt gehen«, sage ich sorgfältig zu der Frau. Der erste Satz klingt ein wenig verschliffen, aber das kann als Nuscheln durchgehen.

Benno dreht sich noch ein paar Mal nach dem jungen Bernhardiner Eddie um, aber nur vorsichtig, er hat begriffen. Er bockt bei mir nicht herum wie bei Luisa, setzt sich nicht hin und weigert sich weiterzugehen. Er spürt ganz genau, wie es mir geht.

Vor ein paar Tagen habe ich Benno vor dem Aldi an einen Laternenpfahl gebunden. Habe gemütlich eingekauft. Kam zurück, und Benno war nicht mehr da. Mir ist fast das Herz stehen geblieben. Dann saß er ein paar Meter weiter mit der losen Leine bei den Einkaufswagen. Eine alte Frau streichelte ihn. Ich musste beim Anbinden den Laternenpfahl verfehlt haben.

»Der ist aber brav«, sagte sie.

Das ist Benno.

In einiger Entfernung sage ich jetzt zu ihm: »Du hast ja Recht. Ein bisschen schade ist es schon. Sie hat ganz nett ausgesehen.«

Die Frau hatte rabenschwarze kurze Haare. Eher abgewetzte Sachen, zerschlissene Turnschuhe. Andererseits – man muss sehr reich sein, um so schlecht angezogen daherzukommen, und ich bin ziemlich sicher, sie ist in Wirklichkeit eine tolle Frau mit geregeltem Drumherum, und wenn so eine meine Verzweiflung bemerkt, dann lässt sie mich fallen wie eine heiße Kartoffel.

»Wie soll ich sagen, Benno – ich würde das jetzt echt nicht verkraften, weißt du.«

Ich denke an den vergangenen Sommer. Am Kiosk habe ich eine junge Frau getroffen, jünger als ich, vielleicht Ende zwanzig. Sie hieß Nada, eine Spanierin.

Wenn ich mir einen Namen hätte aussuchen können, es wäre Nada gewesen. Nichts. Was gibt es für einen ehrlicheren Namen? Das Witzige ist, dass bei Nada zu dem ehrlichen Namen noch ein Wortspiel dazukam: Sie hing nämlich an der Nadel. Sie sei nur Wochenendfixerin, hat sie immer beteuert. Irgendwann ist sie nicht mehr zum Kiosk gekommen.

Plötzlich wirken Bewegung und Sauerstoff anders. Oder liegt es daran, dass ich seit zwei Wochen nichts Härteres getrunken habe als Bier oder Wein? Ich bin jetzt jedenfalls ziemlich dicht und draufgängerisch. Zu allem Möglichen fähig.

»Na, Benno, was machen wir Schönes?«

Wo ich schon hier bin, könnte ich auch zu Luisas und Christophers Haus gehen und endlich die Blumen gießen. Ich war bisher erst einmal dort. Fühlt sich so verlassen an, das Haus. Unheimlich. Aber die Pflanzen müssen jede Woche gegossen werden. Die Orchideen mit abgekochtem Wasser. Darauf hat Luisa Wert gelegt.

»Was meinste, Benno, schmecken die Orchis das?«

Aber es passt. In dieses Haus passen Orchideen, die eingehen, wenn ihr Wasser nicht korrekt abgekocht ist. Luisa und Christopher haben sogar eine kleine Bar mit Campari und Kognak und solchen Sachen. Hat sie auch nicht abgebaut, zum Zeichen, dass sie mir vertraut. Ich habe sie das letzte Mal nicht angerührt. Beim Gedanken an die Bar beschleunigen sich meine Schritte automatisch. Wenn ich aus jeder Flasche einen Schluck nähme, würde es nicht auffallen. Kein bisschen. Und es wäre auch kein Trinken. Es wäre praktisch eine Verkostung. Auf jeden Fall werde ich mich zuerst um die Blumen kümmern.

Ich komme an dem kleinen roten Haus vorbei, Kuhlmühlgraben Nummer 2, und erinnere mich an die ältere Frau, die hier früher lebte. Irgendwann, in dem letzten Jahr, als ich mit Frank hier wohnte, hat sie begonnen, ständig Gartenarbeit zu machen. Jahrelang war ihr Garten nichts Besonderes gewesen, und dann besaß sie auf einmal die tollsten Beete in der Umgebung. Ich bin mit Kitty, unserer alten Hündin, immer aus Neugier daran vorbei, und irgendwann habe ich begriffen, wieso sie dauernd draußen war: Sie hatte Whiskeyflaschen in der lockeren Erde zwischen den Pflanzen vergraben und nahm während der Arbeit immer mal einen Schluck daraus.

»Schöner Garten«, habe ich einmal gerufen, einfach so.

»Kommen Sie doch und sehen ihn sich ein bisschen an«, rief sie. Ihre Stimme war ganz kieksig, nicht mehr so deutlich.

»Okay«, habe ich gesagt und dann den Garten bewundert. Im Haus hat man den laufenden Fernseher gehört, außerdem das Telefon und eine Männerstimme, die sich meldete, also war ihr Mann wohl schon in Rente und auch daheim. Nach einer Weile ist sie furchtbar nervös geworden und hat gesagt, »Entschuldigung, ich muss …«

Sie holte eine der Flaschen zwischen den Büschen hervor. Es war ihr egal, dass ich zusah, und ich habe getan, als sei alles normal.

»Was machen Sie bloß im Winter?«, habe ich sie gefragt, »wenn die Erde gefriert?«

Sie hat ganz pfiffig geschaut und gesagt: »Dann lasse ich Eimer in die Erde ein, decke sie ab und mache eine dünne Schicht Erde drüber. Schöner, kalter Wodka.«

Wir lachten beide darüber, wie clever sie war. Veronica hieß sie. Nach einer Weile haben sie sich scheiden lassen und sind beide weggezogen. Ich denke oft an sie, gerade in letzter Zeit, wo ich sie immer besser verstehe.

Da bin ich. Das Klingelschild ist dezent und weist Frau Luisa Temper als Frau Doktor phil. und Herrn Christopher Berger als Professor aus. Wichtige Information für den Briefträger.

Ich finde im Dunkeln das Schlüsselloch nicht und auch keinen Lichtschalter. Fluche leise vor mich hin. Plötzlich strahlende Helligkeit von der Seite, Benno bellt: Der Nachbar links ist aus der Tür getreten und hat den Bereich vor seiner Eingangstür geflutet. Ich sehe nicht hin. Habe endlich die Tür offen.

»Guten Tag!«, ruft der Mann vorwurfsvoll. »Na, das ist ja der Benno!«

Ist das der junge Kirch, der mit seiner Frau und der alten Mutter eingezogen ist, kurz bevor ich aus unserem alten Haus musste? Ich erinnere mich nicht. Er sich offensichtlich auch nicht an mich.

»Ja. Bin-die-Hundesitterin«, sage ich sorgfältig und bleibe einen Moment stocksteif stehen, damit er mich be-

gutachten kann. Alles ganz normal. Bin die Blumengieße-
rin. Ich mache einen Schritt aus dem Licht, das den Ein-
gangsbereich zu seinem Palast verschönert. Stehe im Dunkeln, so dass er nicht sehen kann, dass ich mir die Haare
seit zwei Wochen nicht gewaschen habe. Die relativ frische Wunde über der Schläfe ist sowieso an der von ihm
abgewandten Seite. Gut, mit dem Parka bin ich neulich
ins Gebüsch gefallen –, aber es ist ja nicht umsonst ein
Parka – gemacht, um ins Gelände zu gehen.

Der Typ glotzt mich ziemlich lange an. Ich lächle und
lächle. Etwas entschuldigend, ich will ihn ja nicht bei seinem gemütlichen Abend stören. Tut mir echt leid, war
keine Absicht, falls ich doch zu laut geflucht haben sollte.
Er ist höchstens vierzig. Trägt eine braune Strickjacke mit
grauen Ledereinsätzen an den Ellenbogen, eine schwarze
Flanellhose und Turnschuhe, die den Spießerlook wohl
aufmotzen sollen.

»Ach.« Sein Echsengehirn kommt hervorgekrochen
und sonnt sich im Flutlicht.

»Ich-gieße-jetzt-mal-die-Blumen.«

»Ach, Sie sind das! Die sich ein bisschen dazuverdient!«

Ich wende mich ab, immer noch lächelnd. Hebe nur die
Hand zum Abschied. Was Luisa wohl über mich erzählt
hat? Benno drückt sich an mir vorbei, er will endlich ins
Haus. Er erinnert mich an unsere alte Hündin Kitty, die
nach Franks Tod immer noch alle Zimmer nach ihm
durchsucht hat. Mir steigen die Tränen in die Augen. Reiß
dich zusammen, Mensch. Ich ziehe hinter mir leise zu.
Kurz darauf fällt auch drüben die Tür ins Schloss.

Ich sammle die Post, die durch den Briefkastenschlitz gefallen ist, vom Boden auf und lege sie auf den Telefontisch. Mir haben sie auch eine Karte geschrieben. Habe sie vor zwei Tagen bekommen, aus Seattle. Luisas schwungvolle Handschrift, die mich und Benno grüßt. Sie hat mit dem Reisefüllfederhalter geschrieben. Den hat sie mir vor der Abreise gezeigt. Reisefüllfederhalter. Manchmal verachte ich sie. Wie an dem Tag, als sie mir die neu gestaltete Wohnung zeigte und immer wieder diese Namen sagte: Stanislassia Klein, Philippe Starck, Marcel Breuer, Ettore Sottsass, Joe Colombo, sie hat sie immer wieder runtergebetet. Wenn Christopher sagt, er sei müde, sagt sie nicht, »dann leg dich doch ein bisschen hin«, sondern »dann lege dich doch eine Weile auf die Marcel-Breuer-Liege«. Und trotzdem zieht es mich immer wieder in ihre Nähe.

Die Post liegt also auf dem Stanislassia-Klein-Telefontisch, und ich gehe endlich ins Wohnzimmer. Dimme das Licht und mache links und rechts am Fenster die Philippe-Starck-Leuchten an. Alles ist in Weiß gehalten, weiße Ledersofas, weiß blühende Blumen auf dem Fensterbrett, aber es gibt einige kleine Farbtupfer, in den riesigen weißen Bücherregalen bis an die Decke stehen beispielsweise nicht nur Bücher mit weißen Rücken, obwohl das Luisa sicher gefallen hätte. Außerdem gibt es einen Orientteppich, auf dem ein Couchtisch aus den 50er Jahren steht. Luisa hat mir erzählt, die Innenarchitektin sei sehr zufrieden gewesen. Natürlich ist diese Architektin eine Freundin von Luisa und hat sie nur »unterstützt«. Trotzdem, ich wette, sie hat das meiste hier angeschafft. Muss bei der

Arbeit die ganze Zeit ein feuchtes Höschen gehabt haben. Macht sicher Spaß, das Geld anderer Leute auszugeben. Benno, der sich auf das weiße Sofa gelegt hat, wo er die weiße Kaschmirdecke als Kopfkissen benutzt, ist das einzig Lebendige in diesem Raum. Sieht mich, springt auf und rennt vor mir in Richtung Küche, wobei er sich immer wieder umsieht, ob ich ihm auch folge.

»Ich komm' schon, Süßer.«

In der Küche, in der alles auch entweder weiß oder aus hellem Holz ist, geht er in seine Ecke und stellt sich demonstrativ vor seinen leeren Napf. Guckt abwechselnd mich und den Napf an. Ich gebe ihm Wasser und öffne eine der Bio-Hundefutterdosen.

Der Kühlschrank steht offen, er ist abgetaut. Mehrere Weinflaschen liegen in einem eigens dafür angefertigten Gerüst. Aber ich fasse sie nicht an. Habe keine Lust, in der Weinhandlung Dreißig-Euro-Flaschen nachzukaufen. Schaue nur vorsichtig, ob welche mit Schraubverschluss dabei sind. Zwei. Das ist natürlich was anderes. Kann ich billigeren Wein hineintun, morgen oder übermorgen, sie kommen erst in ein paar Wochen wieder. In diesen Tagen müssten sie von Vancouver aus Richtung Alaska in See stechen. Luisa hat mir erzählt, dass sie unbedingt Delfin-Carpaccio essen will. Ich habe ihr geantwortet, dass es sicher ziemlich klug macht, so intelligente Tiere zu essen. Da hat sie nicht recht gewusst, ob ich einen Witz mache oder nicht. Ich weiß es auch nie in solchen Fällen. Was sagen ihre anderen Freundinnen, können die sagen, sie haben das schon probiert? Luisa hat viele Freundinnen.

Ich öffne eine Flasche. Der Wein schmeckt mir. Weiß, kühl, weil die Küche kalt ist. Er ist fruchtig und riecht ein wenig nach Johannisbeere. Wenn man solchen Wein trinkt, ist man keine Alkoholikerin. Man hat einfach nur Stil. Benno hat den Napf in zehn Sekunden geleert und versucht jetzt, die leere Schüssel mit der Schnauze zu mir hinzuschieben. Vielleicht habe ich gestern doch vergessen, ihn zu füttern. Ich öffne noch eine Dose, diesmal mit Huhn.

»Guck mal, Hühnchen mit Gemüse, das ist fein, was? Feiner Hund.«

Während er frisst und dann pappsatt und mit gebläntem Bauch zurück auf seinen Platz im Wohnzimmer wankt, schenke ich mir noch ein Glas Wein ein. Mit dem Glas spaziere ich herum. Stelle mir vor, ich sei Luisa und würde hier wohnen. Ich würde in Bildbänden blättern und wichtige Sachen darüber schreiben, so wichtig, dass alle Leute, die das Bild anschauen, nachdem sie meinen Aufsatz gelesen haben, denken, sie hätten keine eigenen Augen im Kopf. Im letzten Jahr vor seinem Tod, als Frank sein drittes Fitnessstudio eröffnete und sich die schwere Maschine kaufte, die ihn dann aus der Kurve trug, haben wir auch über eine Generalüberholung des Hauses gesprochen. Wollten ein paar Wände einreißen, es heller machen. Vielleicht auch Weiß. Der Unterschied zwischen uns und Luisa und Christopher wäre nicht so groß gewesen. Vielleicht hätten wir sie mal zum Grillen eingeladen.

In Luisas Zimmer liegt wie immer ein aufgeschlagener Katalog auf dem Schreibtisch. Daneben, exakt parallel

zum Katalogrand, ihr Nicht-Reise-Füller, der fette Mont-
blanc mit dem eingravierten Namen, den Christopher ihr
zu irgendeinem Hochzeitstag geschenkt hat. Ich setze
mich an ihren Schreibtisch – er heißt Rockabilly, fällt mir
plötzlich ein – und blättere ein bisschen. Stehe auf, um die
Weinflasche zu holen, mache es mir wieder bequem. Gus-
tave Courbet. Nichts Modernes, ältere Sachen. Stillleben,
Schiffsbilder, junge Frauen in langen Kleidern, die im
Grünen herumliegen. Durch den Wein kann ich alles
wahrnehmen, mich ganz in die Gemälde versenken. Es
sind keine Aquarelle, sondern richtige Ölschinken. Bei
einem seltsamen Bild schenke ich mir das letzte Glas ein,
um es langsam zu trinken und dabei nur diese Seite anzusehen. Ein Mann im weißen Hemd, mit dunklen Locken,
starrt mich mit braunen, aufgerissenen Augen an. Er hat
die Arme hochgeworfen, und sieht aus, als wollte er gleich
aus dem Bild springen. Sein Hemd ist wirklich weiß, so
weiß, dass es fast bläulich aussieht, und die Augen sind
dunkel und funkelnd und echt. Er sieht mich eindringlich
und völlig verzweifelt an, und ich weiß nicht, warum. Ich
suche nach dem Titel. *Selbstbildnis am Abgrund.* Gruse-
lig. Ich klappe den Katalog wieder zu. Gehe in die Küche.
Trinke ein Glas Wasser. Nehme die zweite Weinflasche
mit Schraubverschluss. Setze mich auf das weiße Leder-
sofa. Benno ist eingeschlafen, er schnarcht. Mit einem
schnarchenden, satten Hund darin sieht vermutlich jedes
Wohnzimmer gemütlich aus. Ich gehe in Luisas Schlafzimmer. Suche nach einer Decke, die nicht weiß ist. Benno
darf seinen Platz mit Hundehaaren beschmutzen, ich

sollte besser keine Spuren hinterlassen. Finde schließlich noch so eine Kaschmirdecke in Beige. Ich ziehe die Schuhe aus, mache den Fernseher an, hole mir eine Wasserflasche. Aus dem Vorratsschrank eine Packung mit japanischen Reiscrackern. Sehe nach, ob eine DVD im Player ist, und schalte ein. Wahnsinn, ist das schön hier. Alles so sauber. So teuer. Ich kann ein Bad nehmen und mir endlich die Haare waschen. Mich mit guten Produkten eincremen. Dieser Unterschlupf ist für mich gemacht. Ich kann meine Sachen waschen und in den Trockner stecken, und sie riechen nicht mehr nach Rauch oder modrig, weil sie bei mir in der kalten, feuchten Wohnung so schwer trocknen. Es gibt Waschmittel und Weichspüler. Ich kann mir die Nägel machen. Sie lackieren. Rosa oder perlmuttfarben oder hellrot. Nicht zu auffällig. Ich werde eine vollständig neue Person sein. Ich drücke auf Play. Es ist der Beginn einer Serie über eine Werbefirma, spielt in den Sechzigern. Ein gut aussehender Hauptdarsteller. Alle Kreativen haben Whiskeyflaschen in ihren Büros und nehmen schon vormittags einen Schluck. Alle rauchen. Als ich das sehe, will ich auch rauchen und Whiskey trinken. In Christophers Zimmer gibt es Zigarren und Zigarillos. Ich laufe schnell, ein paar Zigarillos holen. Muss ich morgen eben lüften. Und die Whiskeyflasche aus der eingebauten Bar in der weißen Schrankwand nehme ich auch. Dreißig Jahre alter Highlandirgendwas. Kann ich aber auch mit Preiswerterem auffüllen. Ich falle mit der Flasche in der Hand hin, aber sie fällt so weich auf den Perserteppich, dass nichts passiert. Benno guckt kurz hoch, sieht, dass ich wieder aufstehe, und legt den Kopf zurück auf die Pfoten.

Ich lalle: »Schlaf schön, Kleiner.« Falle in mein Kaschmirnest auf dem Sofa und schlafe augenblicklich ein.

Ich wache in meiner Kotze auf, weil ich ein Bellen höre. Benno sitzt direkt vor meinem Gesicht und sieht aufgeregt aus.

»Schsch«, mache ich automatisch. »Schsch. Leiseleise.«

Es ist heller Tag. Ich sehe die Kotze von der Kaschmirdecke auf den Perserteppich tropfen, es ist fast nur Flüssigkeit. Mir ist schlecht und schwindlig. Ich versuche mich aufzurappeln. Aufstehen geht nicht gleich. Ich bleibe erst mal sitzen. Benno rennt zur Tür. Flitzt zu mir, setzt sich vor mich, stupst mich mit der Pfote an. Er will Gassi gehen.

»Das geht jetzt nicht, Süßer«, flüstere ich. »Frauchen kann jetzt nicht.«

Ich stehe schwankend auf. Öffne die Tür zum Garten und lasse ihn raus. Er macht normalerweise nicht in den Garten, es ist sein Revier, aber diesmal muss es eine Ausnahme sein. Er rennt ganz nach hinten an den Zaun und beginnt zu kreiseln. Ich lege mich flach auf den Boden. Mein Herz rast. Ich muss würgen. Angle nach der Wasserflasche, trinke sie halb leer. Das war keine gute Idee, der Brechreiz ist sofort wieder da.

Langsam, sehr langsam geht es. Benno kommt wieder herein, um nach mir zu schauen, und ich durchforste die Schränke nach Putzmittel. Ich brauche wegen der vielen Pausen fast drei Stunden, bis ich alles wieder in den Originalzustand gebracht habe. Auf dem Perserteppich ist nur ein kleiner, feuchter Fleck zu sehen, der hoffentlich auch noch verschwindet, wenn alles trocken ist.

Zu guter Letzt bin ich wirklich unglaublich erschöpft. Ich gebe Benno frisches Wasser und lege mich wieder auf die beige Decke vor den Fernseher. Ich zappe herum. Esse Reiscracker und trinke Wasser. Dazwischen einen Schluck Whiskey, damit das Zittern nicht zu stark wird. Die Dokumentation über Gorillas wird tatsächlich wiederholt. Sie brauchen zum Nestbau nur fünf Minuten, schichten ein paar Äste und Zweige auf und legen sich hinein. Wenn sie morgens weiterziehen auf der Suche nach Futter, ist es leicht, ein neues zu bauen. Ich esse noch ein paar Cracker. Es ist noch genügend zu trinken im Haus, um mich Tag für Tag so runterzudosieren, dass ich Ende der Woche nichts mehr brauche. Vielleicht ist dieser Unterschlupf genau richtig für einen Entzug. Ich muss nur darauf achten, dass ich jeden Tag weniger trinke, und nicht mehr. Essen ist auch genug da. Mit den Nachbarn muss ich mir was überlegen. Die Idee gefällt mir, macht mir Hoffnung. Vielleicht schaffe ich es. Benno – was meinst du?

Die Häuser der anderen

Träume sind Fallen, dachte Gaby. Aber nur, wenn man nicht richtig mit ihnen umgeht. Sie hatte ihr Tempo verlangsamt und joggte jetzt vor dem Haus der Taunstätts auf der Stelle. Den großen weißen Würfel kannte sie in- und auswendig; dennoch war es ihr unmöglich, sich daran sattzusehen. Viele der Häuser am Kuhlmühlgraben waren schön – wer hier wohnte, hielt etwas auf sich –, aber dieses war regelrecht *aufregend*.

Völlig schnörkellos und schlicht gehalten, wirkte es trotzdem auf den ersten Blick elegant. Dass ein Architekt es entworfen hatte und wie teuer es gewesen sein musste, dafür sprach jedes Detail; die Glasfront, hinter der das Wohnzimmer lag, der Wintergarten, die Stein wege im japanisch anmutenden Garten dahinter, das un- wirklich blaue Schwimmbecken zwischen den Pflanzen. Gaby würde sich, wenn sie Geld hätte, zwar nie so einen Tempel bauen lassen. Ihr war das Ganze ein bisschen zu leer. Aber sie ließ sich gern davon inspirieren. Das viele Weiß regte zu Fantasien an.

Wenn sie jetzt, auf der Stelle trippelnd wie ein nervöses Rassepferd, dastand – ein goldfarbenes Rassepferd, denn ihr Laufanzug war sonnengelb –, konnte sie sich nicht satt sehen an allem, was auf die Bewohner des Hauses hindeutete. Gabys Blick wurde magnetisch angezogen vom Pool, der wie so oft unbenutzt und spiegelglatt dalag, den matten, dunklen Gartenmöbeln daneben, den farbenprächtigen Ornamenten der Kissen, den Büchern. Angesichts von Büchern fühlte sich Gaby immer ein wenig unbehaglich; sie erinnerten sie an ihre magere Schulbildung; außerdem putzte sie in Zimmern mit vielen Büchern nicht gerne. Bücher konnte man nicht einfach nehmen und zusammenstapeln wie die Teller in der Küche – dann sah es gleich ordentlicher aus –, weil zu befürchten stand, dass die aufgeschlagene Seite, auf der ein Buch lag, etwas zu bedeuten hatte oder dass ein Zettel verrutschte oder sonst etwas. Den Taunstätts verzieh sie allerdings die Bücher, es gehörte in den Kreisen hier – lauter Promis und Doktoren – einfach dazu.

Die Straße war leer gefegt, der Asphalt glänzte in der Nachmittagssonne. Die Leute waren in ihren flotten Büros mit irgendwas Wichtigem beschäftigt oder in ihre Geländewagen gestiegen – die fuhr man hier, wie zur Safari – und davongebraust. Hinter den Häusern wurden die Hunde ausgeführt, hier sah man auch die Taunstätts manchmal, aber selten und meist am Handy sprechend. Frau Taunstätt war Fernsehmoderatorin, ihr Mann Star-Tierarzt mit eigener Klinik am anderen Ende des Viertels.

Auch wenn sie hier selten jemandem begegnete, so achtete Gaby doch sehr auf ihr Äußeres, wenn sie durch das Kuhlmühlviertel lief; man sollte sie für eine Anwohnerin halten. Es war ein Training im mehrfachen Sinne: Wohlstand war es, was die Zukunft ihr und ihrer Tochter Britney bringen sollte. Darauf arbeiteten sie seit Jahren hin. Das Taunstättsche Haus war dafür ein wichtiges Symbol. Die Verheißung war: ein anderes Leben. Und damit dieser Traum Gaby nicht zur Falle wurde, verhielt sie sich mehr als vorsichtig und überstürzte nichts. Seit Neuestem gab es Schwierigkeiten, aber Gaby würde sie meistern; sie hatte einen Plan. Sie ballte ihre Hände zu Fäusten, öffnete sie aber gleich wieder, als sie es bemerkte.

Ein wenig trabte sie noch auf der Stelle, betrachtete die Glasfront zum Wohnzimmer, darin ihr auf- und abhüpfendes Spiegelbild. Alles war vermauert und begrünt. Wie es innen aussah, wusste sie trotzdem, nämlich aus einem Bericht der *Bunten*. Sie hatte sich die fünf glänzenden Seiten der Illustrierten so oft angesehen, dass sie sich blind in Küche, Schlaf- und Wohnzimmer zurechtgefunden hätte. Das Wohnzimmer gefiel ihr am besten – es war gigantisch. Tanja Taunstätt und ihre beiden Möpse sahen geradezu verloren darin aus. Auf dem größten, dem doppelseitigen Bild hatte eines der Tiere gegähnt, das hatte Gaby besonders beeindruckt. Wenn sie ein Hund wäre, würde eine solche Pracht sie hellwach halten.

Da man das reiche Paar selten zu Gesicht bekam, hielt Gaby sich über die Klatschpresse auf dem Laufenden. Und selbstverständlich sah sie jede Woche »Talk bei Taunstätt«. Aufmerksam registrierte sie jede Sorgenfalte im Gesicht der Moderatorin, merkte sich jeden lockeren Spruch und jedes Fremdwort. Denn der Taunstätt waren Ausdrücke wie »Dezenz«, die so gut zu ihrem eigenen Haus passten, in die Wiege gelegt worden, während Gaby sie sich mühsam aneignen musste. Doch die Mühe lohnte sich; sie war inzwischen mit einer ganzen Menge ungewöhnlicher Vokabeln vertraut.

»Trauma« zum Beispiel, im Plural »Traumata«, das kam seit einiger Zeit überall vor. Ausschließlich um »Traumata« war es beispielsweise in dem Gespräch gegangen, das Frau Taunstätt nach dem Amoklauf eines Schülers an einer texanischen Schule mit einem Psychologen geführt hatte. Die Talkmasterin und ihr Gesprächspartner hatten den Jungen natürlich verurteilt, vor allem aber seine Eltern, denn die hatten anscheinend einer Misshandlung durch den Onkel tatenlos zugesehen: »Wie lange braucht man, um eine solche Kindheit zu verarbeiten?«, hatte Tanja Taunstätt den Psychologen gefragt und dabei die Augen in gespielter Betroffenheit so weit aufgerissen, wie es das Botox drumherum erlaubte.

»Einen Tag – oder ein Leben«, hatte der Mann geantwortet und bitter gelacht.

Solche Dialoge imponierten Gaby; sie hatten etwas Geheimnisvolles, Undurchschaubares. Sie war nicht in einem Umfeld aufgewachsen, in dem Mehrdeutigkeit besonders gefragt war; ihre Mutter war früh gestorben, und Gaby hatte ihren Vater, den arbeitslosen Trinker, noch eine Weile bekocht, dann war sie bei der erstbesten Gelegenheit ausgezogen. Damals war sie schwanger und ging zu Walther, der fast mit Sicherheit der Erzeuger war – ein Fehler. Jetzt wohnte Gaby mit ihrer beinahe erwachsenen Tochter in einer lächerlich kleinen Dreizimmerwohnung im ziemlich heruntergekommenen Glätzenviertel, nicht weit von der Straße Am Kuhlmühlgraben. Nach einigen erfolglosen Versuchen, die eigene Wohnung nach Zeitschriftenvorbild herauszuputzen, hatte sie aufgegeben und machte nur noch das Nötigste, während sie bessere Zeiten plante. Ihre Tochter Britney, inzwischen sechzehn Jahre alt, hatte sich anfangs bemüht, ein wenig Ordnung zu schaffen, bevor sie Freundinnen mit nach Hause brachte, aber inzwischen ging sie abends lieber aus, in Diskotheken und Clubs. Gaby erlaubte das, solange sie in der Schule einigermaßen mitkam. Sie war ein tolles Mädchen, hübsch und schon sehr reif für ihr Alter. Sie hatte ihrer Mutter nie vorgeworfen, dass sie bei anderen Leuten putzte, um ihren Lebensunterhalt zu verdienen. Sie zankten sich ohnedies selten, und wenn, dann unter vorsichtigen Anspielungen auf ihre gegenseitigen Schwächen, gar nicht wie Mutter und Tochter, eher wie ein altes Ehepaar, das wusste, sie würden morgen ja doch wieder den ganzen Tag miteinander verbringen müssen. Seit Britney klein war, schien sie zu spüren, dass Gabys fester Wille und die Fähigkeit, Pläne zu machen, ihr lebenswichtiger Antrieb waren, und sie unterstützte sie dabei.

Immer noch in die Betrachtung des fremden Anwesens versunken, hörte Gaby plötzlich ein unmelodisches Pfeifen, und als sie sich umdrehte, starrte sie direkt in das bösartige Gesicht des dicken Herrn Emmermann – sie war ihm einmal gefolgt, weil sie nicht recht wusste, was er in der Gegend verloren hatte, und fand dabei heraus, dass er in dem einzigen Mietshaus wohnte, wo er anscheinend sämtliche Bewohner terrorisierte. Da sie die Gemeinsam-

keit besaßen, nicht zu den noblen Kreisen hier zu gehören, und dies bei ihrem ersten Aufeinandertreffen sofort
gewittert hatten, hassten sie sich instinktiv und von Grund
auf, wie zwei Fressfeinde im selben kleinen Aquarium.

»Na, bisschen gucken?«, blökte er und kicherte dümm-
lich. Das Ekel hat Recht, ich muss weiter, sagte sich Gaby,
die ihn keiner Antwort für würdig befand. Sie konnte
nicht länger auf der Stelle laufen, es sah wirklich seltsam
aus.

Also trabte sie wieder los. In anderer Hinsicht war es
schon zu spät. Die Unzufriedenheit hatte wie ein Dämon
von ihr Besitz ergriffen; weshalb bloß gelang es ihr nicht
aus eigener Kraft, ein zumindest taunstättähnliches Zuhause zu schaffen? Irgendetwas lag immer quer, war immer
unpassend. Zu den Dingen, die wie von selbst über ihre
Türschwelle kamen, gehörten Fernsehzeitschriften, Poly-
esterpullover, ausgelatschte Sandalen, schmierige Geld-
börsen; nein, sagte sie sich, so kommen kein Flair und kein
Esprit auf.

Sie hatte ihre optimale Geschwindigkeit erreicht, in
mittlerem Tempo joggte sie über die Hundewiesen und
dann zwischen den Bäumen hindurch. Ihre Wangen glüh-
ten, die Luft war klebrig, aber sie fühlte sich fit, mit jedem
Atemzug besser. Als nähme sie mehr und mehr in ihrem
Körper Platz. Ich bin ganz bei mir, ich bin ganz bei mir,
schienen ihre Schritte zu sagen. Dann war das erste kleine
Waldstück zu Ende, sie musste ein Feld überqueren. Das
Geräusch eines Wagens drang an ihr Ohr, ein leichtes
Knirschen auf dem nicht asphaltierten Weg. Der Schotter

unter den Reifen wurde in den Boden gedrückt. Es störte sie. Sie wendete den Kopf und grüßte majestätisch die verdunkelten Scheiben. Die Reichen wollten, warum auch immer, nicht gesehen werden. Wer sich verbarg, war bedeutend. Manche Hausbesitzer wollten nicht einmal ihren Namen an der Türklingel oder am Briefkasten preisgeben: Bei den Taunstätts stand beispielsweise immer noch »Mustermann«; es war sehr sonderbar und ein bisschen verrückt. Britney hatte einmal behauptet, es läge daran, dass solche Leute sich einbildeten, jeder würde sie kennen – vielleicht war es ja so.

Gaby bog in den Weg zu den Tennisplätzen ein, wo sie ihre Tochter um diese Zeit antreffen würde; Britney jobbte abwechselnd mit zwei BWL-Studentinnen im Café des TC Schwarz-Weiß. Schon von Weitem sah sie ihre Tochter hinter der Theke stehen und Gläser polieren; Gaby winkte ihr zu. Es war schön, sich hier zu treffen, für beide. Wenn Gaby morgens um kurz nach vier Uhr aufstand, um zur Arbeit zu gehen, schlief Britney noch; kam Gaby nach Hause, war ihre Tochter jobben, entweder in der Parfümerie Douglas oder hier beim Tennisclub.

Das Café war leer, wie meistens werktags um diese Zeit, der große Ansturm kam nach sechs Uhr abends. Es gab außer Getränken auch kleine Gerichte und am Wochenende Kuchen. Zwei Jungs verließen das Lokal gerade. Gaby hörte das regelmäßige Plopp-Plopp der Tennisbälle von den Plätzen und Stimmen und Geschrei aus den Duschkabinen neben der Tennisbar. Das Juniortraining war anscheinend gerade vorbei.

Mutter und Tochter umarmten sich. Britney sah aus wie eine jüngere, frischere Version von Gaby, sie war etwas größer, besser proportioniert und hatte ihre langen Haare nicht rötlich getönt, sondern blauschwarz mit ein paar lila Strähnen. Ihr Gesicht war so braun gebrannt, dass sie fast wie eine Indianerin aussah, wenn sie sich manchmal zum Spaß Zöpfe flocht. Gaby erklomm einen der Hocker, damit Britney hinter der Theke weiterspülen konnte.

»Was willst du trinken, Mom?«

Bevor Gaby antworten konnte, machte sie sich daran, ihr ein Halbliterglas zu einem Drittel mit Apfelsaft zu füllen und mit Mineralwasser aufzugießen. Gaby griff dankbar danach. Es war Spätnachmittag, aber noch gleißend hell und höllenheiß draußen. Sie war verschwitzt. Auch Britneys Brustansatz in dem Spaghettiträgertop glänzte feucht.

»Ich mach's«, sagte Gaby, noch bevor sie das Glas richtig abgesetzt hatte. Britney zog die dünn gezupften Augenbrauen hoch, legte das Geschirrtuch weg und stützte die Arme auf die Theke: »Du machst es? Bist du sicher?«

»Ich rufe einfach an und sage, ich hätte davon gehört. In Putzfrauenkreisen, sozusagen.«

Sie versuchte, nicht allzu bedauernd zu klingen. Dieser blöde Mark wollte von Heirat und Kindern noch nichts wissen; sie hatten es im Guten versucht.

»Sie wird dich nicht haben wollen, wenn du eine alte Bekannte dieser Raina bist«, gab Britney zu bedenken.

»Ich sage, ich hätte es von jemandem gehört, der sie nicht leiden kann. Der sie nicht integer findet.«

»Integer?« Britney kicherte, weil sie die neueren Ausdrücke im mütterlichen Sprachschatz immer gleich erkannte.

Gaby lachte mit, wurde aber rasch wieder ernst: »Was hat sie eigentlich geklaut?«

Britney zuckte die Achseln. »Ich habe keine Ahnung. Das hat Mark mir nicht erzählt. Ich bin mir nicht einmal sicher, ob das stimmt.«

Gaby nickte, das war oft der Fall: Die Dame des Hauses verlegte etwas, und beschuldigt wurde die Putzfrau. Einmal hatte sie davon gehört, dass der Ehemann angeblich vergessen hatte, seiner Geliebten ein Geburtstagsgeschenk zu kaufen, und stattdessen, sehr clever, ein hübsches Schmuckstück seiner Frau ausgesucht hatte. Die hatte es natürlich sofort gemerkt, und wer war gefeuert worden – na klar, die Haushaltshilfe. Bei der Fernsehrichterin Barbara Salesch hatte es einen vergleichbaren Fall gegeben, in dem alles aufgeklärt wurde, aber in Wahrheit gewannen die Arbeitgeber, immer.

Bevor Gaby fragen konnte, wie es zwischen Mark und Britney lief, kam Kundschaft: drei Jungs, die Eis wollten, und ein sehniger Mann mit Baseballkappe und riesigen Schweißflecken unter den Achseln und am Rücken seines weißen Poloshirts. Er rief: »Britney, Süße, hey. Mach einem ausgepowerten Sportler 'nen Eiweißshake.«

Während ihre Tochter sich dem Trainer zuwandte, dachte Gaby an Mark, den Adoptivsohn der Taunstätts, der inzwischen Britneys Freund war. Meine Güte, wie glatt alles gelaufen war. Bisher.

An den Rummel um die Adoption vor fünf Jahren erinnerte Gaby sich noch; Britney war damals erst elf gewesen. Angefangen hatte es mit Spekulationen in den Illustrierten; Tanja Taunstätt interessiere sich neuerdings für andere Themen als sonst, hieß es. Es wurde gemunkelt, sie habe ihre wohltätige Ader entdeckt. Dann sah man sie mit ihrem Kamerateam in Heimen, kurz darauf beim Interview mit Angelina Jolie über Ziehkinder. Zuletzt gab sie öffentlich zu, dass sie und ihr Mann anscheinend keine Kinder bekommen könnten, aber gerne welche hätten, und dann war es raus: Sie werde adoptieren.

Gaby hatte geglaubt – *alle* hatten das –, die Taunstätts würden ein süßes, formbares Baby zu sich nehmen. Aber nein, sie machten es sich richtig schwer, indem sie einen Vierzehnjährigen aussuchten, der es im Leben nicht leicht gehabt hatte, aber, wie Tanja Taunstätt verkündete, eine reine Seele besaß. Eine traumatisierte reine Seele.

Gaby hatte zuerst Fotos von Mark Taunstätt gesehen, und seine Seele war ihr geradezu ins Auge gestochen. Mark war auf beängstigende Weise schön. Im Nachhinein redete sie sich gerne ein, sie hätte schon beim ersten Blick auf das Bild gewusst, dass sie da den Schlüssel erblickte, der ihr die Tür zu einer besseren Zukunft öffnen würde. In Wahrheit war es viel später: als sie bemerkte, dass Britney das Foto aus der *Bunten* im Altpapier gefunden und in ihr Album geklebt hatte, weil sie fand, Mark ähnele Leonardo di Caprio.

Inzwischen – Gaby hatte sich in Sachen Taunstätt weiterhin auf dem Laufenden gehalten und brannte langsam darauf, dass Britney endlich ins Spiel kam – hatte Mark sein unschuldiges Aussehen verloren, die Haut war schlechter, die reizvollen lockigen Haare hatte er millimeterkurz getrimmt, die Tätowierungen zeigte er entweder jetzt erst, oder er hatte sie sich neu machen lassen. Gaby glaubte, die Handschrift des Tätowierers im Bahnhofsviertel zu erkennen; der Idiot stach immer die gleichen Totenköpfe. Sie mochte Mark jetzt noch lieber: Dieser Junge stammte aus ihrer Welt. In Interviews berichtete Tanja Taunstätt längst nicht mehr von den Freuden, einem hochintelligenten jungen Menschen, der bisher nur nie eine Chance gehabt hatte, mit Rat und Tat zur Seite stehen zu können. Im Kuhlmühlviertel und darüber hinaus hatte sich herumgesprochen, dass Mark auf seine reichen Retter ungefähr so gut hörte wie ein Pitbullwelpe auf Regieanweisungen.

Zu Gabys schönsten Erinnerungen gehörte, wie sie bei der abendlichen Joggingrunde am Taunstätt-Anwesen ein ungemein aufschlussreiches Gespräch belauscht hatte. Frau Taunstätt saß mit dem Handy im Garten, so dass sie zwar im Haus nicht gehört werden konnte, für Gaby hinter der Hecke aber bestens zu verstehen war. Sie sprach atemlos und mit einer hohen, schrillen Stimme, die Gaby aus dem Fernsehen an ihr nicht kannte.

»Er sagt so merkwürdige Dinge. Es ist unheimlich, fast, als wäre man mit einem jungen, hyperintelligenten Tier zusammen. Er hat die Augen überall. Und was er für Fragen stellt. Er hat mir auf den Kopf zugesagt, dass ich Martin nicht mehr liebe. Wirklich, ausgesprochen intelligent.

Aber er – ich weiß nicht, wie ich das sagen soll –, er verwendet seine Intelligenz nicht für positive Dinge. Ich meine – nein, böse in dem Sinn ist er nicht, glaube ich, obwohl er mich manchmal ein wenig ängstigt. Er schnappt Sachen auf, die man sagt, und bringt sie in verblüffende Zusammenhänge. Er hat mir zum Beispiel mal erklärt, weshalb Martin mit Tieren so gut kann. Aber so, wie er es sagte, hat es sich angehört wie etwas Perverses – wie bitte? Ja, ja, nein ...«

Gaby hielt die Luft an, während sie fasziniert lauschte.

»... aber ich verstehe einfach nicht, wieso er aus alldem nicht etwas machen will ... Nein, ich sage dir, er scheißt auf alles, was mit uns zu tun hat ... Er will nichts als Taschengeld und seine Ruhe. Ja ... ja ...«

Erstaunlich, dass Tanja Taunstätt überhaupt kein Gespür für junge Leute hatte, dachte sie. Dass ihr der Junge so leicht etwas vorspielen konnte. Seit sie ein Mädchen war, hatte Gaby eine Schwäche für gerissene Gauner, sie dachte dabei immer an die *Sopranos*. Solche Menschen, glaubte sie, mussten ihren eigenen Weg im Leben finden, sich irgendwie durchschlängeln. Nur einen Fehler durfte man nicht machen: sie ändern zu wollen.

»... und dann die Mädchen, ich meine, das sind richtige Schlampen, aber das ist nicht das Problem; er hat einfach noch seine alten Freunde. Aus dem Milieu, wenn du weißt, was ich meine ...« Das Gemurmel wurde undeutlicher, die Möpse bellten, und die Moderatorin lief mit dem Handy zurück ins Haus.

Drogen, dachte Gaby, na klar, wie sollten junge Leute

heute sonst zu Geld kommen. Sie musste lachen. Als Britney ihr kurz darauf wieder mit diesem Typen in den Ohren lag, in den sie unglücklich verliebt war, Jack oder John oder Jan, sagte Gaby, keiner sei besser geeignet als Mark Taunstätt, um bei Jack oder John oder Jan Eifersucht und Interesse für Britney zu wecken. Sie müsse sich ausprobieren. Ausprobieren, wie es war, Selbstbewusstsein vorzutäuschen – so lange und gründlich, bis man es schließlich hatte. Britney war zuerst skeptisch gewesen, aber Gaby hatte ihr geraten, ihn richtig anzumachen, das fänden Jungs klasse. Weshalb, glaubte sie, verliebten sich so viele Männer in Nutten? Und was passierte? Es klappte wunderbar. Sexappeal, darauf kam es an, und wenn sie, Britney, etwas hatte, dann das.

Britney hatte Mark im MTV, einem Technoclub, angesprochen, und noch am gleichen Abend hatte sie bei ihm übernachtet. Ihrer Mutter schickte sie aus einem der Bäder im Taunstätt-Haus eine SMS: *Die Möpse von der Alten sind ätzend. M. findet meine viel besser!*

Gaby war vor Glück erst gegen drei Uhr eingeschlafen. Jetzt lag alles in Britneys Hand, und sie vertraute ihr. Sie sollte einfach behaupten, sie nehme die Pille. Denn das war Gabys Plan zur Sicherung der Zukunft ihrer Tochter: Britney und Mark könnten heiraten und ordentlich Kohle von den Taunstätts lockermachen, und selbst wenn sie sich später wieder trennen würden, konnte man großzügige Alimente für das Kind einklagen, plus eine Abfindung, weil Britney schließlich das Abitur hatte machen wollen und studieren. Fall eins war besser, Fall zwei immer noch okay. Gaby kannte über Walther einen gerissenen Anwalt, der das schon alles einfädeln würde. Es hatte wunderbar angefangen, verdächtig gut …

Gaby hatte ihre Apfelschorle leer getrunken. Ein halber Liter Flüssigkeit, Mann, war sie durstig gewesen.

Ja, Britney war in kürzester Zeit Mark Taunstätts feste Freundin geworden. Gabys Laufstrecken wurden seitdem immer länger und ihre Tagträume schillernder. Sie sah zu Britney hinüber, die mit dem Trainer schäkerte, wie selbstbewusst und locker sie im Umgang mit Männern war – Gaby war stolz auf ihre Erziehung.

Da alles so glatt gelaufen war, hatte sie sich schon das Haus vorgestellt, in dem Britney, Mark und das Baby wohnen würden – und in dem sie selbstverständlich ein- und ausging. Das Wohnzimmer gliche dem im Taunstättschen Anwesen aufs Haar, und der Tierarzt und die Moderatorin würden häufig zu Besuch kommen.

Jetzt aber, angesichts der neuen Umstände, musste sie sich etwas anderes einfallen lassen. Denn Frau Taunstätt bekam ein eigenes Kind, mit vierundvierzig, es war unglaublich. In jedem Fernsehdrama hätte Gaby eine solche Wendung des Geschehens hanebüchen gefunden. Im ersten Moment war sie entrüstet gewesen, danach deprimiert – in dieser Phase fühlte es sich an, als schrumpfe jede noch so helle Szene zu einem unbedeutenden Flicken im Patchwork der großen dunklen Decke, die ihr über den Kopf geworfen wurde und die nicht mehr abzuschütteln war. Dann hatte sie sich gesagt, dass sie einfach viel zu hohe Ansprüche an das Schicksal stellte, viel zu hohe Ansprüche an alle, Ansprüche, die sie nur an sich selbst haben durfte, um sich anzutreiben, nicht faul und träge zu werden. Es war zu viel, wenn sich ihre Ansprüche in Selbstvorwürfe verwandelten und ihr den Tagesrückblick sauer machten. Umwege gehören dazu, sagte sie sich. Umwege sind nur eine Herausforderung, man darf sich nicht abschrecken lassen. Tausend Umwege führen immer noch zum Ziel, das Ziel verändern sie nicht. Nun musste es eben so gehen.

Auf keinen Fall würde Gaby sich ihre Träume zerstören lassen. So werden wie alle? Oh nein. Gaby hasste es zu sehen, wie die meisten Menschen mit dreißig oder vierzig Jahren bereits vorsichtig und heimlichtuerisch wurden, mit Falten zwischen den Augen und misstrauischem Blick. Sie dachte an ihre Mutter. Oh, diese Schultern, die immer nach vorne fielen, diese hängenden Brüste in der ewig verschwitzten Bluse – allein sie anzusehen war schon unangenehm! Diese Frau, das war unverkennbar, hatte aufgegeben, sie begehrte längst nicht mehr, nichts und niemanden. Und Gaby wollte alles tun, um dieser Willenlosigkeit und Weichheit zu entgehen.

»Hi«, sagte Britney und kam wieder zu ihr. Wie es ihre Art war, knüpfte sie sogleich an das unterbrochene Gespräch an – eine Angewohnheit, die sie mit ihrer Beschäftigung in der Tennisbar angenommen hatte, wo sie abends, wenn viel los war, an drei Ecken der Theke gleichzeitig parlierte. »Pass auf, dir ist schon klar, dass du dann nicht mehr da joggen gehen solltest? Ich glaube, das fänden sie komisch …«

»Du meinst, wenn ihre Putzfrau da joggt? Hm, ja, das habe ich mir auch überlegt.«

Gaby verspürte plötzlich einen Anflug schlechter Laune. In Plan A war sie niemals Putzfrau bei den Taunstätts gewesen, sondern gleich die Brautmutter.

»Ich weiß immer noch nicht recht, was du damit bezweckst«, sagte Britney jetzt. »Ich meine, sie ist hochschwanger, du wirst sie kaum die Treppe runterstoßen wollen, damit sie das Baby verliert, oder?«

»Würde ich schon gerne tun,« sagte Gaby leichthin, »geht aber leider nicht so ohne Weiteres. Daher werde ich sie einfach mal ein bisschen auskundschaften. Sehen, was sich tun lässt.«

»Mach bloß keinen Scheiß, Mama.«

»Auf keinen Fall, versprochen. Vertraust du mir?«

»Klar, Mama.«

Sie lächelten sich an.

Das Vorstellungsgespräch fand nur zwei Tage später statt. Frau Taunstätt, inzwischen im achten Monat, watschelte vor Gaby her ins Wohnzimmer, während die beiden Möpse links und rechts an ihr hochsprangen und nach ihren Händen schnappten. Frau Taunstätt, die das anscheinend gewohnt war, murmelte etwas davon, dass weder sie noch ihr Mann jemals Zeit für ihre Erziehung gehabt hätten – »Peinlich genug für einen Tierarzt«, sagte sie. Die Moderatorin hatte winzige Augen mit schwarzen Ringen darunter; ihr Haar hing dünn und strähnig auf die Schultern, und auf ihrem dunklen Pullover prangte ein weißer Fleck, der nach Joghurt oder Quark aussah. Sie bot Gaby nichts zu trinken an, sondern legte gleich los: »Ja, also, Ihr Anruf kam zur rechten Zeit, wir sind ein wenig in einer Notlage. Von wem, sagten Sie noch einmal, haben Sie davon gehört?«

»Von einer alten Bekannten von mir, die auch manchmal Leuten im Haushalt hilft. Sie war mit Raina befreundet, bis sie gemerkt hat, dass sie – nun ja, nicht so integer ist. Wissen Sie, wenn das einmal passiert, schadet das unserer ganzen Berufsgruppe.«

Gaby log mit ruhiger, sanfter Stimme und streichelte dabei einen der Möpse, der sich unangenehm anfühlte, wie ein Stück pralles Mett. Dabei überlegte sie, ob die Hunde den Säugling angreifen würden, wenn sie ihn beispielsweise mit Kalbsleberwurst bestrich, und sie musste ein Lächeln unterdrücken. Sie sagte: »Es ist aber wirklich selten, dass jemand stiehlt, Sie haben großes Pech gehabt, leider.«

»Na, ich weiß nicht.«

Sie musterte Gaby, und die ließ es sich gefallen. In der Jeans und dem weiten Hemd, ungeschminkt und die Haare nur mit einem Gummiband zurückgebunden, sah sie genauso tüchtig aus, wie man sich eine Putzfrau wünscht, und Frau Taunstätt war offensichtlich bereit, den Handel schnell abzuschließen: »Nun, Raina konnte kaum Deutsch, was mir ganz recht war, dann kann sie wenigstens keine Indiskretion begehen, dachte ich mir. Allerdings hatten wir dadurch auch Verständigungsprobleme, das ist bei Ihnen ja nicht der Fall.«

Gaby sagte eifrig: »Ich unterschreibe gerne ein Papier, wegen Diskretion und so, ich weiß ja – natürlich –, dass Sie beim Fernsehen sind.«

Frau Taunstätt lächelte müde. »Ach, Frau Mol« – Gaby hatte sich als Angelina Mol vorgestellt, ein Mischname aus Angelina Jolie und Gretchen Mol, ihren Lieblingsschauspielerinnen –, »so wild ist es im Moment nicht. Ich mache mindestens ein halbes Jahr Pause. Sie sehen ja – ich bin völlig überfordert! Mir ist dauernd schlecht, ich bin permanent müde.«

Gaby, die selbstmitleidige Menschen nicht ausstehen konnte, sah unangenehm berührt nach unten. Der Perserteppich musste dringend gesaugt werden, und unter der Couch gegenüber flockte der Staub auf dem Parkett. Wie viele Tonnen Dreck hatte sie eigentlich schon im Leben weggeschrubbt, Dreck anderer Leute, Dreck, der immer wieder neu entstand, der nie aufhörte? Und hier war sie im Haus der Taunstätts und konnte nicht einmal richtig wütend sein, nicht auf diese zupackende Art und Weise, wie sie es üblicherweise bei ihren Stellen an den Tag legte. Sie war zu deprimiert und gleichzeitig zu befangen, es widerstrebte ihr, wieder in ihre alte Rolle der Putzfrau zu schlüpfen. Innerlich war sie schon so viel weiter, ihre Träumereien hatten sie ganz woanders hin katapultiert: Sie kam sich vor wie die Gewinnerin eines Supertalentwettbewerbs, die noch einmal beim Casting anfangen musste.

»Zehn Euro die Stunde hatte ich Raina bezahlt. Meinen Sie, das wäre für Sie o.k.?«

›154‹

Gaby schwieg und zählte langsam bis sieben, das wirkte fast immer.

Tanja Taunstätt seufzte: »Also gut, zwölf, in Ordnung. Ich zeige Ihnen das Haus.«

In der Zeitschrift, dachte Gaby, hat es anders gewirkt, nicht so dunkel, und es standen auch nicht so viele halb vertrocknete Pflanzen herum. Gaby überlegte, ob die Pflanzen eventuell für die Fotos angeschafft und dann vergessen worden waren. Langsam folgte sie Tanja Taunstätt, während die sich vor ihr die Holztreppe heraufmühte.

»Passen Sie auf, es ist glatt«, sagte Gabys neue Arbeitgeberin, dabei trug Gaby im Gegensatz zu ihr, die in Socken herumlief, feste Schuhe. Gaby erinnerte sich daran, dass in Britneys Klasse schon zweimal Kinder eine ähnliche Treppe heruntergefallen waren und sich etwas gebrochen hatten. Ob die Taunstätts hier Schutzgitter anbrachten, wenn das Baby krabbeln konnte? Schweigend besah Gaby sich die oberen Zimmer – die Arbeitszimmer, die Schlafzimmer, wieder ein Bad. Sie fühlte sich plötzlich müde und schwer, als ob sie selbst ein Kind in sich trüge. Sie fragte sich ernsthaft, ob sie wirklich in der Lage wäre, einen Unfall zu provozieren.

Frau Taunstätt sagte gerade, dass sie in Marks Zimmer nichts tun müsse. »Da darf keiner rein«, sagte sie mit gespielter Leichtigkeit, durch die ihre Verärgerung klang. »Das ist wohl das Alter.« Und sie hielt sich den Bauch, als beruhigte sie nur der Gedanke, dass ihr leibliches Kind einmal ganz, ganz anders werden würde. Gaby dachte an

Britney, die sie so erzogen hatte, dass es gar nicht nötig war, ihr Zimmer zu betreten: Gaby hatte ihr klargemacht, dass sie in genügend Häusern putze, und Britney hatte von klein auf ihre Sachen selber in Ordnung gehalten – das war völlig selbstverständlich. Gaby hatte ihre Tochter ziemlich gut im Griff.

Sie selbst war ausgesprochen ehrgeizig, schon seit sie ein kleines Mädchen war. Ihre besondere Begabung war die Mimesis. Sie passte sich unauffällig an neue Lebensumstände an. Weil es ihr zu Hause nicht gefiel und sie sich gerne von den eigenen Eltern ablenkte, stellte sie immerzu Fremde in den Mittelpunkt ihres Lebens. Leute, die Gabys Familie nicht kannten, schlossen aus ihrem offenen, vertrauensvollen Wesen, dass sie aus einem funktionierenden, liberalen Zuhause kam. So war es nicht. Streitereien im Alkoholrausch waren bei ihren völlig aufeinander fixierten Eltern die Regel. Die adrette Kleidung der kleinen Gaby zeugte von ihrem persönlichen Eifer, bei den Caritasflohmärkten der Stadt eine der ersten zu sein. Mager, leidlich hübsch und immer bereit, anderen nach dem Mund zu reden, war sie bei ihren Lehrern, Nachbarn und den Mitarbeitern des Sozialamts gleichermaßen beliebt. Das einzig Anstrengende an Gaby war, dass sie so schwer loszuwerden war. Sie ging nie freiwillig nach Hause. Wenn es Zeit für sie wurde zu gehen, ignorierte sie geflissentlich alle Hinweise – schließlich vermisste sie zu Hause niemand.

Und nun, fünfundzwanzig Jahre später, erging es ihr wieder ähnlich: Gaby verbrachte den ersten Vormittag arbeitend bei den Taunstätts, und die schlechte Stimmung, die sie während des Vorstellungsgespräches befallen hatte, war vergessen. Es gefiel ihr; sie wollte gar nicht mehr zurück ins Glätzenviertel. Der Trick war, dass sie nur spielte, wieder in ihre alte Rolle geschlüpft zu sein. Stattdessen bewegte sie sich in dem neuen Haushalt vom ersten Tag an wie ein Familienmitglied mit besonderen Aufgaben. Sie führte sich auf, als kommandiere sie eine unsichtbare Dienerschaft und wäre es nicht selbst, die den Lappen in den Eimer tunkte. Sie *stellte* eine Putzfrau *dar* – und je besser sie ihre Rolle ausfüllte, desto höher schwebte sie über den Dingen, desto weniger konnten Schmutz und Staub ihr anhaben. Auf diese Weise hatte sie eine Möglichkeit gefunden, ohne Groll zu tun, was in dieser Phase des Plans nötig war.

Zuerst kam Gaby nur vormittags, putzte die Bäder, leerte Papierkörbe, staubte die unzähligen Fotos der beiden verstorbenen Chow-Chows ab, wischte den Kühlschrank aus, saugte Hundehaare weg, und wenn sie fertig war, ging es wieder von vorne los. Frau Taunstätt erbrach sich in sämtliche Toiletten und manchmal vergaß sie sogar, die Spülung zu drücken. Die Schwangerschaft bot ihr anscheinend einen Vorwand, sich einmal so richtig gehen zu lassen. Jede jüngere Mutter, dachte Gaby bei sich, würde sich besser zusammennehmen. Die Schwangere sah sich sentimentale Filme auf DVD an und aß dabei Pralinen, von denen ihr wiederum übel wurde. Sie heulte mit Grund und ohne. Ihr Mann, der Tierarzt, arbeitete länger und setzte Operationen neuerdings auch abends an; Gaby konnte es ihm nicht verdenken. Wenn jemand in diesem Hause der Fruchtbarkeit und Erwartung überflüssig war, dann ein Mann. Überall im Haus sammelten sich Bücher zur Babypflege und Säuglingssachen an, die Möpse spielten mit Rasseln und zerbissen Kuscheltiere. Die Zeit bis zur Entbindung von Frau Taunstätt verging wie im Flug.

Als Britneys Sommerferien begannen, flogen Mark und sie auf Kosten der Taunstätts in den Urlaub nach Istanbul, wo Mark anscheinend eine Menge Leute kannte. Britney schrieb begeisterte E-Mails. Obwohl Gaby natürlich wusste, dass die jungen Eltern Mark nur aus dem Weg haben wollten, freute es sie, dass Britney davon unmittelbar profitierte. Sie hatte die Versetzung in diesem Jahr nicht geschafft, aber Gaby, die selbst gerade mal den Hauptschulabschluss hatte, brachte es nicht fertig, ihr Vorwürfe zu machen, auch wenn sie sich mehr für sie gewünscht hätte.

Wenn schon die Schwangerschaft Frau Taunstätt überfordert hatte, so war ihr Talent zur Babypflege gleich Null. Gaby musste jetzt auch nachmittags zwei Stunden kommen, um zu waschen, zu bügeln und zu kochen. Es machte sie nervös, wenn sie sah, wie ungeschickt Frau Taunstätt mit dem kleinen Mädchen umging, und Gaby schlug vor, dass sie bei zwei anderen Haushalten aufhören würde. Ihre Arbeitgeberin war so dankbar, dass ihr die Tränen in die Augen traten, als sie zustimmte. Längst hatte Gaby ihren eigenen Schlüssel, ihren Platz an der Garderobe und eine persönliche Lieblingstasse in der Küche. Das kleine Mädchen hieß bedauerlicherweise

Eugenie. Vermutlich gefiel der Moderatorin, dass »Genie« in dem Wort steckt, sagte Gaby zu Britney, die noch Wochen nach ihrem Urlaub braun gebrannt und bester Laune war. Gaby begann, das Baby ihrerseits Jenny zu nennen.

»Lass sie doch«, sagte Frau Taunstätt mit erloschener Stimme zu ihrem Mann, als der sie darauf ansprach. »Es ist doch alles nur vorübergehend, bis ich ein wenig bei Kräften bin. Ich weiß nicht, was ich ohne sie machen würde.«

Gaby lauschte solchen Dialogen mit dem größten Vergnügen und erlaubte es sich, ein wenig kühner zu werden. Sie verbot ihrer Arbeitgeberin Thunfisch, ihr Lieblingsessen, weil sie irgendwo gehört hatte, es gäbe Artensterben, nur um zu sehen, ob sie Einfluss auf sie hatte, und Frau Taunstätt bekam sofort ein schlechtes Gewissen. Gaby stellte fest, dass die Frau bei aller Fernsehpräsenz eigentlich ein kleines Mädchen geblieben war, das froh war, wenn man ihm sagte, was zu tun sei. Weil Gaby so nützlich, ja, unverzichtbar für die Familie geworden war, machte sie ihr immer wieder kleine Geschenke wie Parfüm oder abgelegte Kostüme, die Gaby annahm, ohne sich groß zu zieren. Seit sie den Möpsen die Kommandos Sitz und Bleib beigebracht hatte und Paketzusteller sowie Freunde der Taunstätts sich wieder ins Haus trauten, verbesserte sich Doktor Taunstätts Verhältnis zu Gaby deutlich. Unangenehm war nur, dass seine Frau immer anhänglicher wurde und begann, sich bei Gaby über ihr Leben zu beklagen. Vor allem nachmittags, wenn sie endlich einigermaßen wach war, setzte sie sich gerne ins Wohnzimmer, während Gaby bügelte, um sich mit ihr zu unterhalten. Gaby legte keinen Wert auf solche Gespräche, sie war lieber alleine mit dem Baby und den Hunden, und beim Bügeln sah sie entweder fern oder hörte Radio. Beides machte mit Frau Taunstätt keinen Spaß, weil die pausierende Moderatorin ständig am Aussehen oder Sprechen der Kollegen herummoserte und die Auswahl der Studiogäste kritisierte.

»Wann fangen Sie denn wieder an? Vermutlich ist es nicht so gut, länger weg von der Bildfläche zu sein«, sagte Gaby vernünftig.

Frau Taunstätt lachte über ihr Sprachspiel und gab ihr Recht, aber alles in allem war es kein Thema, das sie besonders begeisterte. Gaby fürchtete, sie könnte ihre Show völlig aufgeben, und kam so oft wie möglich darauf zu sprechen.

»Ach, wenn ich die Babypfunde los bin, dann werde ich wohl wieder anfangen«, sagte Frau Taunstätt einmal, nachdem sie Gaby zwei Seidenkleider geschenkt hatte.

Gaby nickte erfreut, verbannte sämtliche fetten und süßen Speisen aus dem Haus; es würde von jetzt an ausschließlich Gemüse geben. Ungefragt brachte sie Kartoffeln, Äpfel und Brot mit zu den Taunstätts und behauptete, es seien wertvolle ökologische Produkte vom Hof ihres älteren Bruders bei Gießen; sie nannte fantastische Kilopreise, die Frau Taunstätt ihr anstandslos bezahlte – in Wirklichkeit war alles aus dem Discounter. Frau Taunstätt, die sich, wie so oft, die Bemühungen ihrer Haushaltshilfe gar nicht so umfassend vorgestellt hatte, machte halb aus Überraschung, halb aus Höflichkeit mit und verlor prompt in drei Wochen fünf Kilo.

»Angelina«, sagte sie – Gaby hörte inzwischen auf den Namen wie auf ihren eigenen –, »Angelina, wir müssen unbedingt gemeinsam ein Diätkochbuch herausbringen. Tippen Sie alle Rezepte in den Computer, ja? Sie können mein Büro benutzen.«

»Hm«, sagte Gaby, mit deren Rechtschreibung es haperte, »wäre es auch möglich, dass ich Ihnen diktiere, wissen Sie ...«

Und Frau Taunstätt, die sich vor nicht allzu langer Zeit in einer ihrer quotenstärksten Sendungen mit ausgewählten Analphabeten über deren Probleme im Alltagsleben unterhalten hatte, rief verständnisvoll: »Aber natürlich!«, um Gaby beziehungsweise Angelina die Scham zu ersparen, sich noch weiter erklären zu müssen. Jenny schlief inzwischen gut durch, und Frau Taunstätt rief nicht mehr bei jedem Schluckauf den Notarzt, sondern entwickelte fast so etwas wie Gelassenheit. Angefeuert von Gaby verbrachte sie viel Zeit am Schreibtisch, um einige Anekdoten aus ihrem Prominentenleben zusammenzustellen – »Sonst kauft kein Mensch ein Gemüsekochbuch«, sagte Gaby, die sich für den Plan begeisterte. Hier und da zweifelte sie aber doch, dass die Publikation tatsächlich verwirklicht würde. Und wenn, käme sie dann wirklich gemeinsam mit der berühmten Tanja Taunstätt auf das Titelblatt? Der Fotograf, der eigens mit zwei Taschen fotogenem Plastikgemüse ins Haus gekommen war, machte zwar Bilder von

Tanja Taunstätt und Gaby zusammen, aber eben auch sehr viele von der Moderatorin alleine. Gabys Besorgnis machte das Unternehmen noch reizvoller. Meine Güte, wer hätte das auch nur im Traum gedacht? Ihre Rezepte, die simple Kohlsuppe ihrer Großmutter, die sie früher aus reiner Armut gelöffelt hatten – Tanja Taunstätt fand sie den letzten Schrei!

Monate vergingen, und Gabys Leben in dem eleganten Haus wurde immer annehmbarer. Inzwischen kannte sie längst alle Schwachstellen des Haushalts, und es gab eine ganze Liste mit möglichen Unfällen, Vergiftungen und sonstigen Dingen, die Jenny zustoßen könnten, ohne dass jemals irgendwer – Herr Taunstätt und Mark schon gar nicht – auf die Idee käme, jemand anders als die ungeschickte Kindsmutter habe Schuld daran. Bloß – eigentlich wollte Gaby gar nicht mehr, dass Jenny etwas passierte. Sie riss sich kein Bein mehr aus beim Putzen, und von den kleinen, feinen Mahlzeiten, die sie für sich und Frau Taunstätt zubereitete – inzwischen gab es auch wieder etwas Fisch und weißes Fleisch –, nahm sie sich gerne die Hälfte. Herr und Frau Taunstätt hatten immer die neuesten DVDs im Haus, und einige davon, wie beispielsweise das Drama mit dem Stasioffizier und dem Künstlerpaar – wurden Gabys neue Lieblingsfilme. Ein paarmal hatte sie, wenn es spät geworden war, sogar im Gästezimmer übernachtet, meist, wenn Herr Taunstätt verreist war.

Außerdem ging sie wieder joggen – im Viertel: Sie joggte mit Jenny im Babybuggy, und dabei fühlte sie sich noch besser als früher, als sie allein unterwegs gewesen war. Viele Leute kannten sie jetzt als »Frau Taunstätts Freundin«, und sie wünschten ihr guten Morgen und bewunderten das Kind. Gaby genoss die Komplimente, und sie begann, Fragen nach Frau Taunstätt, ihren Stimmungen, ihrer Gesundheit, ihrer Rückkehr zum Fernsehen freimütig und ausführlich zu beantworten. Der einzige Wermutstropfen war, dass Britney verschlossener und mürrischer geworden war. Gaby sagte sich, dass sie vielleicht eifersüchtig auf Jenny wäre, mit der Gaby ziemlich viel Zeit verbrachte; andererseits war Britney ja auch dauernd mit Mark unterwegs, in dem Alter war das normal. Ihre üble Laune mochte einfach daran liegen, dass sie die Klasse wiederholen musste und bei allem die Älteste war.

Gaby war gerade dabei, im japanischen Garten ein Kräuterbeet anzulegen, während die acht Monate alte Jenny auf einer Wolldecke neben ihr im Gras lag und vor sich hin gluckste, als es klingelte. Tanja Taunstätt war zuerst an der Tür, und Gaby war überrascht, als sie Männerstimmen und Gepolter hörte. Sie stand auf, nahm Jenny auf den Arm und schlich ins Wohnzimmer, um in den Flur zu spähen. Sie bekam fast einen Herzschlag, als sie die beiden Polizisten sah. Hatte es etwas mit ihr zu tun? War sie wegen Schwarzarbeit dran? Hatte ihr Ex, Walther, wieder irgendwelchen Mist gebaut? Aber der wohnte längst mit seiner neuen Braut irgendwo weit weg. Ihr Herz schlug laut und unregelmäßig, und sie zog sich leise wieder in den Garten zurück. Es war ihr lieber, wenn die Beamten sie nicht sahen. Sie hörte polternde Schritte auf der Holztreppe, als alle zusammen in den ersten Stock marschierten, dann kamen die Stimmen aus Marks Zimmer, die schrille von Tanja Taunstätt und die tieferen der Beamten.

Was ist bloß los?, dachte Gaby, aber im Prinzip wusste sie es. Hoffentlich hatte Mark sich für das Zeug, mit dem er dealte, ein vernünftiges Versteck ausgesucht. Sie musste so schnell wie möglich nach Hause und mit Britney reden, nicht etwa, dass sie da mit hineingezogen wurde… Ob ihre üble Laune in den vergangenen Monaten damit zu tun hatte? Aber sie waren doch ein altes Paar, Mark und Britney, über zwei Jahre zusammen inzwischen, so lange hatte Gaby es selber noch mit keinem ausgehalten. Ihre Gedanken überschlugen sich, vor allem jedoch breitete sich in ihr ein Gefühl unbestimmter Enttäuschung aus, dass Mark, für den sie eine solche Schwäche gehabt hatte, sich nicht als so ausgebufft erwiesen hatte, wie erhofft. Sie dachte an den neuen BMW, den der junge Taunstätt fuhr, an die Klamotten, die er Britney gekauft hatte – waren es in letzter Zeit weniger geworden? Sie war sich nicht sicher.

Jenny, die von ihrer Mutter anscheinend durch die unangenehme Überraschung völlig vergessen worden war, plärrte, weil sie sich nass gemacht hatte, und Gaby musste sich wohl oder übel ins Haus begeben. Zu ihrer Erleichterung war die Polizei schon weg. Tanja Taunstätt hockte zusammengekauert auf dem cognacfarbenen Sofa. Gaby hatte angenommen, dass sie zerschmettert wäre, doch anscheinend konnte sie vor Wut kaum an sich halten. »Ja!«, brüllte sie in ihr Handy. »Ja, genau! Ja!« Dermaßen einverstanden mit irgendetwas oder irgendjemandem hatte Gaby sie schon lange nicht mehr erlebt. Rasch eilte sie zum Wickeltisch, um Jenny trockenzulegen, da kam deren Mutter schon zu ihr und sagte schnaufend: »Ich habe mit meinem Mann gesprochen. Mark fliegt hier raus. Das – du kannst es dir nicht vorstellen, Angelina, aber das da eben – der Besuch –, das war die Polizei.«

Doch, kann ich, dachte Gaby nüchtern.

»Wir haben ihm eine Chance gegeben, verstehst du! Eine einmalige Chance! Jetzt reicht es. «

Gaby fragte vorsichtig, was Mark sich denn habe zuschulden kommen lassen, und Tanja Taunstätt brüllte: »Beschaffungskriminalität!«

Sie sah aus, als hätte jemand angekündigt, in drei Minuten werde ihr der Boden unter den Füßen weggezogen und sie müsse es, bitteschön, mit dem Fliegen versuchen. Gaby war klar, wieso: Beschaffungskriminalität war etwas, über das Tanja Taunstätt klug und sachlich mit Experten diskutierte, aber nichts, das irgendetwas mit ihr selbst zu tun hatte. Erst im zweiten Augenblick erkannte Gaby, was das lange Wort noch beinhaltete: Mark, der Idiot, drückte anscheinend selber. Dann sagte sie sich: Blödsinn, das war nur die beste Schutzbehauptung, um nicht als Dealer, sondern als armes drogensüchtiges Opfer wahrgenommen zu werden. Ja, in diesen Dingen kannte sie sich einigermaßen aus. Während sie Jenny hin- und herwiegte, die wieder sirenenartig zu heulen angefangen hatte, stieß sie »Schschscht«-Laute aus, um Mutter und Kind gleichermaßen zu beruhigen. Dann wollte Tanja Taunstätt unbedingt, dass sie beide, jetzt sofort, Marks Zimmer ausräumten. Es gab erstaunlich wenig zu packen. Außer den Klamotten waren einige Bodybuilding-Magazine das Persönlichste, was er besaß – mal abgesehen von den Drogen, die ja die Polizei mitgenommen hatte. Sie füllten zwei große Taschen – wie von jemandem, der eigentlich nur auf der Durchreise gewesen war.

Als Gaby zwei Stunden später die Tür zur eigenen Wohnung aufschloss, traf sie auf Britney, die mit abwesendem Gesichtsausdruck vor dem laufenden Fernseher saß. Gaby rief »hallo«, aber ihre Tochter regte sich nicht und gab keinen Ton von sich. Gaby zog ihre Jacke aus und hängte sie über die überfüllte Garderobe in dem kleinen, dunklen Flur. Wie so oft, wenn sie aus den großzügigen Räumen bei den Taunstätts zurückkam, beleidigte die eigene Unterkunft ihre Sinne.

»Lust auf etwas Krabbensalat?«, fragte sie betont lässig und begann, die Leckereien, die sie bei Taunstätts abgestaubt hatte, in den Kühlschrank zu räumen. Sie wollte ihrer Tochter zeigen, dass es schon nicht so schlimm sei – egal, was passiert war.

»Nee, danke«, erwiderte Britney teilnahmslos.

Gaby machte den Kühlschrank zu, nahm sich einen Küchenstuhl und stellte ihn neben Britney und der Couch ab.

»Ich habe davon gehört«, sagte sie vorsichtig, während sie auf dem Wackelding Platz nahm, »aber es sieht doch so aus, als habe er ganz klug behauptet, es sei Beschaffungskriminalität, und das heißt, er macht eine Therapie statt einer Strafe. Er muss nur für eine Weile in eine hübsche Einrichtung auf dem Land, da kannst du ihn auch besuchen, und dann ist das vergessen, er kann wieder ganz neu anfangen.«

»Er will aber nicht dauernd neu anfangen. Ich übrigens genauso wenig«, sagte Britney, wieder unnatürlich ruhig.

»Die Taunstätts werden sich schon wieder um ihn kümmern und ihn finanziell unterstützen, wenn sie erst einmal ihren ersten Ärger überwunden haben ...« Gaby hatte hinzufügen wollen: Er ist schließlich ihr Sohn! Tatsache aber war, dass gerade das nicht der Fall war; im Gegenteil hatte Tanja Taunstätt ja sogar davon geredet, ihre kleine Tochter vor diesem Verbrecher schützen zu müssen. Für einen Augenblick wurde sie unsicher. Außerdem saß ihre Tochter da und starrte sie an wie eine Fremde, ja, sogar wie eine Feindin.

»Mein Gott, bist du blind«, brüllte Britney plötzlich. »Natürlich ist er ein Scheißjunkie, und nicht nur er!«

Gaby biss sich auf die Lippen: Erst jetzt fiel ihr auf, wie ungepflegt Britney aussah, sie hatte strähnige Haare und Augenringe. Wenn sie da an Jennys süßen Babyduft dachte, ihren offenen, vertrauensvollen Blick ...

»Ich frage mich, ob du eigentlich noch manchmal an unsere Abmachung denkst? Daran, weshalb ich ursprünglich diesen Mark angraben sollte und was du bei den Leuten eigentlich machst?«, schrie ihre Tochter sie weiter an.

»Meine Güte, ich denke an nichts anderes als an unsere Abmachung«, verteidigte Gaby sich, aber beide wussten, dass sie log, und als Gaby in Britneys Augen sah, bemerkte sie einen so wilden Ausdruck von Verachtung, dass sie zurückzuckte.

»Manchmal denke ich, du machst es gerne!«, brüllte Britney.

»Was denn?«, flüsterte Gaby, immer noch erschrocken.

»Das Putzen! Du-du-du fühlst dich dann wie in deinem Scheiß-Lieblingsfilm, *Das Leben der anderen*! Ha! Nur dass du kein Scheiß-Stasispitzel bist! Du hast keine Ideologie! Keinen höheren Auftrag! Du glaubst an gar nichts als an Geld! Geld macht dich an!«

Gaby wusste darauf nichts zu sagen. Es war, als hätte ihre Tochter alle Leidenschaft, die in ihrem Innern brannte, mit einem Mal gelöscht, aus, Schluss, Dunkel. Britney stand auf und ging zur Toilette, wo sie nicht sehr lange blieb; jedenfalls nicht lange genug, um sich einen Schuss zu setzen. Sie muss eine Tablette genommen haben, dachte Gaby automatisch. Britney hatte offenbar ihre Fassung wiedergewonnen. Jetzt stapfte sie zum Kühlschrank, nahm sich ein Bier und trank es aus der Flasche. Gaby fiel auf, dass sie selbst sich das Bier abgewöhnt hatte, lieber trank sie vom exquisiten Wein der Taunstätts.

»Also, ich erzähl dir was. In der Schule war ich seit Wochen nicht mehr. Und wegen Mark – nicht nur er hat angefangen, sich manchmal selbst zu bedienen!«

Gaby verstand wieder nicht, oder vielmehr: Alles in ihr wehrte sich dagegen, sie wollte es nicht begreifen. Die Art, wie ihre Tochter nervös zappelnd dasaß, sprach leider Bände.

»Pass auf, ich sage dir jetzt, wie es laufen wird, und diesmal mache ich die großen Pläne, allerdings solche, die auch mal durchgeführt werden, ja? Danach sind Mark und ich weg, und du kannst weiter die Putze spielen bis an dein Lebensende, wenn dich das glücklich macht.«

»Und du die Fixerbraut«, entfuhr es Gaby. »Meine Güte, du bist doch nicht blöd, Brit. Du kannst doch nicht so blöd sein!«

»Also«, sagte Britney kühl. »Wir werden Klein-Jenny entführen – das heißt, du bringst sie zu uns, dann verlangen wir eine Million Lösegeld, und weg sind wir, in Südamerika. Das ist der Plan, einfach, machbar, gut durchdacht!«

»Du bist völlig übergeschnappt!«, sagte Gaby. »So ein kleines Mädchen kriegt doch Angst.«

Britney lachte höhnisch auf.

»Und so leicht können die Taunstätts eine Million nicht lockermachen, die holen bestimmt die Polizei.«

»Die holen bestimmt die Polizei!«, äffte Britney sie nach. »Meine Güte, haben sie mit dir eine Gehirnwäsche gemacht, oder was? Ich bezweifle sehr stark, dass sie das tun werden. Die wissen, wozu Mark fähig ist.«

»Aber, ich meine, sie werden doch gleich vermuten, dass Mark hinter allem steckt?«

»Vermuten können sie viel. Sie werden keine Beweise bekommen. Saubere Sache.«

Britney stand auf; sie seufzte erschöpft. »Ich werde so froh sein, wenn ich diese Bruchbude nie wieder sehen muss. Sonne, Meer und Piña Colada. Und Mark und ich hören zu drücken auf, in so einem tollen Land braucht man das nicht. Dann machen wir vielleicht eine Tauchschule auf.«

Immerhin spricht sie wieder mit mir, erzählt von ihren Vorhaben, dachte Gaby verzweifelt. Das heißt doch, sie vertraut mir noch, oder?

»Also«, sagte Britney. Sie hatte sich noch ein Bier geholt und wirkte jetzt ziemlich aufgedreht. »Rettest du das Lebensglück und die Zukunft deiner einzigen Tochter? Halten wir zusammen? Ich sage dir ganz ernsthaft, dass es das Letzte ist, was ich verlange. Ich kann nur nicht ohne Kohle mit Mark nach Mexiko, da bringen wir es auf keinen grünen Zweig. Alles ist geregelt, wir machen das morgen, wir ziehen das durch, und nächste Woche sind wir weg. Du bringst die Kleine um halb vier an den TC Schwarz-Weiß, hinten, bei den Geräteschuppen.«

Sie ist high, dachte Gaby unglücklich.

»Ja. Wir halten zusammen«, sagte sie. Es war alles so unausgegoren. Doch was hätte sie sonst darauf antworten sollen?

Britney nickte, stand auf, warf ihre Jeansjacke über und verschwand. Da Gaby in der kleinen, bedrückenden Wohnung nichts mit sich anzufangen wusste, zog sie sich kurz darauf ebenfalls eine Jacke an. Sie würde auf das Angebot zurückkommen, bei den Taunstätts zu übernachten – Marks Zimmer war ja frei.

Sie schlich sich leise, genau wie Mark es oft getan haben musste, über den Hintereingang und die kleine Treppe hoch in den leeren Raum, setzte sich im Dunkeln auf das Bett und weinte ein bisschen.

Diese dumme Britney. Es war doch alles so gut gegangen!

Und dann sah sie das Buch, das auf Marks ehemaligem Nachttisch an der Wand lehnte: das Gemüsekochbuch. Auf dem Titelblatt lachten Gaby und Tanja Taunstätt hinter einem Brett voller Karotten und Zwiebeln, die völlig echt aussahen, in die Kamera, Frau Taunstätt hielt ein Messer in der Hand, Gaby eine gelbe Plastikpaprika. »Tanjas und Angies Gemüsegeheimnisse« stand darüber. Klar, Gaby war natürlich unter ihrem Pseudonym Angelina Mol vertreten, aber den Namen mochte sie inzwischen gern, lieber als ihren eigenen. Glücklich blätterte sie durch die farbigen Seiten. Und spätestens in diesen Minuten war sie sich völlig sicher, dass sie Jenny nicht auf den Spaziergang mitnehmen würde, bei dem Mark und Britney den Überfall und die Entführung fingieren wollten. Sie würde es den Taunstätts sagen, und die könnten Sicherheitsmaßnahmen ergreifen. Gaby wollte hierbleiben, und es war am einfachsten, wenn Britney einfach wegbliebe. Sie schlüpfte aus den Schuhen und zog sich die Daunendecke über die Beine. Es war ein gutes Gefühl, sich entschieden zu haben. Es war an der Zeit, nicht mehr alles zu wollen, sondern mit dem zufrieden zu sein, was man hatte. Dies war ihr Glück, und so wenig war es ja auch wieder nicht. Immerhin konnte sie sich jetzt schon mit innerem Stolz sagen: »So ist es, mein Leben, so ist es« – jetzt, und nicht irgendwann.

Sie bemerkte, dass einer der Möpse die Tür aufgedrückt hatte und schwanzwedelnd auf sie zukam, und jeder, der jetzt durch die Tür hereinspähte, sähe eine müde Frau in mittlerem Alter einen Hund streicheln, der im Gegensatz zu dem Menschen neben ihm in diesem Moment zu lächeln schien.

Feen verderben den Tanz

Eines Dienstagvormittags klingelte es bei uns an der Haustür und eine steinalte Frau stand davor. Mit dem Kopftuch und dem Korb unter dem Arm schien sie einem meiner Märchenbücher entsprungen. Ihr Haar war grau, aber noch sehr dicht, und im Nacken zu einem eindrucksvollen Knoten geschlungen. Alle Kleidungsstücke, die sie trug, waren schwarz oder dunkelblau oder braun, aber an das Revers ihres Blazers hatte sie eine neckische Brosche in Form einer edelsteinbesetzten rosa Schleife geheftet. Sie stellte einen undurchdringlichen Gesichtsausdruck zur Schau, der sich auch nicht veränderte, als meine Mutter, die zuerst nur völlig überrascht auf den Besuch gestarrt hatte, sie nun mit den Worten: »Mein Gott, was für eine Überraschung, Rose«, ins Haus bat. Und auch als sie die Alte überschwänglich ins Wohnzimmer führte und Tee brachte, konnte sie diesen Zügen kein Lächeln entlocken, im Gegenteil, die Frau schien immer grimmiger zu werden. Dass meine Mutter, die sonst wenig Aufhebens um Gäste machte und ungebetene Besucher als Belästigung empfand, so ein Theater um diese bittere Alte machte, wirkte merkwürdig auf mich. Im Übrigen war ich beleidigt: Ich war acht und hatte mich an die maximale Beachtung unserer Gäste gewöhnt – Ausbrüche der

Begeisterung, wenn sie mich erblickten, ernste Bewunderung, sobald ich den Mund auftat. Die Frau mit dem Blumennamen sah mich anscheinend gar nicht, ja, den ganzen Vormittag über, den die beiden Frauen mit Kaffeetassen in der Sitzgruppe des Wohnzimmers verbrachten, beachteten mich weder sie noch meine Mutter. Es kam mir vor, als hätte ich nie im Leben existiert.

Die Tür war einen Spaltbreit offen geblieben, und ich drückte mich dort herum. Wie immer, wenn sie nervös war, redete meine Mutter unaufhörlich, es ging um das Wetter, einen Nachtsturm neulich, dies und das, nichts Wichtiges. Ich horchte auf, als die Alte endlich zu sprechen begann. Sie hatte den Schweizer Akzent meiner Großeltern mütterlicherseits und eine erstaunlich jugendliche Stimme, die so gar nicht zu dem verkniffenen, faltigen Gesicht passen wollte. Ich verstand nicht alles, was sie sagte, begriff aber so viel, dass sie meine Mutter zur Herausgabe von etwas aufforderte – »Es gehört dir nicht«, sagte sie wieder und wieder – und dass sie auf Ablehnung stieß. Dann fiel das Wort, das mich alarmierte: »Es ist ein Schatz, er gehört dir nicht.«

Ich wusste einiges über Schätze. Man musste sie bewachen, sie waren wertvoll. Sie hatten auf geheimnisvolle Weise mit der Vergangenheit zu tun. Im Geist ging ich die Besitztümer meiner Mutter durch, die vielleicht nicht direkt wertlos, aber doch eher uninteressant waren: ihre Kleider, ihre Bücher, ihre Nähmaschine, denn Schneidern war ihr Hobby. Sie sammelte Mokkatassen, die in einer Glasvitrine im Wohnzimmer standen, direkt vor den

Frauen. Wenn es um die gegangen wäre, dann hätte ich doch gehört, wie jemand zur Vitrine ging, sie sogar aufmachte.

Nach einer unendlichen Zeit kamen die beiden Frauen wieder aus dem Wohnzimmer; meine Mutter war zwar immer noch aufgewühlt, schauspielerte aber nicht mehr. An der Tür sagte sie kühl: »Rose. Es hat keinen Sinn, dass du wiederkommst.«

»Das werden wir ja sehen«, sagte die Alte. »Er gehört mir, mein Schatz. Verstehst du? Mir!«

Es war so ungewöhnlich wie alles an diesem Vormittag in den Osterferien, dass meine Mutter nicht das letzte Wort hatte. Sobald Rose gegangen war, eilte meine Mutter in ihr kleines Zimmer. Sie machte die Tür hinter sich zu, und als sie auf mein mehrmaliges Klopfen nicht antwortete, drückte ich vorsichtig die Klinke. Sie hörte mich nicht und rechnete wohl auch nicht damit, dass ich hereinkam. Normalerweise war dieses Zimmer das langweiligste überhaupt, meine Mutter verschwand darin, um endlose Schnittmusterbögen mit kleinen Schleifenrädchen auszuschneiden, die Bögen dann auf Stoffe zu legen, die Ränder mit Kreide abzupausen und dann alles noch einmal im Stoff auszuschneiden, bis sie überhaupt zum Zusammennähen kam. Aber diesmal war es anders. Sie hatte den Bettkasten ihres Mädchenbettes aufgezogen, in dem sie manchmal schlief, wenn sie Streit mit meinem Vater hatte oder erkältet war und niemanden anstecken wollte. Der Kasten stand offen, und sie war über ein glänzendes, sehr elegant aussehendes schwarzes Holzkästchen gebeugt.

Und sie weinte. Es war das erste Mal, dass ich meine Mutter weinen sah, und ich beeilte mich, die Tür rasch wieder zuzuziehen. Mir war ganz schlecht vor Aufregung. Meine Mutter besaß also wirklich einen Schatz, wie die alte Frau behauptet hatte – einen Schatz, den sie so sehr liebte, dass sie zu weinen anfing, als jemand ihn ihr wegnehmen wollte.

Aber in diesem Märchen stimmte etwas nicht, und ich überlegte den ganzen restlichen Tag, was es war, während ich meinen sonstigen Beschäftigungen nachging.

Als mein Vater am Abend nach Hause kam und sie wie immer gemeinsam eine Tasse Tee tranken und sich über den Tag austauschten, erzählte meine Mutter ihm von dem Besuch. Sehr beiläufig sagte sie: »Übrigens, Rose war da.« Daraufhin wurde mein Vater aufgeregt: »Was wollte sie?«, fragte er.

»Na, das kannst du dir doch denken.«

Mein Vater seufzte und sagte: »Im Prinzip ist es ihr gutes Recht.«

Meine Mutter schüttelte den Kopf und machte ihr stures Gesicht: »Das kann man so oder so sehen.«

Mein Vater stand auf, ohne seinen Tee ausgetrunken zu haben, und ging in sein Arbeitszimmer. Ich sah ihm erstaunt nach. Es war ungewöhnlich, dass meine Mutter sich ihm widersetzte in diesen Tagen, an denen er wegen einer möglichen Beförderung sehr viel arbeitete (er war Ingenieur). Es sprach nie jemand darüber, aber ich wusste trotzdem, dass wir uns mit dem Kredit für das Haus am Kuhlmühlgraben übernommen und daher Geldsorgen hatten.

Am nächsten Vormittag klingelte es erneut an der Haustür. Meine Mutter lief erst automatisch hin, dann hielt sie inne, überlegte und machte mir ein Zeichen, leise zu sein. Ich spielte gerne mit, nahm auch alles sehr ernst – ich hielt sogar für eine Weile die Luft an. Unserem Beagle Milo flüsterte ich ins Ohr, dass er nicht anschlagen, sondern ganz still sein sollte. Ich setzte mich mit dem Hund in die hinterste Ecke des Wohnzimmers, hinter die Sofas. Wir hörten noch ein Klingeln, eher unentschlossen, dann wurde etwas in den Briefkasten gesteckt und die Schritte entfernten sich. Meine Mutter eilte zum Briefkasten und öffnete ihn: »Verdammt«, sagte sie, »das war der Paketbote!« Sie riss die Haustür auf, sah aber nur noch das davonfahrende Postauto. Den ganzen Nachmittag über war sie schlecht gelaunt, weil sie irgendwelche speziellen Borten und Knöpfe dringend brauchte.

Als es am folgenden Vormittag klingelte, hatte sie bereits einen Plan. Sie wies mich an, in der Nähe der Tür zu warten, während sie die Treppe nahm und dann aus dem Badezimmerfenster im ersten Stock schaute, wer da war. »Nur wenn ich okay rufe, machst du die Tür auf«, schärfte sie mir ein. Ich nickte aufgeregt. Solche Angst hatte sie also vor Rose. Und ich wusste noch immer nicht, worum es ging. Natürlich hatte ich längst versucht, im Bettkasten nach dem Schatz zu fahnden, aber der Bettkasten war wie ein Gepäckstück seitlich mit kleinen Vorhängeschlössern gesichert. Nun fragte ich meine Mutter, was denn die Frau von ihr wollte, aber sie sagte nur: »Das verstehst du nicht. Es ist etwas von früher, und ich möchte es als Erinnerung behalten.«

»Von früher aus Davos?«, fragte ich, denn meine Mutter kam ursprünglich aus der Schweiz, wo meine Großeltern ein Hotel führten. Ich liebte das Hotel und die Berge und meine Großeltern mit ihrem fremden Akzent und konnte es nicht erwarten, alt genug zu sein, um dort als Zimmermädchen zu arbeiten.

»Ja, aus Davos. Das erzähle ich dir ein andermal.«

Ein andermal – das war ihr Ausdruck, wenn sie auf keinen Fall etwas preisgeben würde.

Als ich nun mit klopfendem Herzen in der Diele stand und auf das Signal meiner Mutter wartete, hoffte ich inständig, dass es wieder die Alte wäre, und gleichzeitig fürchtete ich mich. »Zulassen!«, rief meine Mutter von oben, und dann noch einmal, als ob ich es nicht längst verstanden hätte: »Nicht öffnen, Susanne!«

Es klingelte noch ungefähr eine Viertelstunde lang in regelmäßigen Abständen, und die ganze Zeit versuchte meine Mutter, sich mit einer Tasse Tee zu beruhigen, aber ich merkte, es gelang ihr nicht.

Als das Telefon schrillte, eilte meine Mutter hin. Es war unsere Nachbarin von gegenüber: »Ja, danke, ich weiß schon, dass da eine alte Frau vor der Tür steht und klingelt. Ja, Margarete, das ist nett von dir, klar, du weißt, ich bin zu Hause. Nein, unsere Klingel ist nicht kaputt«, sagte meine Mutter. »Ich will sie einfach nur nicht hereinlassen. Ach, das ist eine lange Geschichte – ich erzähle sie dir ein andermal.«

Während der ganzen Zeit, in der sie geredet hatte, unnachgiebig und selbstsicher, hatte es genauso hartnäckig weiter an der Tür geschellt. Unsere Klingel hatte keinen besonders angenehmen Ton, und die ganze aufgeregte Atmosphäre, das Versteckspiel und der andauernde Lärm brachten mich dazu, mit Milo in den Garten zu flüchten. Dort standen Brombeerhecken, und durch ein niedriges Gartentürchen konnte man zum kleinen Weg an den Wiesen herausgehen. Ich erschrak fast zu Tode, als ich die Alte hinter der Hecke stehen sah. Sie stand genauso da wie vor zwei Tagen vor unserer Tür, mit dem grauen Haarknoten unter dem Tuch, dem Korb, in dunklen Sachen. Diesmal hatte sie eine riesige Goldbrosche in Form eines Schmetterlings am Revers. Es war, glaube ich, ihr Versuch zu lächeln, der mir am meisten Angst machte. Ich stieß einen Quiekser aus, Milo knurrte verstört, und wir rannten zurück ins Haus, wo ich geistesgegenwärtig die Terrassentür hinter mir schloss – die kleine Gartentür war allzu leicht zu öffnen. Ich presste meinen ganzen Körper gegen die seitliche Hauswand, damit die Frau, falls sie durch den Garten käme und durch die riesige Glasfront spähte, mich nicht sah. So fand mich meine Mutter, die endlich ihr Telefonat beendet hatte.

»Sie hat aufgehört zu klingeln«, sagte sie siegessicher und richtete mit den Händen ihre Haare. »Meine Güte, Susanne, was ist denn mit dir los?«

»Sie ist am Gartentor«, keuchte ich, immer noch gegen die Wand gepresst. Meine Mutter erstarrte.

Meiner Erinnerung nach ging das Spiel noch einige Tage lang, und obwohl meine Mutter genauso stolz und stur blieb, wie sie nun einmal war, und meinem Vater kein

Sterbenswörtchen mehr sagte, merkte ich an ihrer gedrückten Stimmung und einer neuen Zerstreutheit, dass diese Belagerung sie sehr mitnahm. Mich beeindruckte ihr stummes Leid, und mehrmals versuchte ich noch, irgendwie an das Kästchen heranzukommen, einmal zog ich sogar vorsichtig die Matratze herunter, aber ich konnte nichts sehen, und durch den Lattenrost kamen meine Finger nicht an das Schloss des Bettkastens heran. Dann begann die Schule wieder, und ich bekam nicht mehr mit, ob die Alte mit ihrer Quälerei weitermachte, doch es dauerte nicht lang, da schickten mein Vater und unser Hausarzt meine Mutter zur Kur. »Deine Mutter braucht etwas Ruhe«, sagte mein Vater. Aber ich hörte zwei Nachbarn einmal etwas von ihren »Nerven« tuscheln. Doch wenn meine Mutter Ruhe brauchte, dann sicher nicht vor uns.

Als meine Mutter zurückkam, roch sie gut und hatte ein neues, zitronengelbes Kleid an, aber ich entdeckte eine Müdigkeit in ihren Augen, die ich vorher nicht gekannt hatte: das erste Anzeichen dafür, dass sie nicht immer jung und schön bleiben würde.

Zehn Jahre später bewarb ich mich erfolgreich in Heidelberg an der Hotelfachschule, und bevor es losging, machte ich ein erstes Praktikum in Davos, im Hotel »Zu den drei Gipfeln«, diesem vornehmen, aber mit den zunehmenden Unpässlichkeiten meiner Großeltern auch leicht heruntergekommenen Haus. Als Zimmermädchen – wie meine Mutter, als sie in meinem Alter war – arbeitete ich nicht: Meine Großeltern wiesen mich in die Hotelleitung ein.

Die Tage und Wochen über träumte ich von meiner großen Karriere in Luxushotels in Dubai und auf Hawaii, und falls mich jemand fragte, was ich mit meinem Leben anzustellen gedächte, beschrieb ich gerne und ausführlich meine schillernden Träume.

Ich hatte Milo mitgenommen, und dem inzwischen ziemlich alten Beagle gefiel es, die Hotelgäste zu beobachten, sich von Österreichern, Amerikanern und Russen streicheln zu lassen und gleichzeitig mich in dem Büro hinter dem Empfangstresen zu bewachen, in dem mein Großvater mir die Bücher zeigte und meine Großmutter mir begreiflich zu machen versuchte, was es bedeutete, die »Seele« eines Hotels zu sein.

Eines Freitags fand eine Beerdigung statt, zu der meine Großeltern gehen mussten, und ich sollte sie vertreten. Sie wirkten beide nervöser als sonst. Ich meine, natürlich verwirrt einen der Tod, aber sie begannen schon im Morgengrauen, sich anzukleiden. Ich streifte gerade durch das Frühstückszimmer, bemüht, »präsent und doch nicht zu präsent zu sein, wie ein Geist, den man jederzeit herbeirufen kann«, wie mir Großmutter das erklärt hatte, da kam mein Großvater zu mir und bat mich, doch einmal bei Ella – meine Großmutter hieß Elfriede – im Ankleidezimmer vorbeizusehen, sie bekomme ihr Kleid nicht zu und wisse auch nicht, ob die Schürze passe. Ich hatte gerade mit einem Ehepaar aus Bayern geplaudert, das Einwände gegenüber der Berglandschaft hatte (warum seid ihr dann nicht daheim geblieben, dachte ich), und war froh, dass er das Gespräch übernahm.

Meine Großmutter stand, seitlich verdreht, vor ihrer Jugendstil-Frisierkommode und versuchte, ihre Rückseite zu betrachten. »Was meinst du?«, fragte sie ratlos, »sitzt das nicht zu eng inzwischen?«

Es belustigte mich, dass sie in ihrem Alter immer noch so eitel war, selbst bei einer Beerdigung, und ich ging mit ernsthafter Miene um sie herum und begutachtete ihre Gestalt, die zierlich war und der das steife schwarze Leinenkleid etwas Rhombisches gab – als wäre sie eine Halmafigur, die sich nur schiebend vorwärts bewegen konnte.

»Das passt dir doch noch prima«, sagte ich. »Sieht gut aus.«

Zufällig fiel mein Blick auf die ausgeschnittene Todesanzeige, die eingerahmt von Kämmen und Haarnadeln in der Mitte der Kommode lag, als ob meine Großmutter, während sie ihr Haar gerichtet hatte, immer mal darauf schauen und sich so innerlich auf das bevorstehende Ereignis hatte vorbereiten wollen. Ich las den Namen: »Rose Spitterli.« Ich blieb abrupt stehen. Rose, dachte ich. Rose mit dem Schweizer Akzent. Konnte das sein? Ich betrachtete die Daten. Rose war fast hundert Jahre alt geworden.

Meine Großmutter, die mich im Spiegel beobachtet hatte, fragte: »Was ist?« Mich durchfuhr der Gedanke, dass sie die Anzeige mit Absicht dahin gelegt hatte.

»Nichts«, sagte ich, »für einen Moment habe ich geglaubt … nichts«.

Während der ersten Stunde, in der ich meine Großeltern verabschiedet hatte – sie waren viel zu früh losgegangen, hatten sich aber nicht aufhalten lassen – , war ich unruhig. In der zweiten beschloss ich nachzukommen. Mir standen die Geschehnisse in jenem Sommer vor zehn Jahren so deutlich vor Augen, dass ich es kaum glauben konnte, so lange nicht mehr daran gedacht zu haben. Meine Mutter hatte irgendwann die massiven Kiefernholzmöbel in ihrem Arbeitszimmer verkauft, weil sie etwas Leichteres wollte, Korb und Stoffe, und ich hatte das, was im Bettkasten gewesen war, bis eben vergessen. Es war zwar Freitag, aber das Hotel würde sicher auch eine Stunde ohne mich auskommen. Ich sagte Diana, dem Zimmermädchen, und Nikolas an der Rezeption Bescheid, dass ich für fünf Minuten zur Post ginge. Auf diese Weise, dachte ich mir, kämen sie gar nicht auf die Idee, nachlässig zu werden. Gerade noch rechtzeitig, als ich das Haus verlassen wollte, fiel mir ein, dass ich besser etwas Dunkles anziehen sollte.

Kurz darauf hatte ich so ziemlich alle schwarzen, grauen und braunen Stücke, die ich besaß, übereinander gezogen, und ich kam mir verkleidet und ein wenig steif vor, als ich im sanften Frühlingswind dem Weg zum Friedhof folgte. Ich dachte flüchtig an die letzte Beerdigung, bei der ich gewesen war, die zweite nach dem Tod meiner Großmutter, ich war aus reiner Neugier hingegangen: Ein prominenter Tierarzt in unserem Viertel, ein Dr. Taunstätt – bei dem wir übrigens nie gewesen waren, viel zu teuer –, war bestialisch ermordet worden, von seinem eigenen Stiefsohn, und meine Mutter und ich gingen mit dem gesamten Viertel die trauernde Witwe besichtigen, eine Aktion, die mir im Nachhinein furchtbar peinlich erscheint. Und an die ich mich dennoch erinnere, weil absurd viele Tiere, vor allem natürlich Hunde, aber auch ein Shetland-Pony, dabei waren – es hatte anscheinend eine Sondergenehmigung von der Friedhofsverwaltung gegeben, oder das Hundeverbot war übergangen worden, ich weiß es nicht. Und nun war ich also wieder unterwegs zu einer Beerdigung, zu der ich nicht eingeladen worden war, wie würde das wohl werden? Ich fröstelte von Zeit zu Zeit trotz meiner vielen Klamotten – nicht wegen der Erinnerungen, nein, einfach, weil es im Schatten noch eiskalt war. Auf halber Strecke konnte ich sehen, dass der Friedhofsparkplatz leer und ich also zu spät war. Ich überlegte. Es gab zwei, drei Cafés, die vielleicht für den Leichenschmaus infrage kamen. Gleich beim ersten Versuch hatte ich Glück. Aus dem Café Schneider kamen zwei schwarz gekleidete Männer, die die Zusammenkunft anscheinend schon verließen; vermutlich mussten sie zur Arbeit.

Ich atmete tief durch, sagte mir, dass ich, seit jeher und von Grund auf, eine mutige Person war und abgesehen davon sowieso nichts zu befürchten hätte, schließlich war diese Rose tot.

Ich trat in den lauten verqualmten Raum, vorbei an der Garderobe, die überquoll vor schwarzen Mänteln und Jacken. Die Gäste – meiner Schätzung nach war kaum einer unter sechzig – saßen in Gruppen um die zusammengeschobenen Tische und unterhielten sich angeregt. Wenn nicht die Farbe der Kleidung gewesen wäre, hätte es sich genauso gut um eine Geburtstagsgesellschaft handeln können. Die Tische mit den gestärkten weißen Decken waren mit Kuchen und belegten Brötchen beladen; es wurde außer Kaffee auch Sekt und Wein getrunken. Ich begrüßte verlegen meine Großeltern, deren Wangen rot waren vom Alkohol und die in der Mitte des Raumes ihre Freunde und Bekannten um sich geschart hatten. Sie schienen sich gar nicht zu wundern, mich zu sehen. Ich suchte nach einem freien Stuhl und setzte mich an den Rand der Runde, um mir die Gesichter der Anwesenden anzusehen. Eine Frau, die ganz allein für sich in einer Ecke stand und ebenfalls unruhig ihren Blick schweifen ließ, fiel mir auf. Sie war groß, aber nicht hager, wie es bei alten Frauen oft der Fall ist. Sie wirkte massiv, ja geradezu stark, und die Art, wie sie ihr Kuchenstück vertilgte, sah nach Arbeit aus. Sie musste ihrem Körper Energie zuführen, das war es, was sie tat; es hätte nicht anders ausgesehen, wenn sie einen Teller ungesalzene Kartoffeln zu sich genommen hätte. Als sie bemerkte, dass ich sie beobachtete, stellte sie das Essen beiseite und kam auf mich zu. Die Leute machten ihr Platz, schoben sich mit den Stühlen weg, so dass ein Gang frei wurde.

»Sie müssen die Enkelin der Wilds sein«, sagte sie mit der rauen, dunklen Stimme einer Raucherin. Es klang wie ein Vorwurf.

»Susanne Wild«, stellte ich mich vor.

»Maria Rössl. Ich war eine enge Freundin von Rose. In welchem Verhältnis stehen Sie zu ihr?«

Ihre Art, Fragen zu stellen, hatte etwas von einem Bagger, der gründlich die Erde umwälzte, auf der er sich befand.

»Nun, ich weiß nicht recht, ob man es ein Verhältnis nennen kann«, erwiderte ich vorsichtig. »Sie hat uns vor langer Zeit mehrfach zu Hause besucht und Anspruch auf etwas erhoben, das sich im Besitz meiner Mutter befand.«

Frau Rössl lachte kurz und laut auf; es klang, als hätte sie gebellt.

»Da sagen Sie mir nichts Neues.« Sie wartete einen Augenblick und fügte hinzu: »Und was halten Sie von der Geschichte?«

Jetzt war es an mir zu lachen: »Geschichte? Ich weiß nichts von einer Geschichte. Genau genommen habe ich nicht mal eine Ahnung, worum es da ging.«

»Tja«, sagte Frau Rössl resolut. »Man sagt ja immer, die Toten nehmen ihre Geheimnisse mit ins Grab, aber in diesem Fall haben Sie Glück. Kommen Sie. Ich zeige Ihnen, worum es hier geht. Ihre Mutter hat schwere Schuld auf sich geladen.«

Es war der letzte Satz, der mich veranlasste, schweigend neben ihr herzugehen, als wir gemeinsam das Café verließen. Meine Großeltern hatten die Köpfe vorgebeugt und unterhielten sich, und so entschloss ich mich, sie nicht zu stören. Sie würden annehmen, ich sei zurück ins Hotel gegangen.

Wir gingen bis an den nördlichen Rand des Ortes und dann einen Pfad entlang. In der Ferne sah ich ein einzelnes, frei stehendes Häuschen. Es sah aus wie aus einem Kinderbuch, mit einem schieferfarbenen Satteldach, einem kleinen Gartenzaun mit braunen Latten und Gardinen vor den Fenstern. Während wir darauf zugingen, begann Frau Rössl zu erzählen.

»Roses Mann hat sich in Ihre Mutter verliebt und ihr etwas geschenkt – etwas, das Rose gehörte. Sie hat es nie verwunden. Er hat es ihr geschenkt, als sie ihm gesagt hat, dass sie aus Davos weggeht, nehme ich an.«

Ich verstand kein Wort.

Sie fuhr fort: »Es ist ungehörig, so ein junges Mädchen und so ein alter Kerl. Sie tanzten in den Nachbarorten ganz öffentlich miteinander. Er hätte ihr etwas anderes schenken sollen, es war reine Faulheit, meine ich, aber Rose meinte: Es war ein Zeichen. Jedenfalls nahm er ein Stück aus ihrer Sammlung. Die war damals noch ungeordnet, und er hat wohl gedacht, es fiele ihr nicht auf. Der Idiot. Rose hat es sofort gemerkt. Sie hat die Sammlung nach seinem Tod – er ist ja früh gestorben – dann immer noch erweitert. Aber dass dieses eine Stück gefehlt hat, das hat sie nie verwunden.«

Als hätte sie ihre Worte genau bemessen, hörte Maria Rössl auf zu erzählen, als wir am Gartentor angekommen waren. Sie zog einen Schlüsselbund aus der Manteltasche, um erst das Tor und dann die Tür des Häuschens zu öffnen. Ich blickte in den Flur und durch die offene Tür in das Wohnzimmer. Es glitzerte merkwürdig, und ich kniff die Augen zusammen. Ich begriff zuerst nicht, was ich sah. Es war normal eingerichtet, normale Möbel, Tisch, Stühle, Fernseher, Sofa, aber alles, wirklich alles vom Heizkörper bis zum Telefontisch und natürlich auch das Telefon selber, war mit kleinen Dingen beklebt, mit – ja, was eigentlich? Ich trat an einen Stuhl und bemerkte, dass es sich um Broschen handelte. Broschen aus Plastik, Metall, Holz, Perlen, gebogenem Draht, Filz. Broschen in Form von Engeln, Schmetterlingen, Vögeln, kleinen Kindern, Teddybären, Blumensträußen, Palmen, Autos, Kerzen, Enten, Giraffen, Büchern, Sektflaschen und und und ... Es mussten Hunderte sein, Tausende. Sie war verrückt, dachte ich. Komplett verrückt. Ich ging langsam, wie durch ein Museum, doch anders als in einem Museum profitierte ich nicht von dem Rundgang, im Gegenteil: Diese seltsamen Möbel und Wände schienen mich zu erdrücken. Schon nach kurzer Zeit nahm ich gar nichts mehr wahr, obwohl mir klar war, dass sich, sobald ich länger hinsah, Formen, Farben, Strukturen der Materialien ergeben würden, doch so, wie alles zusammengedrängt war, bildete es ein einziges geballtes Ziel, und das ganze Zimmer, das ganze Haus fühlte sich an wie eine Falle. Mir war heiß, obwohl in dem Haus anscheinend seit Längerem nicht geheizt worden war, und auf einmal bekam ich, bei all der Überladenheit um mich herum, Platzangst. Schwindel ergriff mich, und ich hatte das Gefühl, die Konturen zu verlieren. Es war, als wäre ich aus Versehen in ein impressionistisches Gemälde spaziert, und mein Körper würde sich ebenfalls in kleine, bunte Tupfen auflösen, um gegen meinen Willen Teil dieses Bildes zu werden. Das ist nicht gut, dachte ich.

Ich hatte wieder Rose vor mir, ihr Gesicht streng und eckig. Vage überkam mich der Gedanke, dass meine Mutter dieser Frau nie im Leben den Mann hätte ausspannen können, selbst wenn sie es gewollt hätte. »Noch das Schlafzimmer«, drängte Maria, weil ich stehengeblieben war und mich an einem Türgriff festhielt.

»Nein«, protestierte ich, aber sie schob mich einfach hinein. Die Schlafzimmerwand war gänzlich mit Broschen beklebt, nur in der Mitte war eine etwa handtellergroße, weiße Stelle, eine leere Stelle. Und genau wie in einem Museum, dem ein Exponat fehlt, weil es restauriert wird oder an eine andere Ausstellung verliehen ist, klebte da ein mit Maschine beschriftetes Schildchen. *Feen verderben den Tanz, gestohlen*, stand da. Ich schüttelte den Kopf. Es schüttelte mich innerlich. Wenn dies Roses Rache sein sollte, dann war sie gelungen. Ich konnte wieder nur den einen Gedanken denken: dass diese Rose verrückt gewesen sein musste. Verrückt und gefährlich und zutiefst unglücklich. Weshalb hatte meine Mutter ihr diese eine Brosche nicht einfach zurückgegeben? »Da sehen Sie«, sagte neben mir Maria Rössl, Roses Freundin, mit ihrer dunklen, vorwurfsvollen Stimme, »da sehen Sie, was Ihre Mutter angerichtet hat.«

»Nichts hat sie angerichtet« erwiderte ich aus einem Impuls heraus, und inmitten all der Beweise stehend, sagte ich tapfer: »Die Geschichte ist falsch.«

Nach Venedig

Kurz nach ihrer gemeinsamen Reise zum vierten Hochzeitstag begann Christopher, nach und nach sämtliche Kleidungsstücke von Luisa im Internet zu versteigern. Er hatte lange nach einem geeigneten Verkäufernamen gesucht und sich dann für *shoppingmaus1* entschieden, ein Pseudonym, das zwischen *Kauftussi, Heelqueen* und *Miri22* gar nicht auffiel. Außerdem war es völlig anspielungsfrei. Nichts deutete darauf hin, dass diese Sachen jahrelang einer ehrgeizigen Geisteswissenschaftlerin gehört hatten. Luisa hätte diesen Namen gehasst.

Natürlich wäre es einfacher gewesen, alles der Kleidersammlung zu geben oder einem Secondhandladen. Aber er wollte, dass es dauerte. Er wollte es zelebrieren. Er tat so, als räche er sich an Luisa, und verletzte damit sich selbst. Für die meisten Sachen hatte er bezahlt, er verdiente mehr, und einige Budgets – Restaurant, Kleidung, Flüge – waren im Laufe der Ehe unmerklich in seinen Zuständigkeitsbereich gefallen. Er dachte an die Momente, in denen sie die Kleider gekauft hatten, in seiner Heimatstadt Hamburg, in Paris, als sie Luisas Bruder besuchten, in Rom nach ihrem Kongress, in New York nach seinem Vortrag; er nahm Abschied. Sorgfältig fotografierte er die Pullover, Kostüme, Hosen und Röcke – sie hatte Unmengen von Röcken – aus mehreren Perspektiven, stellte die Bilder ins Netz und begann anschließend, kleine Texte dazu zu erfinden, die die Qualität des jeweiligen Stückes lobten und kurz den Grund angaben, weshalb *shoppingmaus1* sich von ihnen trennte. Christopher beschrieb Kaschmirpullover, Markenjeans und Missonikleider in zuerst holpriger, dann immer flüssigerer Prosa. Er wählte eine vertrauenerweckende Schreibschrift aus. Was die Geschichte dahinter anging, ließ er sich von verschiedenen Verkäuferinnen anregen: Fast hatte er sich schon für eine leicht abgeänderte Version von Ich-miste-mal-meinen-Schrank-aus entschieden, da fand er noch etwas Geeigneteres: Babypfunde. *Shoppingmaus1* wurde (wie *GabiHannover*) die Babypfunde nicht los und musste sich daher von Größe 34/36 trennen. Das gefiel ihm richtig gut. Er erwähnte die Gewichtszunahme bei nahezu jedem Kleidungsstück, nur nicht bei den Schuhen und Schals. Luisa, die niemals zunahm, da sie nichts aß, wäre blass geworden bei der Vorstellung, sie könnte eine Kleidergröße zulegen. Er arbeitete wie besessen. Er wollte es beendet haben, bis der heftigste Furor vorbei war. Falls dann Reue einsetzte, und damit rechnete er insgeheim, dann wäre es auf jeden Fall zu spät, und *Strickjenny, Moira19, Aerobicgirl* und noch ein paar andere Mädchen mit Luisas Magermaßen wären längst Besitzerinnen dieser schönen Garderobe.

Es hatte etwas Sinnliches, so mit dem Fotoapparat auf dem großen Bett im Schlafzimmer zu sitzen und all die Textilien um sich zu haben, als säße er in einem warmen Nest. Er drapierte die Kleidungsstücke, die er an diesem

Tag ins Netz stellen wollte, in einem großzügigen Halb-
kreis um sich herum. An einer Leggings war noch das
Preisschild dran. Das gelbe Dingsda kannte er überhaupt
nicht. Den Badeanzug hatte er seit mindestens fünf Jahren nicht an ihr gesehen. Er nahm ihr diesen Überfluss
persönlich übel. Während er arbeitete, beschloss er, auch
einen Teil seiner Kleidungsstücke wegzugeben, einfach,
weil er nicht mehr so dekadent sein wollte. Außerdem
wollte er Veganer werden und ein Kind in einem sos-Kin-
derdorf unterstützen. Vielleicht könnte er einem Kloster
als Novize beitreten. Für ein paar Jahre, mindestens aber
ein Jahr. Es musste sich etwas verändern.

Doch bereits beim Mittagessen, das er vor dem Fernseher einnahm, war er sich mit dem Veganersein und dem
Kloster nicht mehr so sicher. Ein paar Sachen loswerden,
das müsste er aber. Ja, er hatte – erneut – ein wenig zuge-
nommen, nicht viel, aber er spürte es und es widerte ihn
an. Er sah an sich herunter auf seinen Bauch und lächelte
böse, dann stellte er die Hälfte seines versalzenen Ome-
letts in den Kühlschrank. Es war eine Sache, dass er sich
wünschte, seine gesamte Umgebung inklusive ihm darin-
nen würde sich nach der Trennung von Luisa möglichst
rasch verändern. Eine andere Sache war, dass es sich nicht
um *irgendeine* Veränderung handeln sollte, sondern um
eine Verbesserung. Es war eine gute Gelegenheit, an sich
zu arbeiten, so eine Trennung.

Er sah das Omelett traurig an, bevor er die Kühl-
schranktür zuklappte, wohl wissend, er hätte es auch
gleich in die Mülltonne werfen können – er wärmte Essen

nicht auf, schon gar kein versalzenes. Die einzige Person in diesem Haushalt, die eine vernünftige Eierspeise zubereiten konnte, war Luisa. Luisa, die ihm nach dem in kaltem Schweigen verbrachten Rückflug aus der Lagunenstadt zwei gepackte Sporttaschen in die Hand gedrückt hatte – man brachte immer mehr von einer Reise zurück, als man dachte – und verkündete, sie hätte sich bereits in Italien um einen Anschlussflug nach Berlin gekümmert und werde direkt weiterfliegen. Sie würde eine alte Studienfreundin besuchen. Sie hatte allen Ernstes »eine alte Studienfreundin« gesagt, als wären sie Fremde, als wüsste er nicht, dass es sich dabei entweder um Michaela oder Annika handelte, vermutlich um Annika, denn mit Ela hatte es kürzlich Streit gegeben.

Ja, diese Wendung der Dinge hatte ihn überrascht. Mit allem hätte er gerechnet, mit Versöhnung oder neuen Wutanfällen, mit Vorwürfen, Schmollen oder taktischen Schmeicheleien, aber nicht mit diesem feigen und wirkungsvollen Rückzug. Aber Menschen waren unvorhersehbar – letztlich zeigte das Zusammensein mit ihnen immer das Gleiche: Man konnte sich auf nichts verlassen. Jeder konnte dir urplötzlich aus dem Leben davonrennen. Er holte sich einen Kaffee und ging zurück ins Schlafzimmer, wo er gedankenverloren ein Seidenkleid neu drapierte.

Dabei hatte die Venedigreise gut angefangen. Der Flug ohne ärgerliche Verzögerungen, und dann der unglaubliche erste Blick vom Wasser aus auf die Stadt in der Lagune – die Villen und Palazzi, Kathedralen und Museen direkt am Meer, gefährdet, trotzig, alt, zeitlos, betörend schön. Das Vaporetto hatte sie direkt vom Flughafen aus zur Station Madonna dell'Orto gebracht, von wo aus es noch fünf Gehminuten zur Fondamenta della Sensa und ihrem Viersternehotel waren. Schon auf dem Boot hatte Luisa ihre Begeisterung überdeutlich gezeigt, unpassenderweise sogar für San Michele, die Friedhofsinsel, die sie angeblich in der Ferne sah. Und auch, als es zu Fuß weiterging, blieb sie mehrfach kreischend stehen, eine Kirche, ein Geburtshaus …, die Sicht auf das Meer, ja doch, er sah das auch. Wie kindisch das war – und ungefähr so sexy wie Heidi Klum beim Moderieren –, das sagte er ihr Tage später, als sowieso alles längst den Bach runtergegangen war. Ungefähr eine Stunde waren sie auf italienischem Boden, als die ersten Unstimmigkeiten anfingen. Es war gegen sieben Uhr abends, er hatte seit dem Frühstück nichts mehr gegessen, deshalb schlug er vor, das Gepäck nur rasch im Hotelzimmer abzustellen, um dann unverzüglich zum nächstgelegenen Restaurant zu gehen. Luisa war sofort einverstanden, brauchte dann aber eine halbe Stunde, um sich ein Ausgehkleid anzuziehen und die Haare zu kämmen, außerdem kam sie mit der Bitte aus dem Badezimmer, unterwegs an der Madonna dell'Orto zu halten, um einige Jugendwerke Tintorettos zu besichtigen. Er willigte ein, nur damit sie endlich das Hotel verließen. Er war wirklich sehr hungrig und hoffte insgeheim, die Madonna dell'Orto wäre geschlossen – was auch der Fall war. Nichtsdestotrotz blieb Luisa eine weitere halbe Stunde vor dem Gebäude stehen, um die gotische Fassade, die schönste in der ganzen Stadt, wie sie behauptete, zu würdigen. Währenddessen war ihm schlecht vor Hunger. Als sie endlich fertig war, schlug er vor, ohne große Vergleicherei das kleine Lokal direkt an der Ecke von diesem Geburtshaus vorhin zu besuchen – das wäre nicht so weit und er könnte langsam wirklich einen Happen gebrauchen.

»Oh, du Armer!«, sagte sie, mitleidig und überlegen. »Und ich quäle dich hier mit Kultur!«

Er biss die Zähne zusammen und ging schneller.

Das Restaurant *Tre Mori* war ein Glücksgriff: Die Atmosphäre war angenehm, die Musik auf eine vernünftige Lautstärke heruntergedreht, die Stühle waren schlicht und bequem und die Speisekarte übersichtlich, aber hochinteressant – das Einzige, das nicht hierher passte, war Luisas angespanntes Gesicht. Dabei hatten sie einen hübschen kleinen Zweiertisch in der Ecke zugewiesen bekommen, und alle anderen Tische schienen reserviert zu sein. War das nicht ein famoser erster Abend? Nein?

Nein. Bei der Bestellung wurde es so kompliziert wie immer. Nicht nur, dass Luisa keinen Alkohol trank – sie aß auch nicht. Vielmehr musste man es so formulieren: Sie bestellte nicht.

»Ich habe eigentlich gar keinen Hunger«, behauptete sie, als sie die Speisekarte lange genug studiert hatte, um sie auswendig herzusagen. Und er, der gerade äußerst zufrieden die hübsche Kellnerin beobachtete, erwiderte friedfertig: »Das kann ja noch kommen. Schau, sie haben Dorade. Und Tintenfischrisotto.«

Sie reagierte nicht, sondern starrte erneut auf die Rubrik *Secondi piatti*.

»Weißt du, was du willst?«

Verkrampftes Nicken. Er glaubte ihr nicht. Um ihr etwas Zeit zu geben, ließ er sich vom englischsprachigen Kellner mit dem Wein beraten, probierte einen, der ihm zu fruchtig war, und wählte dann einen Montepulciano, der zu seinem *Primo piatto*, dem schwarzen Risotto, genauso passte wie zum *Secondo*, Steak mit Polenta.

Luisa wollte keine Vorspeise und auch nichts von den *Primi piatti*, bestellte aber das teuerste, nämlich das Meeresfrüchte-Antipasto als Mittelgang, wobei sie erst in umständlichem Italienisch und dann, zur Sicherheit, noch einmal auf Englisch erklärte, sie wolle den Teller zeitgleich mit Christophers Hauptgang serviert bekommen.

»Bist du sicher, dass dir das reicht?«, fragte er.

»Natürlich«, schnappte sie, und er ließ es auf sich beruhen. Sie tranken beide ein halbes Glas – sie Wasser, er Wein – und ärgerten sich gemeinsam darüber, dass direkt neben ihnen ein unverschämt gut gelauntes Paar Platz nahm.

»Deutsche, auch das noch«, meckerte Luisa.

»So laut muss es wirklich nicht sein«, stimmte er ihr leise zu, wohl wissend, dass sie sich beide insgeheim daran störten, dass die beiden so verliebt Händchen hielten und sich in die Augen glupschten.

Der Kellner brachte einen Brotkorb, und danach entspannte Luisa sich sichtlich; sie war nun sogar bereit, die Wogen zu glätten, die sie mit ihrer Lästerattacke selbst in

Bewegung gebracht hatte. »So ist es eben«, erklärte Luisa wispernd. »Wenn du in Frankfurt in ein erstklassiges Restaurant gehst, sitzen neben dir auch Amerikaner und Franzosen.«

»Du meinst, das ist keine Touristenfalle, das ist einfach international hier?«

Sie nickten einander auf ironische Weise zu, und er nahm sich ein Stück Brot. Als sein Risotto kam, veränderte sich Luisas Blick. Man sollte ein Foto schießen, dachte er, und es im Lexikon zum Stichwort Gier veröffentlichen. Er bot ihr pflichtschuldig an, dass sie probieren könne. Sie probierte drei Bissen von der linken Seite, machte dann eine Anstandspause, um sich danach von rechts die dicksten Tintenfischstücke zu angeln. Dann kippte sie Parmesan über eine kleine Ecke, die sie sich zusätzlich abgetrennt hatte.

»Du bekommst natürlich auch von meinem Teller!«, versprach sie großzügig.

Aber als er die insgesamt sechs Häppchen kalten Fisch und Garnelen sah, die sie bekam, brachte er es nicht übers Herz, ihr etwas davon wegzuessen. Sie war in Windeseile fertig und sah ihm zu, wie er zufrieden sein Steak kaute.

»Wie ist es?«

»Fantastisch.«

Sie wartete, er wartete.

Dann schob er ihr, ruhig und verärgert, den Teller hin. Sie probierte, und er zog den Teller trotz ihres anklagenden Blicks wieder zu sich hin. Das Steak war perfekt medium, und die leicht süßliche Cassissauce und die Polenta passten hervorragend. Es wäre auch genau die richtige Portion gewesen, eigentlich. Luisa ließ sich vom Kellner noch einen Teller kommen.

»Guck mal, er versteht mein Italienisch wirklich!«

»Toll«, sagte er. Sie wollte nur ein wenig von der Polenta auf ihr Tellerchen. Er gab ihr trotzdem ein Stück Fleisch dazu, und sie akzeptierte schließlich. Akzeptierte auch das Nachfüllen, als das Tellerchen gleich wieder leer war. Sein Hunger war inzwischen eher größer geworden, und er trank noch ein Glas Wein.

»Nachtisch?«

»Auf keinen Fall!« Sie machte ein Gesicht als hätte er ihr vorgeschlagen, jetzt gleich eine Runde im Kanal schwimmen zu gehen.

»Okay«, seufzte er demütig. In ihm kochte es jetzt. Jeden Moment konnte er aufspringen, ihr den Wein ins Gesicht schütten und das Restaurant verlassen. Jede Sekunde. Er bat innerlich inständig darum, dass sie jetzt für ein paar Augenblicke nichts mehr sagte, und er wurde erhört. Sie stand unter einer gemurmelten Entschuldigung auf und ging durchs Restaurant nach hinten. Es war ihm recht, obwohl er es eigentlich nicht leiden konnte, wenn sie sofort, nachdem die Teller abgeräumt waren, auf der Toilette verschwand – das wirkte so bulimisch. Während sie weg war, versuchte er, sich im Kopf die Vorteile aufzulisten, die es hätte, wenn er jetzt keine Szene machte, sondern ihr unmögliches, kleinmädchenhaftes Verhalten durchgehen ließ. Das soll mir nicht den Abend verderben, sagte er sich tapfer. Aber er konnte sich schwer konzentrieren, weil das deutsche Paar neben ihnen nun begeistert über die Hauptgänge herfiel; sie hatten natürlich zwei, für jeden einen, wie es sein sollte. Luisa tauchte wieder auf, die Lippen frisch geschminkt, und machte sich unverzüglich daran, ihm den Nachtisch auszusuchen.

»Ich glaube, du willst Mousse au Chocolat!«

»Ähm, nein. Ich nehme die Crème brûlée.«

»Aber guck mal, da drüben, die haben die Mousse, sieht doch toll aus!«

»Dann bestell du dir eine.«

Sie machte ein beleidigtes Gesicht, bestellte sich einen Espresso und besaß dadurch einen eigenen kleinen Löffel, mit dem sie von der Crème probieren konnte. Da sie schon so ein eingespieltes Team waren – er gab, sie nahm –, fragte sie diesmal auch nicht um Erlaubnis.

»Hm.« Sie leckte den Löffel sorgfältig mit ihrer kleinen, rosa Zungenspitze ab. Ihre Augen glänzten und ihre Wangen waren rot. Fast glaubte er, sie schnurren zu hören.

»Zu süß für deinen Geschmack?«, fragte er hoffnungsvoll, obwohl er es besser wusste.

Aber sie machte es spannend, wackelte mit dem Kopf, um sich den Anschein zu geben, als hätte sie noch nicht ganz entschieden, und zückte wieder ihren Löffel. Diesmal zählte er mit. Der Nachtisch war zehn Löffel groß. Er bekam zwei, sie acht. Er überlegte, ob in seinem Handgepäck, bei den Büchern, noch eine Studentenfuttertüte steckte, auf die er eventuell gleich zurückgreifen konnte, trank den Wein aus und rief den Kellner.

Noch sechs Tage, dachte er. Sechsmal Mittag- und Abendessen. Halte ich aus.

Als sie das Restaurant verließen, war ihre Laune ausgezeichnet.

»Siehst du – nur eine Kleinigkeit zu essen reicht mir einfach. Was du an mir sparst!«, trällerte sie.

Ich habe es bis jetzt geschafft, beglückwünschte er sich innerlich. Nun halte ich auch noch die zwei Stunden, bis wir schlafen gehen, den Mund. Er war immer noch hungrig und zudem ein wenig betrunken, eine Kombination, die er als ausgesprochen unangenehm empfand und für die er ausschließlich das Monstrum, das seit sage und schreibe vier Jahren seine Frau war, verantwortlich machte. Zudem ärgerte es ihn, dass sie voller Energie, die ihr Körper aus seinem Risotto, seinem Steak und seinem Nachtisch nahm, neben ihm herhüpfte und laut überlegte, ob man denn nicht noch etwas unternehmen solle, jetzt, wo sie am nächsten Tag ohne den Hund gar nicht so früh aufstehen müssten.

»Was glaubst du, hat Benno es bei Dorothee gut?«

Er brummte etwas.

Er wusste, dass der Hunger ihn automatisch aus dem Bett und zum Frühstücksbuffet treiben würde, und fand sie wieder rücksichtslos. Anscheinend hatte sie auch vergessen, wie gerne er in aller Herrgottsfrühe, noch vor allen anderen Touristen, durch eine fremde Stadt streifte – er war gar nicht so ein Langschläfertyp, mit Hund oder ohne. Nun, dachte er grimmig, im Prinzip macht mir das auch alleine großen Spaß.

Und genau so war es am nächsten Morgen. Als er um sechs Uhr aufwachte, überlegte er flüchtig, ein Kondom überzustreifen und die noch schlafwarme Luisa ohne große Umstände zu nehmen, aber sie drehte sich gerade seufzend um, und er roch den Knoblauch von seinem Vorabendsteak in ihrem Atem. Er wurde ganz sentimental, als er an sein Steak dachte und daran, wie hübsch und intakt es anfangs auf seinem Teller gelegen hatte. Er schlug leise die Decke zurück und stand auf. Um sechs Uhr dreißig war er der erste Gast am Buffet, dann lief er gestärkt in den noch kühlen Spätsommertag an den nach Wasser und Fisch riechenden Kanälen entlang in Richtung des jüdischen Viertels. Er kam erst gegen elf Uhr vormittags wieder zurück. Luisa war verletzt und wütend, und da sie, anders als er, nicht die Selbstbeherrschung besaß, über ihre Befindlichkeiten hinwegzusehen, machte sie ihm natürlich eine Szene. Er war kaum eingetreten, da stürmte sie schon mit hässlich verzogenem, verheultem Gesicht auf ihn zu. Er musste lachen, plötzlich und haltlos; er konnte nicht anders.

»Du lachst?« Vor Erstaunen hörte sie auf zu weinen.

»Ich dachte gerade«, prustete er los, »ich dachte gerade, dass es wie im Kasperletheater ist!«

Sie drehte sich auf dem Absatz um, nahm ihre Tasche und den Stadtplan und wollte sich an ihm vorbei durch die Zimmertür hinausdrücken, da fragte er: »Wo willst du hin?«

»Frühstücken«, sagte sie.

Er war ihr dann nachgegangen, hatte höflich gefragt, ob

er sich zu ihr setzen dürfe, und während sie ihre Grapefruit filetierte, genehmigte er sich noch ein Kännchen Kaffee und eine Portion Rührei, da er nicht wusste, wann er das nächste Mal etwas zu essen bekäme. So hielt er es dann die nächsten Tage über: Bereits gegen elf Uhr am Vormittag und um sechs am Abend, wenn er für eine Weile alleine war, während sie noch rasch den Palazzo Nummer siebenundachtzig ansah, nahm er einen Happen zu sich – belegte Panini, ein Pastagericht, Pizza, am besten etwas Fettes, Sättigendes, um dann später, im sorgfältig ausgewählten, Luisas Ansprüchen genügenden, also teuren Restaurant mit Engelsgeduld zuzusehen, wie Luisa sich an der ohnedies unverschämt kleinen Portion auf seinem Teller gütlich tat. In diesen zehn Tagen würde er gut vier Pfund zulegen – aber das merkte er erst später. Was er dagegen nach vier oder fünf Tagen feststellte, war, dass seine Aufopferung vollkommen unbemerkt blieb. Er begann sich insgeheim zu fragen, ob sie so sehr an seine schwache Position in ihrer Verbindung gewöhnt war, dass ihr wirklich nicht auffiel, was er alles für sie veranstaltete. Für sie und gegen sich selbst übrigens, denn er fühlte sich zunehmend körperlich unwohl, was natürlich an den schlechten, zu Unzeiten verschlungenen Mahlzeiten lag und daran, dass er von den guten nichts abbekam. Falls sie es nicht wahrnahm, dann lief schon seit Längerem etwas schief zwischen ihnen, denn er hatte sich selbst nie als Schwächling oder Narr gesehen. Falls sie es aber doch merkte und es ihr insgeheim gefiel, war sie nicht die Person, für die er sie all die Jahre gehalten hatte. Egal, was von beidem: Gut war das nicht. Er betrachtete sich abends im Spiegel und fragte sich, wann er begonnen hatte, freiwillig zwei Drittel seines Wesens unter Verschluss zu halten. Er beschloss, sie auf die Probe zu stellen. Eines Morgens, als es nach Regen aussah und er sie darauf hinwies, nahm sie dennoch keine Jacke mit.

»Das wird schon wieder schön«, sagte sie optimistisch. Er verzichtete darauf, ihr in seinem Rucksack eine Jeansjacke oder einen Pullover einzupacken, wie er es sonst getan hätte, um sie bei Bedarf damit zu überraschen. Nein, diesmal ließ er sie zähneklappernd neben sich herlaufen – er genoss jede Minute. Er hatte das Gefühl, zum ersten Mal einen Weg zu gehen, der zwar immer da gewesen war, den er aber nicht beachtet hatte. Sie stöhnte alle paar Schritte leise auf und schlang die dürren Arme um den Oberkörper – ein paar Passanten blieben stehen und sahen ihn, ihren Begleiter, in seiner warmen Lederjacke, mit Schal und Schiebermütze, vorwurfsvoll an. Nach einer Weile hielt Luisa an und fragte: »Macht es dir etwas aus, wenn wir umkehren und morgen da hingehen? Es ist so ein Mistwetter.«

»Du bist nur zu dünn angezogen«, erwiderte er. »Hör mal, das ist das am weitesten entfernte Stadtviertel und wir sind endlich da! Ich habe keine Lust, morgen den ganzen Weg noch mal zu laufen!«

Er deutete auf die weißen Schilder, die auf die Eingangskasse hinwiesen.

»Ich weiß.« Sie hatte Tränen in den Augen. »Und du hattest dich so darauf gefreut.«

Da hatte er mit den Augen gerollt, sich aus der Jacke geschält und sie ihr gegeben. Im ersten Moment hatte er innerlich triumphiert, einfach, weil er mal wieder Recht gehabt hatte. Erst später war ihm aufgefallen, dass er erstens jetzt trotzdem derjenige war, der fror, und sie sich zweitens weder bedankt noch für ihren Fehler entschuldigt hatte. Und dass sie ihm einen der Punkte, die ihm an der Reise am wichtigsten gewesen waren, ohne Weiteres von der Liste gestrichen hätte. Er interessierte sich für Architektur, auch Innenarchitektur, und die Ausstellung sollte Anregungen zum Thema »vertikale Gärten« geben – einem äußerst zeitgemäßen Topos, wie er fand. Aber für Luisa gab es keine Kultur nach 1920. Er hatte, frierend, kampfesmüde, weit weniger Spaß an der Schau, als es unter anderen Umständen der Fall gewesen wäre. Doch wie immer hielt er den Mund – lieber eine chronische Bronchitis riskieren und viele Monate seines restlichen Lebens ans Bett gefesselt verbringen, als kein Gentleman zu sein. Bereits am Abend fühlte er sich leicht fiebrig, und am nächsten Tag hatte er Halsschmerzen und erklärte Luisa, er werde den Vormittag im Bett bleiben. Sie hatte großzügigerweise nichts dagegen, und er durfte ihr den Weg zur Scuola Grande di San Rocco im Stadtplan einzeichnen, ihr noch etwas Bargeld geben, und dann begann für ihn ein einsamer Vormittag. Er sah auf die Straße und zum Kanal hinaus, stellte sich vor, wie es wäre, einmal durch leere Gassen zu gehen, aber das gab es natürlich nie, nicht einmal nachts waren die Straßen leer. Die vielen, vielen Male, die die Stadt fotografiert und gefilmt und gezeichnet worden war – sie müsste abgeliebt aussehen, aber sie war immer noch menschlich und exzentrisch zugleich in ihrer ungeordneten Grandezza, ihrem Wust und Wuchern von Straßen und in den weitschweifigen Fassaden, die die Kanäle säumten. Er dachte ans Meer, während er weiter aus dem Fenster sah, die mit Kisten beladenen Transportgondeln beobachtete, die auf dem schmalen Wasserweg geschickt vorbeinavigiert wurden, das Post- und das Notarztschiffchen und die vielen Touristen, die sich von braun gebrannten Einheimischen herumschippern ließen. Er hatte immer deutlicher das Gefühl, in eine Falle geraten zu sein. Ein weniger gutmütiger und in sich ruhender Mann als er hätte Luisas Verhalten schon lange nicht mehr toleriert, analysierte er jetzt. Wie war es bei ihm so weit gekommen? Wie war es für ihn geradezu zur Gewohnheit geworden, den Tag über jene Demütigungen in kleinen Portionen zu schlucken, die sie ihm so geschickt unter dem Namen »Ehe« verabreichte?

Nun, er hatte ihre Ungezogenheit am Anfang ihrer Bekanntschaft als eine liebenswerte Form der Exzentrik hingenommen, und später dann, als er vieles überhaupt nicht mehr liebenswert fand, hatte er sich zurechtgelegt, es sei eine Art langwieriger Reflex auf ihre komplizierte Kindheit, mit dem er es da zu tun hatte. Er hatte sich zudem immer öfter in die trügerische Einbildung hineinfantasiert, dass sie ihn bräuchte in den verzwickten Situationen, in die sie sich brachte – sie wäre sonst längst erfroren, verhungert, verloren gegangen, hätte all ihre Freunde und Bekannten verschreckt etc. Er hatte sich zum Retter stilisiert, damit er vor sich selbst nicht als Vollidiot dastand.

In diesem Augenblick, da er leicht fiebrig dalag und sich der Tatsache gewahr wurde, dass er jetzt dringender als alles andere den Schlachtplan entwerfen musste, wie er seine Position in dieser so genannten Liebesbeziehung verbessern konnte, schöpfte er neue Hoffnung und stemmte sich aus dem Bett. Er genehmigte sich ein ausgiebiges, warmes Frühstück und brach dann, ohne Stadtplan und nur mit seinem Orientierungsvermögen ausgestattet, zu einer eigenen, kleinen Stadttour auf.

Am Abend trafen sie sich und erzählten sich auf dem Weg zum Essen von ihren Erlebnissen. Er hatte einen bildschönen versteckten Garten entdeckt und sich die geheimnisvollen Fotos des frühen Stanley Kubrick angesehen, sie schwärmte von einem biblischem Zyklus Tintorettos (*Noch einer?*, aber er verkniff sich die Frage). Er stellte fest, dass ihm dieser getrennt verbrachte Tag besser gefallen hatte als alle vorherigen.

Das sind Zeichen, dachte er bei sich, klare Aufforderungen, etwas zu ändern. Worauf warte ich noch?

Keine Dreiviertelstunde später pflaumte er sie beim Abendessen an, dass er gedenke, seinen Teller Gnocchi selbst zu verspeisen – er buchstabierte ihr »alleine«, als sie ihn ungläubig ansah –, und die übrigen zwei Tage bis zum Abflug stritten sie permanent. Er sagte ihr Dinge, die er bisher kaum zu denken gewagt hatte, aber ausgesprochen fühlten sie sich vollkommen richtig an. Er nannte sie ein hinterhältiges, herrschsüchtiges Weibsbild mit einer massiven Essstörung. »Ohne mich bist du doch zu nichts in der Lage«, brüllte er. »Du würdest keine einzige Kirche finden. Vielleicht den Markusplatz, mit Mühe! Und du wärst längst verhungert. Im Übrigen macht mir so ziemlich alles mehr Spaß, wenn du nicht dabei bist.«

Sie konnte die Wahrheit über sich nur schwer ertragen. Die letzte Zeit in Venedig gingen sie getrennte Wege.

Er hatte gedacht, zu Hause würde sie zur Vernunft kommen und sie könnten beide beginnen, an sich zu arbeiten, wobei sie natürlich mehr zu tun hätte. Aber er war bereit, sie bei allem zu unterstützen. Er hatte wirklich viel Zeit, Geld und Gefühle in diese Ehe gesteckt, und genau wie seine Habilitation betrachtete er sie als ein wichtiges Projekt in seinem Leben – ein Projekt, das er nicht so mir nichts, dir nichts aufgeben würde, nur weil er feststellen musste, dass es ihm nicht so geriet, wie er sich das erhofft hatte. Stattdessen verschwand sie nach Berlin. Obwohl er mit der S-Bahn genauso schnell gewesen wäre, nahm er sich aus Trotz ein Taxi nach Hause. Kaum hatte er die Haustür aufgeschlossen, sah er an der Garderobe ihre Sachen friedlich neben seinen hängen, und das war der Augenblick, an dem er erneut beschloss, etwas zu unternehmen, diesmal mit der Umgebung. Statt immer nur auf der Lauer zu liegen und auf eine neue Sprunghaftigkeit von ihr zu warten, wollte er nun selber sprunghaft sein. Er hielt es nicht mehr aus, dass alles um ihn herum genauso aussah wie früher. Seine Gegenwart sollte sich fundamental von der Vergangenheit unterscheiden, und zwar für jeden sichtbar, vor allem für sich selbst. Also musste er umdekorieren. Aber – nicht *irgendwie*. Er wollte etwas tun, das wirklich gemein war und ihnen beiden den Rückweg noch einmal endgültig verbaute. Nur was? Er kochte sich Spaghetti und setzte sich mit seinem Teller vor den Fernseher. Noch am gleichen Abend hatte er die zündende Idee, und am nächsten Morgen begann er mit der Durchführung. Sobald ihm Zweifel kamen, rief er sich jene Szene im Dogenpalast vor Augen, als Luisa das tausendste Deckengemälde im Reiseführer nachschlug und Text und Gesehenes verglich. Ihre besserwisserische Miene bei der Kunstbetrachtung war ihm besonders verhasst.

Seufzend hievte Christopher sich vom Boden hoch. Er hatte sein heutiges Pensum geschafft, zehn Kleidungsstücke, vor allem Blazer und Winterkleider, fotografiert, und würde die Dateien jetzt in seinem Arbeitszimmer vom Fotoapparat auf seinen Computer übertragen. Beim Aufstehen warf er noch einmal einen Blick auf die graublau schimmernde Seidenbluse, die er mit geraffter Taille auf dem Boden präsentiert hatte. An einem Ärmel wies sie zwei winzige Blutflecke auf. Er hatte diese Flecken gesondert fotografiert, sie waren wirklich kaum zu sehen, aber er wusste, sie würden den Preis niedrig halten, auch wenn er behauptete, es sei Tinte. Niemand wollte Spuren eines fremden Lebens auf seinem Oberteil mit sich herumtragen. Die Bluse stimmte ihn auf einmal sehr traurig. Er erinnerte sich genau daran, wie Luisa sich beim Apfelschälen ziemlich übel in die Handfläche geschnitten hatte, das Blut floss nur so, sammelte sich zu einer riesigen Pfütze in der Küche, und er hatte ihr, so schnell es ging, einen Druckverband angelegt. Sie war stumm und fast ohnmächtig gewesen, als er sie in die Notaufnahme gefahren hatte, wo er die ganze Zeit ihre gesunde Hand hielt und sie mit irgendwelchen improvisierten Geschichten ablenkte, während der junge Arzt die Wunde an ihrer Rechten mit vier Stichen nähte. Sie hatte sich tausendmal bedankt, dass er sie so schnell zum Krankenhaus gebracht hatte, und sie erlebten an diesem Tag wider Erwarten noch einen ausgesprochen schönen Abend – einen Abend, wie es in Venedig keinen einzigen gegeben hatte. Christopher zögerte, sah die Bluse noch einmal an. Ob er sie nicht als Andenken ... Schnell rief er sich die Szene im Dogenpalast vor Augen. Nein.

»Bildung ist etwas Furchtbares – manchmal«, sagte er halblaut zu der Bluse, und keine halbe Stunde später war die »Hochwertige 100%-Seidenbluse in Mitternachtsblau« zur Versteigerung freigeschaltet. Auf das Wort »Mitternachtsblau« war er besonders stolz. Bevor er den Computer ausschaltete, sah er noch nach, wie die laufenden Auktionen standen. Zwei Rollkragenpullover aus Kaschmir und ein Twinset waren zu annehmbaren Preisen verkauft – wenn man bedachte, dass sie die Stücke in Shanghai gekauft hatten, war sogar ein Gewinn herausgesprungen. Ihr Kimono war bei schlappen 31,50 Euro stehen geblieben, aber das machte nichts; die Auktion lief noch eine ganze Weile. Anfangs war er nervös gewesen, wenn sich in den ersten Tagen rein gar nichts tat oder aber das Kleidungsstück, nachdem die Hälfte der Zeit verstrichen war, auf einem lächerlich niedrigen Preis stehen blieb, doch inzwischen wusste er, dass ausschließlich die letzte halbe Stunde vor Auktionsende entscheidend war. Die Profis von *AngelBielefeld* bis *Zazie22* (Hieß sie wirklich Zazie? Und war sie tatsächlich erst 22 und schon auf Markenklamotten aus?) waren dann alle online, und die Schlacht begann. Ein paar Mal hatte er, um den Preis in die Höhe zu treiben, sogar unter einer uralten E-Mail-Adresse mitgeboten, das sparte er sich längst. Er wollte sich schon abmelden, da bemerkte er, dass jemand zum am höchsten angesetzten Stück, Luisas Chanel-Kostüm, das sie einer Freundin abgekauft hatte, etwas wissen wollte. Er schüttelte verärgert den Kopf: Was gab es denn bei einem Chanel-Kostüm groß zu fragen? Trotzdem war er neugierig. Der Name *Amber Davis* schien außerdem nicht mal ein bestimmter, nur für Einkäufe zugelegter Spaßname zu sein.

»Ich bin ein wenig abergläubisch und glaube eigentlich nicht an das Konzept Second-Hand-Kleidung«, schrieb Amber Davis. »Aber ich habe eine zweite Meinung eingeholt, und meine Freundin sagt, es wäre gut.«

Sie ist Amerikanerin, dachte Christopher. Kein Mensch sagt hier »zweite Meinung«.

»Ich wollte aber trotzdem fragen, ob Sie, als Sie das Kostüm getragen haben, eine gute Zeit hatten. Ich denke, es gibt Dinge und Gegenstände, die Glück bringen und andere tun es nicht. Dass Sie ein Baby bekommen haben, ist vermutlich ein glücklicher Umstand, und so nehme ich an, das Kostüm hat ein gutes Karma. Ich möchte nämlich nicht das Unglück anziehen, wenn ich darin über die Frankfurter Zeil spaziere.«

Eine Amerikanerin, die an das Karma von Dingen glaubte und in Frankfurt wohnte.

Er lachte laut auf, das war zu absurd. Und auch irgendwie sexy.

»Bitte, liebe Shoppingmaus, nehmen Sie diese Frage nicht als Indiskretion«, schloss die E-Mail, und er war entzückt von der Vorsicht und der Würde, mit der diese Amber einer unter einem so lächerlichen Pseudomym wie *shoppingmaus* auftretenden Person gegenübertrat. Er beschloss, nicht nur zu antworten, sondern sogar ehrlich zu sein – einigermaßen zumindest.

»Liebe Amber, da ich einige Sachen meiner Exfrau versteigere, die gerade Urlaub macht, und selbst niemals in diesem Kostüm gesteckt habe, würde ich lügen, wenn ich behaupten würde, ich könnte irgendetwas aus erster Hand sagen. Andererseits war ich an vielen – ich glaube sogar: allen – Abenden dabei, als sie es trug, und da schien sie mir schon sehr glücklich. Ich meine also, es würde Ihr Karma nicht gefährden, das Kostüm zu tragen. Mit besten Grüßen, Christopher B.«

Er fand seine Antwort äußerst gelungen und begann, ein wenig Zeit im Netz zu vergeuden, weil er noch einmal nachsehen wollte, ob sie nicht vielleicht online war und gleich antwortete. Nichts. Er beschloss, schlafen zu gehen.

Mitten in der Nacht wachte er auf und wusste, was Sache war. Luisa hatte ihn hereingelegt. Es gab keine Amber Davis. Im Traum hatte er das Buch gesehen, das sie »zur Unterhaltung«, wie sie, ganz die Streberin, immer betonte, in Venedig dabeigehabt und auch nach Berlin mitgenommen hatte: *Amberville*, von Tim Davys, irgendein Krimi mit Tieren. »Amber Davis« war ein Wortspiel, eine Art Anagramm. Das sah ihr ähnlich. Vermutlich hatte sie noch viele andere Pseudonyme und hatte ihm längst ihre Sachen wieder abgekauft. Für eine Sekunde überlegte er, ob dies nicht sogar die beste Lösung wäre, denn umgekehrt proportional, wie die Schränke sich leerten, wuchs sein schlechtes Gewissen. Dann nahm er seinen Verstand zusammen. Es war Quatsch – er hatte die Kleider in alle möglichen Städte geschickt, Städte, in denen sie definitiv niemanden kannte, und das Geld war von allen erdenklichen Kontonummern an ihn überwiesen worden. Außerdem sah sich Luisa niemals irgendwelche Sachen auf Ebay an; sie betonte immer, Einkaufen sei eine sinnliche Erfahrung, die sie nicht auf einen Mausklick reduziert haben wollte. Er musste sich zusammenreißen.

Er angelte im Dunkeln nach der Mineralwasserflasche, die neben dem Bett stehen sollte, griff aber ins Leere. Wütend knipste er die Nachttischlampe an. Das Zimmer beruhigte ihn sofort, ein sonnengelb gestrichener Raum, gefüllt mit Schatten, Licht, Daunendecken, Bambus und dem Geruch nach frischen Laken. Er hatte auf die karge Einrichtung bestanden, und so gab es hier nichts als ein flaches Bett – kein Futon, aber sehr flach –, an jeder Seite noch flachere Bambuskästen als Nachttische. Das war alles. Auf den Bambuskästen durfte dann jeweils nur ein Buch liegen. Ach ja, und eine Wasserflasche war erlaubt. Da war sie auch schon. Er trank gierig. Dann war er auf einmal hellwach. Er stemmte sich aus den Kissen hoch und schlurfte in sein Arbeitszimmer, wo er den Computer einschaltete. Ambers Antwort raubte ihm den letzten Zweifel. Sie war wirklich charmant – Luisa schrieb niemals charmante E-Mails, sie erledigte sie wie Geschäftspost.

»Oh«, schrieb Amber, »mit solch einer richtigen Geschichte hätte ich niemals gerechnet. Und wie rätselhaft. Wie schade, dass Sie das Kind nun nicht gemeinsam großziehen können(?)«

Mist – das Baby hatte er vollkommen vergessen. Aber wie reizend sie ihre Neugierde in ein einziges eingeklammertes Fragezeichen gepresst hatte. Die E-Mail schloss mit der Ankündigung, sie werde jetzt gleich einen Preisvorschlag machen. Sehr gut. Sie war also wild entschlossen. Ein Preisvorschlag war die Alternative zum Versteigern: Man gab einen Fixpreis an, unter dem Kaufwillige gleich zuschlagen konnten. Er hatte absurde 800 Euro eingegeben, aber der potentielle Käufer konnte auch einen niedrigeren Vorschlag machen. Amber hatte 550 Euro vorgeschlagen, das war in Ordnung. Er stimmte zu und beendete damit die Auktion. Dann meldete er sich wieder bei Hotmail an und schrieb Amber, dass er ihr das Kostüm gerne persönlich geben würde – da sie ja offenbar auch in Frankfurt wohne. Und – das war der eigentliche

Köder – er würde ihr seine Geschichte erzählen, die ja auch die Geschichte ihrer neuen Chanel-Stücke wäre.

»Es ist eine spannende Geschichte. Wie Ihnen vielleicht bereits aufgefallen sein mag, ist die Welt voller scharfer Kanten und gefährlicher Ecken, eine vernünftige Zurückhaltung scheint ratsam. Und doch gelingt es mir persönlich immer wieder, irgendwo anzuschrammen«, schrieb er. Das war ihm einfach so eingefallen, und für eine Weile bestaunte er die eigenen Zeilen. Diese Amber war höchst inspirierend. Dann fuhr er fort: »Damit Sie mich nicht für einen Triebtäter halten, möchte ich einen sehr belebten Ort vorschlagen, an dem Sie mich auch schon einmal von Weitem inspizieren, ja, sich notfalls auch wieder entfernen können«, fuhr er fort. »Vor dem Buchkaufhaus in der Nähe der Hauptwache, da steht eine Bank. Gegenüber der englischsprachigen Abteilung. Es ist keine klassische Parkbank, eher so ein dunkelgrünes Metallding, sehr unbequem. Dort werde ich sitzen und auf Sie warten.« Er fand sich witzig und clever. Das war auch angenehm für sie: Falls sie zu früh dran war, könnte sie noch nach Büchern stöbern. »PS: Ich habe die *Süddeutsche* unter den Arm geklemmt.« *Süddeutsche* – das war gut. Die FAZ las hier jeder, wenn es also die *Süddeutsche* war, konnte sie davon ausgehen, dass er vermutlich zwei Zeitungen studierte. Das war für ihn immer der Inbegriff des Intellektuellen gewesen, als den er sich, seit er sich außer für Pflanzen auch für Design und Architektur interessierte, gerne sah.

Ihre Antwort fiel knapp aus: »Warum nicht? Aber bitte

eine Stunde später, ich schaffe das sonst nicht. Viele Grüße Ihre ...« und so weiter.

Er las die E-Mail, erst ungläubig, dann begeistert, und dachte »Wahnsinn!« Er hatte fast vergessen, wie leicht und tänzelnd es zwischen den Geschlechtern manchmal zuging. Ein bisschen flirten hier, ein wenig treffen da. Warum auch nicht. Er beschloss, sich noch mal ins Bett zu legen, um ausgeschlafen zu sein.

Als er am nächsten Tag in der S-Bahn saß – das Chanel-Kostüm sorgfältig in Seidenpapier gewickelt und in einer großen Papiertüte mit schickem italienischem Aufdruck verpackt auf dem Schoß –, schaute er sich seine Mitreisenden genau an. Es wäre doch gut möglich, dass zufällig eine seiner Kundinnen hier saß. Er sah hinüber in die erste Klasse, wo eine bis ins Detail zurechtgemachte Rothaarige besten Alters – pfirsichfarbener Lippenstift, Hermès-Seidentuch, maßgeschneiderter Anzug aus italienischer Wolle – mit ihrer Stepptasche sprach, einer Hundetragetasche. Nein, diese Frau kaufte nicht auf Ebay. Und auch nicht die typische Büroangestellte mit den abgewetzten schwarzen Halbschuhen, die sich jetzt ihm gegenübersetzte – ihr genügte Peek & Cloppenburg. Er bemerkte, dass sie ihn anlächelte, und warf erfreut einen Blick ins Zugfenster, wo er sich gespiegelt sah: ein großer, leider nicht gerade dünner Mann mit der Ausstrahlung eines verträumten Kugelstoßers oder eines friedlichen Bodybuilders mit nicht allzu vielen Stereoiden. Seine Haut, verblassend olivbraun, zeigte noch Spuren der italieni-

schen Sonne. Er fand sich eigentlich ganz manierlich. Als
dann eine junge Frau einstieg, sich schräg gegenübersetzte und ihn ebenfalls anlächelte, fragte er sich zum ersten Mal an diesem Tag, ob er vielleicht träumte? Vielleicht
war er noch gar nicht aus dem Bett gestiegen und hatte
auch keine E-Mail gelesen, geschweige denn eine von
Amber. Vielleicht war er in jener Nacht, als in ihm dieser
Verdacht gegen Luisa hochkam, niemals wirklich aufgewacht.

Gut möglich.

Doch nun drängten sich zwei Uniformierte durch den
Waggon, und wieso sollte er von einer Fahrkartenkon-
trolle träumen? Und dass er keine hatte und alle ihn an-
starrten, während der Kerl laut seine persönlichen Daten
durch den Waggon posaunte? Der Unsympath hatte auch
noch ein blaues Auge – er würde nie einen Uniformierten
mit einem blauen Auge in seinem Traum haben wollen,
so viel war klar. Er konnte sich nicht vorstellen, dass in
seinem Unterbewussten irgendein Bezug zur Gewalt vergraben war. Er blieb dennoch skeptisch, als er an der
Hauptwache ausstieg, die Treppe hochging und sich auf
die Bank setzte. Andere Anzeichen für einen Traum gab
es nicht, oder?

Okay, diese Amber sah aus wie Audrey Hepburn mit
mehr Busen, das konnte man sehen, der Mantel war eng.
Was nicht wirklich ein Abstrich war. Sie lächelte und gab
ihm eine schmale Hand mit perfekt manikürten Nägeln,
wie sie nur Amerikanerinnen an jedem einzelnen Tag der
Woche haben. Sie trug eine kleine Plastiktüte, in der sich

vermutlich ein englischsprachiges Buch befand, das sie sich eben gekauft hatte. Er fragte sofort nach.

»Ja«, bestätigte sie mit sanfter Stimme. »Ich lese gerne in meiner Sprache. Habe ich so einen starken Akzent? Auch im Internet?«

Sie lachten gemeinsam, aber vorsorglich sagte er ihr doch, dass sie praktisch keinen Akzent hätte, falls sie eitel war. Was er im Übrigen nicht glaubte.

»Das ist eine nette Bank hier«, sagte sie, »aber wollen wir nicht doch in ein Café gehen? In Anbetracht des Wetters?«

»Wetter?«

Er sah sich um und hoch in den Himmel. Oh ja, war nicht schön das Wetter. Richtig. War ihm gar nicht aufgefallen.

Sie gingen durch den Buchladen hindurch in das nächstgelegene Café, wo man auf unbequemen Barhockern an winzigen runden Tischen saß. Er gab ihr die Tüte und sie spähte vorsichtig hinein. Langsam breitete sich ein Lächeln auf ihrem Gesicht aus, und er besah es sich wie einen Sonnenaufgang. Ja, einer Frau ein Chanelkostüm zu überreichen, das machte Spaß.

»Was haben Sie gekauft?«, fragte er, als es nach dem Bestellen eine kleine Pause gab. Sie zeigte ihm ein Buch von Jonathan Safran Foer, es ging um sein neues Leben als Vegetarier. Er blätterte ein wenig darin, besah es von vorne und hinten. Meine Güte, hatte er nicht auch neulich daran gedacht, Vegetarier zu werden, Veganer gar? Was für ein merkwürdiger Zufall. Wie erfreulich das Leben

›217‹

mit einem umspringen konnte, wenn es dazu in Laune war. Beinahe hätte er laut herausgelacht.

Amber deutete bisherige gescheiterte Versuche an, fleischlos zu leben.

»Ist es wegen der Steaks?«, fragte er verständnisvoll. »Ich muss sagen, das verstehe ich. Ich könnte auf so ziemlich alles verzichten – Rostbratwurst und Hühnerfrikassee und vielleicht sogar Burger, aber niemals auf Steaks. Wirklich niemals.«

Sie beugte sich weit über den Tisch, brachte ihren Kopf sehr nahe vor seinen. Ihre Haut war makellos. Es gab eine Gesprächspause, aber eine gute – eine von diesen Pausen, in denen jeder sich sammeln konnte und nichts Eile hatte angesichts der Gewissheit, dass es in jedem Fall eine Menge Themen gab. Er dachte, dass es sehr freundlich von ihr war, so ein Geständnis wie das mit dem Fleisch zu machen, das gab ihm Platz für sein eigenes. Bloß, wie sollte er anfangen. Er trank ein wenig Cappuccino und stellte fest, dass ihrer schon leer war. Beinahe hätte er ihr seinen angeboten, weil er es von Luisa so gewohnt war – sie trank ihren in einem Schluck und spähte dann nach seinem –, da winkte Amber dem Kellner und bestellte nach. Für sich. Ohne Theater. Sie bestellte einfach. Er hörte nicht, was sie sagte, er sah nur, wie sich ihr Mund bewegte. Sie hatte, wie es schien, sogar Kuchen bestellt. Jedenfalls kam ein Stück Käsekuchen. Er sah ihr beim Essen zu. Und dann, er konnte kurz darauf schon nicht mehr sagen, wie, kam er ins Reden. Und ihm gelang es, mit Worten ein Bild seiner tatsächlichen Gefühlslage zu zeichnen, von jenen Ungeheuerlichkeiten zu berichten, die ihm von Luisa angetan worden waren, und von seiner Rache, die im Prinzip lediglich Notwehr war.

Kaum hatte er etwas gesagt, wusste er, dass es genau so stimmte. Sie war eine ausgezeichnete Zuhörerin.

Ihre Augen waren schön anzusehen, die Augen und auch ihre Hände. Bei ihrem Gespräch – es war wirklich ein Gespräch, denn dazwischen gab sie einige verständnisvolle Kommentare ab – machten alle zehn Finger eifrig mit. Sie hoben sich von der Tischplatte hoch, rangen miteinander, um sich zu guter Letzt, wenn der Gedanke zu Ende geführt war, befriedigt wieder hinzulegen.

»Ich wusste es«, sagte sie dann, nachdenklich.

»Was wusstest du?«

Sie waren, in diesem Moment oder schon früher, zum Du übergegangen. Beinahe hätte er eine der Flatterhände ergriffen, wie man einen zarten Vogel fängt. Nur, dass er natürlich niemals einen Vogel fangen würde, schon gar nicht in einem Café in der Innenstadt, also ließ er es bleiben.

»Dass du interessant bist, und traurig.«

Wow, dachte er. Sie will mit mir schlafen. Doch bevor ihm eine Replik eingefallen war, die sie auf diesem erfreulichen Weg noch ein Stückchen voranbrachte, sprach sie weiter: »Wenn ich ehrlich sein soll, ich habe es meiner Freundin erzählt ...«

»Freundin?«, dachte er – aus Versehen laut.

»Ja, meine Lebensgefährtin. Freundin, richtig?«

»Richtig.«

Klar, sie war eine Lesbe. Es wäre auch zu schön gewesen. Enttäuscht, das war er. Aber immer noch hellwach. Er stellte sich vor, wie die tolle Rothaarige, die eben mit einem Stapel Zeitungen hereingekommen war, auf sie zu käme und sie auf den Mund küsste. Er hatte vergessen, dass dies hier kein Traum war.

»Und du hast uns beiden doch sehr leid getan.«

Nein, kein Traum. Die Szene mit den beiden Frauen löste sich in Luft auf. Na super. Eine Lesbe, die aussah wie Audrey Hepburn mit Titten, hatte Mitleid mit ihm. Er seufzte. Deshalb war sie auch die ganze Zeit so herrlich normal, so waren Frauen sonst nicht, so – kumpelhaft.

»Du musst nicht so seufzen!«

Sie lachten gemeinsam, und er versöhnte sich mit dem Istzustand. Blieb ihm ja auch nichts anderes übrig. Und sie *war* eine gute Zuhörerin.

»Ich möchte neu anfangen«, hörte er sich sagen, »ohne sie.«

Sie überlegte. Dann sagte sie: »Du willst neu anfangen? Ganz neu?«

Dass sie so verträumt aussah, regte ihn an fortzufahren: »Ja, ganz neu – als spazierte man auf einer makellos frischen Schneedecke.«

»Hm«, machte sie.

»Du weißt schon, wenn über Nacht das erste Mal … alles ist ganz rein, unbefleckt …« Er stockte und wurde rot.

Sie sah ihn ernst an. »Ich verstehe schon. Aber, sieh mal, das ist eine sehr männliche Sichtweise. Ich sage jetzt bewusst nicht *patriarchalisch*.«

Er schwieg. So froh er war, dass sie ihn nicht auslachte, so bedauerlich war auch, wie wenig sie ihn verstand, wenn es nun wirklich um etwas ging.

Sie hob die Stimme, wurde fast ein wenig laut: »Denn: Wie lange hält das an, diese Reinheit – bis zum ersten Schritt, oder? Das ist nicht lange. Und dann? Macht es dann keinen Spaß mehr, hindurchzugehen?«

»Doch«, gab er zu. »Nur ist die Ehe mit Luisa eigentlich gar keine Schneedecke.«

Sie zucke die Achseln: »Wer weiß.«

Er wusste nicht, ob sie philosophisch klang, weil Deutsch ihre Zweitsprache war, oder ob er dermaßen gierig nach einem Rat war, dass er alles als solchen aufnahm.

Er beschloss, sich darauf einzulassen: »Was meinst du? Stimmt irgendwas nicht mit mir?«

»Nein, ich glaube nicht – du bist bloß ein bisschen durcheinander, was deine Gefühle angeht.«

»Du meinst, ich bin ein Idiot.«

»Durcheinander. Heutzutage dürfen auch Männer durcheinander sein, habe ich in einer Illustrierten gelesen.«

Er wartete.

»Natürlich wirfst du es dir innerlich vor, dass diese Ehe gescheitert ist. Du gibst dir die Schuld, und diese Verkaufssache materialisiert das nur.«

Er war nicht überzeugt, und man sah es ihm an.

Sie hob die Hand, wieder flatterten die Finger beredt: »Ich weiß, dass du widersprechen willst. Schuld ist natürlich in Mitteleuropa eigentlich kein Gefühl, sondern ein

Lebensstil. Die Gesellschaft entwickelt und konsumiert ihre Schuld wie eine angenehm betäubende Droge, wie das Feierabendbier gibt es die Feierabendschuld. Und du musst nicht mal weit gehen, mach den Fernseher an, geh an einem Bettler vorbei. Schuld fließt überall um uns herum. Aber manchmal spürt jemand tatsächlich Schuld, weil er schuldig geworden ist. In deinem Fall kann ich das nicht beurteilen. Es ist vielleicht auch nicht so wichtig. Du fühlst dich jedenfalls massiv schuldig. Aber diese Schuld ist nicht sichtbar, und deshalb hast du etwas getan, was es sichtbar macht. Um dich noch schlechter zu fühlen.«

Er hatte diesem wendungsreichen Vortrag aufmerksam zugehört, konnte sich aber nicht einverstanden erklären.

»Entschuldige«, sagte er höflich, »aber das ist doch Unsinn. Das heißt, das mit der Schuld im Allgemeinen vielleicht nicht. Aber der Teil, der mich angeht.«

»Dein Unterbewusstes ist sich da nicht so sicher.«

Sie schwieg nach diesem dramatischen Ende, dann sprang sie auf und überreichte ihm die Tüte: »Hier. Wenn sie zurückkommt, hat sie wenigstens was zum Umziehen.«

Er wehrte ab, doch sie beharrte darauf. »Ich bin gerade ziemlich pleite, weißt du. Bitte, du tust mir einen Gefallen, wenn du es behältst.«

Am nächsten Morgen fuhr er zu einer Tagung nach Kiel. Etwas Abstand war genau das Richtige. Übernachtung, Frühstück, Mittagessen, Vorträge und Seminare fanden im selben überheizten, schmuddeligen Kongresshotel statt, nur einige der jüngeren Wissenschaftler hatten an den Abenden noch die Energie, das Haus zu verlassen; die anderen, er eingeschlossen, schafften es gerade zur Hotelbar und dann ins Bett. Er erinnerte sich, dass er sich beim Kongress im Frühjahr geschworen hatte, es sollte sein letzter sein, aber es war wie immer gewesen: Er hatte die grässliche Atmosphäre vergessen und sich erneut angemeldet, als ein bonbonbuntes Faltblatt per Post ankam. Tagsüber trank er Unmengen miserablen Kaffee mit wässriger Kondensmilch, aß klebrigen Bienenstich und fade Gelbwurstsemmeln. Er stürzte sich in Diskussionen und Arbeitsgruppen. Es war ihm ein Rätsel, weshalb er immer noch nichts von Luisa gehört hatte; inzwischen waren drei Wochen vergangen, seit sie für ein paar Tage nach Berlin geflogen war. Nun – die Semesterferien wären bald vorbei, dann musste sie sich blicken lassen.

Nachts schlief er schlecht und stellte sich alle Schweißfüße vor, die vor ihm diesen grünlichgrauen Teppichboden betreten hatten. Wie konnte ein Haus, das einzig und allein dazu da war, Übernachtungsmöglichkeiten sowie Raum für Tagungen zu bieten, dermaßen unappetitlich daherkommen? Ab und zu, um drei oder vier oder fünf Uhr, stand er auf. Dann betrachtete er im Neonlicht des Badezimmers sein käsiges Gesicht – die aufregende venezianische Bräune hatte sich längst verabschiedet – und hörte zu, wie er sich selbst mitteilte, das alles hier wäre ein Übergangszustand. In einem dieser schlaflosen Momente erkannte er, dass Amber Recht hatte. Er fühlte sich schuldig. Er versuchte, alles abzuhaken, das Scheitern seiner Ehe als Abstraktum zu nehmen, als Teil einer Statistik. Bloß funktionierte es nicht.

Es fielen ihm außerdem immer mehr Dinge ein, die so schlecht gar nicht gewesen waren. Klar, sie hatten, sobald sie miteinander gesprochen hatten, meist gestritten. Aber sie hatten andererseits auch nicht immer miteinander gesprochen – beispielsweise dann, wenn sie Sex hatten. Apropos Sex – der hatte ihm immer Spaß gemacht mit ihr. Und umgekehrt verhielt sich das genauso, da war er ziemlich sicher. Vor etwa zwei Jahren hatte es eine Phase gegeben, in der sie einfach weiter ihre Alltagsdinge besprachen, während sie sich auszogen und so weiter. Aber diese Zeit war zum Glück schnell vorbei gewesen, weil sie beide merkten, dass es das Erlebnis dann doch ziemlich banalisierte.

Auf dem Rückweg vom Kongress holte er endlich Benno von Dorothee ab. Dorothee hatte anscheinend gar nicht gemerkt, dass sie den Hund viel länger als geplant gehabt hatte; jedenfalls machte sie einen ziemlich unkoordinierten Eindruck und bat ihn auch nicht in die Wohnung. Ihm war es egal. Christopher erzählte Benno alles. Warum es so lange gedauert hatte, dass er ihn holte, warum er allein war und was nun, sehr wahrscheinlich, noch alles auf ihn, Christopher, sowie auf ihn, Benno, zukäme. Benno wirkte aber nicht sehr beeindruckt davon, bald ein Scheidungshund zu sein.

Kaum hatte Christopher die Haustür aufgeschlossen, bellte Benno und raste in den ersten Stock. Christopher hörte Luisas helle Stimme; liebevoll begrüßte seine Frau den Hund. Er wusste nicht recht, was er tun sollte. Er blieb in der Diele stehen, und wie immer, wenn er aus einem piefigen Hotelzimmer zurück war, fand er es angenehm, wie groß ihr Haus war. Ja, groß und leer, so fand er die Diele. Toll.

Erst nach ein paar Sekunden bemerkte er, dass es nicht nur leer wirkte – es *war* leer.

Bis auf den Garderobenständer, an dem Luisas in Venedig getragener Sommermantel hing. Er knipste das Licht an.

Der Stanislassia-Klein-Telefontisch fehlte ebenso wie die Marcel-Breuer-Lampe, die sonst daneben stand. Das Telefonkabel führte in die Küche, wo der Apparat auf der Geschirrspülmaschine stand, an eben jenem Platz, der eigentlich der Alessi-Espressomaschine gehört hatte. Er nahm den Durchgang von der Küche zum Wohnzimmer. Dort sah es ebenfalls aufgeräumt aus, das Ettore-Sottsass-Sofa war weg. Er verstand und doch nicht. »Ebay«, dachte er. Sie musste das alles schon in Berlin geregelt und nur die Abholung für die letzten Tage festgelegt haben. Und in ihm war ein kleiner Teufel, der sagte: »Hut ab, das ist eine echte Überraschung.«

Er atmete heftig ein und aus. Und da hörte er auch schon ihre lächerlich kurzen Schritte.

Sie sah nicht gut aus – ausgemergelt und, falls das möglich war, noch blasser als er selbst.

»Hallo. Hallo, ich habe versucht, dich hier anzurufen, aber es war nur das Band dran …«

Sie klang auch nicht so gut. Eher kurzatmig. Als würde ihr jemand die Luft abdrücken, wenn man es genau bedachte. Er stolperte und ließ sich auf einen Stuhl fallen – er war froh, dass noch einer da war.

»Es – ist ganz schön leer«, sagte er, nicht gerade sehr pfiffig.

»Ja, leer«, echote sie.

Sie schwiegen und schwiegen, und er empfand einen so heftigen Widerwillen gegen sie, dass sich seine Laune urplötzlich wieder hob.

»Es ist gar nicht schlecht, oder?«

»Wie meinst du das?« Ihre Stimme zitterte, genau wie der Schatten, den sie auf die nackte Wand warf. Das machte ihm Mut.

»Naja, es sieht nach einem Neuanfang aus.«

»Also gut, also gut. Ich mache dir einen Vorschlag.«

Er sah eine Art Schimmern in ihren Augen, Lichtspalten im Blau und einen mineralischen Glanz. Gar nicht unnatürlich, aber sehr bemerkenswert. Und ihre Wimpern waren erstaunlich lang. Sie sagte nichts, aber er wusste, dass sie zu ihm käme, wenn er die Arme öffnete und »Versöhnung« sagte. Oder gar nichts sagte, sollte sie doch.

Nachts in der Stadt aller Städte

Die ungeschriebenen Regeln ihrer Freundschaft besagten, dass, wann immer eine ein Problem hatte, die andere alles stehen und liegen ließ, damit die Angelegenheit gemeinsam besprochen werden konnte. Diesmal war es Anne gewesen, die Rebecca herbeitelefoniert und sie gebeten hatte, sich doch in ein Taxi zu setzen und downtown zu fahren, damit sie sich im Cliff's treffen konnten, ihrer derzeit bevorzugten Bar im Village.

Nach dem Telefonat streifte Anne unruhig in ihrer winzigen, feuchten, über alles geliebten Wohnung in der Christopher Street herum; da sie es nicht sehr weit hatte, machte es noch keinen Sinn, loszuziehen. Obwohl es ihr wirklich schlecht ging, dachte sie daran, den Blake-Band einzustecken, den Rebecca ihr geliehen hatte, weil die ihn für eine Seminararbeit brauchte. »Er hat sich ein monströses Ich erfunden und den Rest seines Lebens damit zugebracht, dieses Ungeheuer zu sein. Es hat mich umgehauen.« Alles, was Becky sagte, klang echt, kein bisschen gewollt oder übertrieben, Anne fand das bewundernswert. Denn ging es nicht darum: sich selbst zu erfinden? Entsprechend vorbereitet, war Anne von Blake nicht weniger beeindruckt gewesen; am gründlichsten besah sie sich die irren Zeichnungen, schließlich studierte sie Kunstgeschichte. Aber an diesem Abend würden Rebecca und sie nicht über Blake sprechen.

Anne machte sich lange zurecht. Als sie endlich im Aufzug stand, trug sie Overknee-Stiefel zum kurzen Rock, ein ungebügeltes dickes Hemd von Ralph Lauren unter der Lederjacke und einen Pferdeschwanz. Sie war ziemlich groß, mit langem Oberkörper und enormen Händen und Füßen, mit der Maniküre und der Schuhauswahl gab sie sich daher immer besondere Mühe. Sie hatte hin und her überlegt, was mit ihren Haaren zu tun sei, eine Hochsteckfrisur wäre die Alternative zum Pferdeschwanz gewesen, oder auch ein Stirnband, nicht offen, nicht bei der Feuchtigkeit draußen, und sie war jetzt, als sie sich im Spiegel des Aufzugs sah, zufrieden mit ihrer Entscheidung. Es ist gut, dass ich mir die Augen gar nicht erst geschminkt habe, dachte sie, denn ich werde gleich weinen, so viel ist sicher, und dann würde ich aussehen wie Frankensteins Braut. Ein Teil in ihr protestierte, dass es nicht okay war, sich zu einem solchen Zeitpunkt Gedanken darüber zu machen, wie man *aussah* – meine Güte, sie hatte gerade erfahren, dass bei ihrer geliebten Tante Luisa Brustkrebs diagnostiziert worden war –, aber Rebecca brauchte mindestens eine Dreiviertelstunde bis zum Cliff's, und Anne hasste es, alleine in Bars zu warten. Also konnte sie sich genauso gut vernünftig anziehen; einer Stadt wie dieser war man das einfach schuldig.

Sie stakste die unendlich lange Bleecker Street entlang und versuchte, nicht an Tante Luisa zu denken, daran, wie viel Uhr es jetzt bei ihr war – gegen ein Uhr mittags –, was sie gerade machte – war sie beim Arzt? Hatte sie Benno schon ausgeführt? Es hatte sich immer viel um Benno gedreht bei den beiden, und nicht nur bei ihnen: In der ganzen schönen reichen Straße Am Kuhlmühlgraben waren die Hunde die Zentralgestirne in den Tagesabläufen ihrer Bewohner. Armer Benno, wenn Luisa sich schonen musste. Anne hatte die schlechte Nachricht von ihrer Mutter erhalten, und sie war nicht geistesgegenwärtig genug gewesen, auch nur irgendeine Frage zu stellen. Was bedeutete Frühstadium – war also alles noch nicht so schlimm? Musste sich Luisa eine Brust abnehmen lassen? Anne schüttelte sich. Sie ging schneller; es war dunkel und schneidend kalt, einzelne Schneeflocken tanzten im Licht der Laternen, die Scheinwerfer vorbeifahrender Autos holten Stücke grauer und rötlicher Hausfassaden ans Licht. Passanten im für die Stadt typischen hastenden Laufschritt waren zu sehen; Anne fand immer, dass sie den Raum vor sich eher besiegten, als dass sie ihn durchquerten. Sie bemerkte den unglücklich dreinblickenden Bobtail mit Schnee auf der Nase und die leere Plastiktüte, die im Wind umherwehte; die Tüte erinnerte sie an ein Gedicht, das Rebecca ihr neulich vorgelesen hatte, weil es von einem jungen deutschen Autor war und Rebecca anscheinend glaubte, Deutschland wäre so klein, dass sich alle dort kannten – Anne hatte den Namen des Dichters sofort wieder vergessen, nicht aber die Zeilen. »Leere Plastiktüte, taumelnd im Wind«, es lautete an einer Stelle: *Niemals wissen wir, wo wir sind, Auf einer Waldstrecke auf der Erde im Wind*, und dann: »*Hier*« ist die tödliche Vokabel.

Hier ist die tödliche Vokabel – das hatte Anne beeindruckt, wie sie sonst nur Gemälde beeindruckten. Hier ist die göttliche Vokabel; Krebs ist die tödliche Vokabel – spann Anne in Gedanken weiter. Sie wurde von einem Mann in Schwarz überholt, der wie ein Schatten vorbeiglitt; als trüge er ein böses Geheimnis, dachte Anne schaudernd. Sie zog die Schultern zusammen und sagte sich, dass alles wie immer war, aber es dauerte noch ein paar Blocks, bis sie sich wieder als zugehörig empfand zu der Stadt – »hier« *war* die göttliche Vokabel.

So seltsam es klang, aber sie war der Stadt gegenüber vor allem eines: dankbar. Als sie Rebecca das gestanden hatte, hatte die gelacht und gesagt, das sei vollkommen unnötig, denn die Stadt habe ihr umgekehrt ja nichts geschenkt. Städte machten keine Geschenke, sondern nur die Bewohner: Das sei sonst ein Anthropomorphismus, das jedenfalls würde ihr Literaturtutor sagen. Anne hatte leicht säuerlich entgegnet, sie schreibe ja keine Short Story, sondern erzähle lediglich von einem Gefühl, und dieses Gefühl habe sie eben nicht irgendwelchen Leuten gegenüber. Aber sie war der Freundin nicht böse gewesen, Becky meinte es nicht so; sie war einfach gerade im Fachwortfieber und gab mit ihrem neu erworbenen Wissen gerne ein wenig an.

Im Übrigen war Anne New York weiterhin dankbar. Sie fand, sie habe sich in dem knappen Jahr, in dem sie hier war, grundlegend verändert. Es war nicht nur, dass sie gelernt hatte, ihr größtes Handicap, ihre Schüchternheit, zu überwinden oder sie zumindest hinter einem ausdauernden Lächeln zu verstecken. Dass sie sich Schüchternheit hier einfach nicht leisten konnte, hatte sie schnell begriffen. Man war gezwungen, Fragen zu stellen, auch unbequeme, sonst bekam man keine Wohnung, wusste nicht, wohin das Seminar verlegt worden war, wie dieses oder jenes Formular ausgefüllt werden musste. Abgesehen von diesem Fortschritt fand sie ihr Leben zum ersten Mal aufregend, New York schenkte ihr allein durch sein Dasein permanent etwas: Es war eine Tatsache, dass hier alles, wirklich alles eine Bedeutung bekam durch den Schauplatz, an dem es geschah. Ob man nun ein Apartment bewohnte (meine Güte, fast jeder Student tat das – aber eben nicht in Manhattan) oder schwimmen ging – Zustände und Tätigkeiten wurden allein durch den Ort geadelt. Wie oft erinnerte sich Anne daran, wie eine Freundin ihrer Mutter, auch so eine überspannte Malerin, einmal eine ganze Abendessensunterhaltung mit dem Thema »Mit Lebensmittelvergiftung im New Yorker Krankenhaus« bestritten hatte. »Ausgerechnet in New York!«, hatte sie immer wieder gerufen. »Du weißt ja, wie das ist – diese Zustände! Und zwei Wochen später wäre meine Auslandskrankenversicherung abgelaufen.« Wäre sie in Heidelberg in der Klinik gewesen, hätte sie über die ganze Sache kein Wort verloren. Anne hatte das damals nicht begriffen und sich lustig gemacht – jetzt verstand sie es; jetzt, wo sie sich noch ein halbes Jahr, nachdem sie ihre kleine Wohnung bezogen hatte, dabei ertappte, wie sie dachte: »Ich bin beim Friseur. In New York.« »Hier, endlich zu Hause, in meinem Apartment. In New York.«

Oder eben jetzt, aus aktuellem Anlass: »Ich bin unterwegs zum Treffen mit meiner besten Freundin, um etwas Dramatisches zu diskutieren. In New York.« Es klang unglaublich. Irreal. Herrlich.

Nun – herrlich in diesem speziellen Fall vielleicht nicht.

Anne wurde von einer älteren Frau überholt, vielleicht fünfunddreißig, vielleicht vierzig, Anne verschätzte sich da gern; die Frau wirkte sehr damenhaft, was sie aber nicht davon abhielt, mit kriegerischem Gesichtsausdruck in ihr Handy zu brüllen. Gekleidet in einen beigen Wollmantel, vermutlich Kaschmir, hohe, gelbliche Lederstiefel und ein unglaublich schönes, bordeauxfarbenes Schultertuch, sah sie für Anne aus wie die typische New Yorkerin – aber das hatte nichts zu sagen, denn Anne bedachte so ziemlich jede Person außer sich selbst mit diesem Etikett. Die Frau bemerkte Anne kaum, was sollte es sie auch kümmern, dass da eine Zwanzigjährige aus Deutschland aufgewühlt auf dem Weg ins Cliff's war. Anne konnte ihr Parfüm riechen, als sie dicht an ihr vorbeiging. Ihr dunkler Pagenkopf wippte wütend. Anne überlegt, ob ihr Pferdeschwanz nicht doch zu kindlich war. Sie würde Rebecca fragen. Dann betrat sie das Cliff's. In der Bar war es dunkel wie immer, und sie entspannte sich. Sie würde gegenüber Rebecca nichts zu ihrer Frisur sagen, sie würde von gar nichts sprechen, was nicht unmittelbar mit Tante Luisa zu tun hatte. Hey, *come on*, keinen kümmert hier dein Skalp, Schwester.

Sie sah sich um, kontrollierte ihr Handy, und im selben Moment betrat Rebecca die Bar, eine unauffällige zarte

Person mit einem Kurzhaarschnitt, der sie gleichzeitig sportlich und lesbisch aussehen ließ, was sie beides nicht war. Sie umarmten sich, Anne empfand dieses perfekt aufeinander abgestimmte Hereinkommen als tröstlich. Sie registrierte, dass ein paar Jungs sich nach ihnen umdrehten – auffällig rasch aber wieder wegschauten. Sie halten uns für ein Paar, dachte Anne belustigt.

Anne und Rebecca hatten sich beim Sky Yoga auf dem Dach des Coles Sports Center kennengelernt – das einzige Mal, dass Rebecca hingegangen war. Das Interesse war beidseitig und stark gewesen, und Anne, die zuerst wie alle anderen geglaubt hatte, Rebecca stünde auf Frauen, hatte sich für ein paar Abende lang überlegt, ob sie sich in ihrem Alter wirklich schon so ganz auf Männer festlegen sollte. Das hatte sie Rebecca Monate später erzählt, und die lachte es, wie so vieles, einfach weg – einer ihrer zahlreichen liebenswerten Wesenszüge. Rebecca sagte Sachen wie: »Er hat dich blöd von der Seite angequatscht, na und? Hier bist du, Anne Temper, kein kleines Mädchen mehr, sondern eine taffe Frau, der man nicht so leicht ein X für ein U vormachen kann. Lass dich von so einem blöden Tutor doch nicht verunsichern.« Bevor sie Rebecca – Becky – kennengelernt hatte, war sie sich in der Stadt aber tatsächlich ständig vorgekommen wie ein kleines Mädchen, das sich von allem um sie herum beeindrucken ließ und verzweifelt versuchte, etwas zu finden, worüber sie sich lustig machen konnte. Inzwischen war dieser Zustand viel, viel seltener geworden, wenn auch nicht ganz verschwunden. Vielleicht will ich das auch gar nicht, dachte Anne. Kommt nicht alle Unzufriedenheit davon, dass viele Menschen gar nicht mehr bemerken, was sie um sich herum eigentlich alles *besitzen*?

Sie setzten sich an den Tisch in der dunklen Ecke, der gerade frei geworden war. Rebecca, die einundzwanzig war, aber jünger aussah, bestellte Gin Tonic und musste der Bedienung, einer bildschönen jungen Frau mit magentarotem Haar, ihren Ausweis zeigen. Daraufhin konnte Anne, die älter aussah als die zwanzig Jahre, die sie zählte, dasselbe nehmen und wurde in Ruhe gelassen. Rebecca schaute hinter der Kellnerin her und murmelte: »Man müsste ihr vielleicht mal sagen, dass weder Regisseure noch Modelscouts ins Cliff's kommen.«

Anne wollte laut auflachen – das war wieder mal typisch Becky! –, aber dann fiel ihr der deprimierende Grund ihres Treffens wieder ein, und sie verzog nur ein wenig die Mundwinkel. Ein paar Sekunden lang herrschte Schweigen. Anne sah der Kellnerin zu, wie sie am frei werdenden Nachbartisch lächelnd einen Schein entgegennahm. Vermutlich wollte sie wirklich Schauspielerin werden. Sie hatte einen herrlichen, porzellanweißen Teint – den Teint eines sportlichen Engels, der eben mal von seiner Wolke heruntergekommen war, um bei frischem Winterwetter ein wenig den armen Menschlein in ihren überfüllten Bars auszuhelfen.

»Schieß los«, sagte Rebecca dann, fast barsch. Aber erst einmal kamen die Drinks, und Anne war dankbar für den kurzen Aufschub. Die schöne Kellnerin spürte die angespannte Stimmung und verzog sich gleich wieder; sie legte nicht einmal die Speisekarten ab, die sie mitgebracht hatte.

»Also, es geht um Tante Luisa – ich habe dir doch von Tante Luisa erzählt?«

Rebecca nickte, und ihr ein wenig spitzes Gesicht wurde noch besorgter. Das alles wurde übler als befürchtet, schien es zu sagen, und Anne signalisierte ihr, »ja, so ist es«, zurück, indem sie den Kopf senkte und erst einmal den Gin Tonic probierte.

»Sie hat Krebs«, flüsterte sie dann.

Jetzt war es heraus. Anne hörte verblüfft den vier Silben nach. *She has cancer.* Sie hörten sich völlig anders an, als Anne erwartet hatte. Hatten überhaupt nicht die Wirkung, die sie haben sollten. Genau genommen waren es nur irgendwelche Silben, die sich wie zufällig zu Worten formten, und diese Worte wiederum ergaben, rein zufällig, den Satz, dem Anne jetzt, im hohen Geräuschpegel der Bar, vor dem Hintergrund unverschämt gut gelaunter Independent-Musik, nachlauschte: Er klang bei weitem nicht so bedeutsam, wie sie sich das vorgestellt hatte.

»Du hast sie oft in den Ferien besucht, nicht wahr? Ich erinnere mich, dass du gesagt hast, sie hätte dich zum Kunstgeschichtsstudium angeregt«, sagte Rebecca.

»Ja, ich war fast jeden Sommer dort. Erst hat meine Mutter mich da eher abgeschoben – sie wollte mit einem neuen Freund allein weg. Aber dann hat es mir so gut gefallen, dass ich von mir aus wieder hinwollte; ich habe mich richtig darauf gefreut.«

Beide schwiegen und tranken Gin Tonic, dann sprach

Anne weiter: »Beim ersten Besuch war ich acht Jahre alt. Da war es mein Onkel Christopher, der alles mit mir unternommen hat. Ich war total auf ihn fixiert; Luisa hat mir später erzählt, dass sie ganz eifersüchtig gewesen wäre. Ich glaube, sie hat mir ein bisschen Angst eingejagt. Sie war so schön und so klug, ich meine, das ist sie immer noch.«

Sie machte wieder eine Pause, trank einen Schluck. Rebecca gab keinen Mucks von sich.

»Weißt du, meine Mutter hatte eben alle paar Jahre einen neuen Freund, nachdem mein Vater sie verlassen hat – das ist aber eine andere Geschichte… Jedenfalls, Christopher, der war eben jeden Sommer da, ganz konstant, auf ihn konnte ich mich verlassen. Der typische Ersatzpapa, wenn du so willst.«

Rebecca nickte, klar verstand sie das. Ihr Gin Tonic war leer, und sie sah sich nach der Kellnerin um. Es war ein Reflex, natürlich, aber es kränkte Anne doch. War es für Rebecca jetzt wichtig, dass sie etwas zu trinken hatten? Andererseits – auch Annes Glas war fast leer.

»Ja, lass uns noch etwas bestellen«, sagte sie, und damit war sie es, die den Vorschlag gemacht hatte.

Rebecca sagte mitfühlend: »Es nimmt dich doch ziemlich mit.«

»Natürlich«, sagte Anne leise.

Rebecca fummelte in den Taschen ihres Anoraks, der hinter ihr über dem Stuhl hing, und förderte ein Päckchen Zigaretten zutage, erste Ankündigung davon, dass sie sich gleich nachdem Anne ihre Geschichte beendet hatte, vor die Tür stellen und ein paar Marlboro-Wölkchen in den

New Yorker Himmel blasen würde. Anne zog sie immer damit auf, dass sie vermutlich die einzige Raucherin ihrer Generation in den Vereinigten Staaten war. Aber jetzt fand sie daran nichts lustig. Sie betrachtete Rebeccas rechte Hand, die sich neben der Schachtel auf dem Tisch ausruhte, und sagte scharf: »Aber vielleicht willst du erst eine rauchen? Bevor ich *noch mehr* rede?«

Rebecca fuhr hoch, sah sie an und ihr Gesicht spiegelte die Verblüffung einer jungen Frau wieder, die sich für eine Menschenkennerin gehalten hatte und nun feststellen musste, dass ihr Studienobjekt sich ganz und gar nicht erwartungsgemäß verhielt, sondern vielmehr lebendigen Vorwurf verkörperte.

Da staunst du, was?, dachte Anne. Zwei Drittel ihres Wesens fühlten sich im Recht, ein Drittel jedoch beschwor sie, jetzt keinen Fehler zu begehen.

»Vielleicht siehst du das gerade etwas verzerrt«, sagte Rebecca kühl und stand auf. In diesem Moment kam die Rothaarige wieder und stellte die Getränke vor ihnen ab: »Kann ich dann auch gleich abkassieren? Meine Schicht ist zu Ende«, bat sie, und Rebecca und Anne sahen sich unversehens mit ihrer Chance konfrontiert, die Unstimmigkeit zu bereinigen.

»Ich lade dich ein«, sagte Anne rasch.

»Dank dir. Pass auf, ich rauche später eine. Es war reine Nervosität, dass ich die Schachtel jetzt schon herausgelegt habe.«

»Ist doch völlig in Ordnung; ich muss mich entschuldigen, ich bin auch nervös!«

»Ja, aber du hast auch allen Grund dazu!«

Sie lächelten sich an, so ungezwungen es irgend ging.

»Jedenfalls«, sprach Anne weiter, »mit den Jahren hat sich meine Sympathie total verlagert. Und dann gab es auch eine Pause. Zwei Sommer lang konnte ich nicht hin, weil Luisa und Christopher aus irgendwelchen Gründen auch zur Hauptferienzeit weg sind, normalerweise waren sie da nicht so drauf angewiesen, aber egal. Jedenfalls, dann war ich auf einmal vierzehn und hatte Probleme mit der Haut und mit dem Selbstwertgefühl, und dann war es eben Luisa, die mich zum Dermatologen geschleppt und ins Yoga gebracht hat …«

»Yoga kannst du echt gut …«

»Danke. Ja, und es war eben auch Luisa, die sich meine Männergeschichten angehört hat, zumindest das, was ich damals eben für Männergeschichten hielt …«

Rebecca lächelte vorsichtig, und das war gut so, denn Ironie war wirklich nur kurz aufgeflackert in Annes bitterernster Rede. Die Freundin sprach bereits mit theatralisch hoher Stimme weiter: »… und sie hat mir abgelegte Klamotten geschenkt und die Haare gemacht – ach, und vor allem: Tintoretto, Rubens. Die ganze Kunstgeschichte. Die alten Meister. Ich habe mich von ihrer Begeisterung so anstecken lassen! Aber das Wichtigste war einfach: Sie war immer da. Immer da für mich.«

Jetzt weinte Anne, und Rebecca suchte nach einem Taschentuch, fand aber keins. Schniefend presste Anne ihre Nase in eine Serviette.

»Mensch, Mist!«, heulte sie gedämpft.

Rebecca griff nach ihrer Hand.

Drei junge Männer betraten mit erhitzten Gesichtern und verschneiten Mützen die Bar, Studenten augenscheinlich, die lachend und lärmend alle anderen an ihrem gut gelaunten Start ins Wochenende teilhaben ließen. Einer hatte direkt Blickkontakt mit Anne, und sie fühlte sich vage an jemanden erinnert, kam aber nicht darauf, an wen. Anne glaubte, einen Funken Interesse – oder Neid? – in Rebeccas Augen aufblitzen zu sehen. Sie wusste durchaus, dass sie an diesem Tag äußerst empfindlich war und vielleicht alles überinterpretierte. Vielleicht aber auch nicht.

»Es tut mir so leid, dass ich dir deinen Abend ruiniere!«

»Sch-sch«, beschwichtigte Rebecca sie. »Sch-sch.«

Die Freundin hatte anscheinend das Rauchen verschoben, dafür bestellte sie noch eine Runde. Anne war das recht. Gut möglich, dass sie sich heute Abend ein bisschen betrinken musste, weil das Leben doch wirklich kompliziert war für eine Zwanzigjährige, bei deren Lieblingstante gerade Brustkrebs diagnostiziert worden war. Anne dachte an Luisa. Und an Christopher. Sie war ein wenig verliebt in ihn gewesen – diese dumme, unnütze Vernarrtheit, die einen nur gehemmt machte, aber gleichzeitig auch, und das war das Schöne, den Alltag in ein anderes, helleres Licht rückte. Luisa hatte ihr ein wenig von ihm erzählt, natürlich nichts, was er nicht auch hätte hören dürfen. Dass er sich für Architektur interessierte, zum Beispiel. Im Nachhinein fand Anne, dass auch Luisas und Christophers Liebe etwas Architektonisches hatte:

Christopher war der eigentliche Baumeister, zuständig für die soliden Fundamente, für Wände und Dach, die Schutz boten vor jeder Jahreszeit. Gewissenhaft, klug und gründlich, wie er war, hatte er Sorgfalt walten lassen. Luisa war eher für die netten Verzierungen da gewesen, aber genau die machten das Ganze ja auch so besonders. Wenn die beiden sich gestritten hatten – sie waren immer bemüht gewesen, das zu verheimlichen, aber Anne hatte feine Antennen –, dann lag es immer daran, dass einer seinen Zuständigkeitsbereich überschritt. Anne erinnerte sich daran, wie Onkel Christopher einmal seltene Gräser gekauft und an die Fenster ihres Bibliothekszimmers gestellt hatte; Luisa war nicht begeistert gewesen, es war schließlich ihrer beider Bibliothek, sollte er die Pflanzen doch in sein Zimmer tun. Umgekehrt stand es ihr zu, in den gemeinschaftlich genutzten Räumen Poster und Kunstdrucke aufzuhängen und Zierkissen hinzulegen, wie sie wollte; Anne hatte nie gehört, dass Christopher sich beschwert hätte. Seltsame Verhältnisse, die so eine Ehe zwischen zwei Menschen schuf, sinnierte Anne.

Sie sah durch den Raum und aus dem Fenster. Aus dem Himmel fiel zufrieden und beharrlich der Schnee herab. Es hatte am Kuhlmühlgraben auch Ereignisse gegeben, über die sie nie mit Luisa gesprochen hatte. Ein Name tauchte vor ihrem inneren Auge auf: Mark Taunstätt. Vielleicht würde sie Rebecca die Geschichte irgendwann erzählen.

Die rothaarige Kellnerin ersetzte ein ganz in Weiß und Gelb gekleideter Schwarzer, der äußerst flink war. Sie hatten ihre Getränke vor sich stehen, kaum waren sie bestellt, und der Nachbartisch prostete sich ebenfalls zu. Zwei der Jungs, der dunkle und der blonde, sahen verdammt gut aus; der dritte war ein wenig dicklich und hatte helle Haut, die zum Rotwerden neigte, ähnlich wie bei Prinz Harry. Ein Hübscher für Becky, einer für mich, und der Prinz geht nach Hause, dachte Anne sarkastisch. Das passt ja. Der Dunkle sah sie direkt an, und sie schämte sich ein wenig wegen ihrer Tränen, doch gleichzeitig kam sie sich interessant vor, eher die tragische Heldin als die Heulsuse. Sein Gesicht irritierte sie, das kantige, etwas zu große Kinn, die extrem schräg gestellten Augen: War es möglich, dass er Mark Taunstätt ähnlich sah? Hatte sie deshalb eben an ihn gedacht, seit Langem einmal wieder? Oder erfand sie die Ähnlichkeit, weil sie in Gedanken ganz und gar am Kuhlmühlgraben war?

Sie sah unauffällig erneut hin. Ja, eindeutig, er sah ihm verdammt ähnlich. Wie merkwürdig. »Anne?«

Sie tauchte mit Mühe aus ihren Gedanken auf. Rebecca lächelte sie nachdenklich an.

»Sag mal, kann es sein, dass du dich ein bisschen überidentifizierst?«

Anne, die gerade tief Luft geholt hatte, um mit ihrem Lamento fortzufahren, starrte entgeistert in die wasserhellen Augen der Freundin: »Dass ich mich überidentifiziere? Mit wem?«

»Na, über wen reden wir denn? Mit deiner Tante Luisa, meine ich natürlich. Ich meine«, fuhr Rebecca in besserwisserischem Ton fort, »ich meine, dadurch, dass du eben zu deiner Mutter kein so gutes Verhältnis hattest, hast du diese Tante Luisa etwas glorifiziert.«

Anne verstand a) nicht, was das zur Sache tat, und b), wieso sie sich jetzt, in ihrem todtraurigen Zustand, Kritik anhören musste.

»Du kritisierst meine Gefühle?«, hätte sie fragen sollen, aber stattdessen sagte sie: »Ich gehe mal zur Toilette, Sekunde«, und stand auf, um erst einmal die Fassung wiederzugewinnen. Vor dem Spiegel kühlte sie ihr Gesicht mit einem nassen Papiertaschentuch. Sie sah aus, als wäre sie soeben nach einer schlechten Nacht aus dem Bett gekrochen. Seit wann hatte sie Krähenfüße? Was lief da schief? Sie *bekannte* sich gerade – zu was, das war jetzt egal –, und was tat Rebecca? Rebecca trank. Rebecca wollte rauchen. Rebecca guckte Jungs an. War Anne nur unzufrieden mit sich selbst – sie hatte das alles nicht gut wiedergegeben, nichts davon kam dem Zauber ihrer Frankfurter Kindheitssommer auch nur nahe – und versuchte nun, die Schuld der Freundin zuzuschieben? Sie wollte nicht ungerecht sein. Aber was sollte sie weiter sagen, wie Sätze bilden, Subjekt, Prädikat, Objekt, wenn Rebecca gar nicht richtig zuhörte?

Anne war bestürzt und böse.

Sie dachte an ihr Verhältnis zu Luisa, an deren Seite sie entscheidende Schritte ihrer Entwicklung gegangen war. In den stundenlangen, abstrakten Gesprächen über Liebe, Sex, Fehlermachen und das Leben an sich hatte Anne sich ernst genommen gefühlt; und auch wenn Luisas Aussagen oft im Ungefähren, Beispiellosen blieben und von Anne nach Gutdünken ausgelegt werden konnten – sie entnahm diesen Sätzen Antworten und leitete Ratschläge daraus ab. Wenn Luisa nicht gewesen wäre, hätte sie mit Mark Taunstätt den größten Fehler ihres Lebens begangen, da war sie sich sicher. Alle anderen, sogar Christopher, hatten Mark für einen kleinen Wichtigtuer gehalten. Was für eine gefährliche Faszination er auf jene, die er ins Visier genommen hatte, ausüben konnte, hatte nur Luisa begriffen – Luisa, die sie später auch über die Tragödie im Hause Taunstätt informiert hatte; es war das erste Mal im Leben gewesen, dass Anne sich die *Bild*-Zeitung gekauft hatte.

Anne sah sich im Spiegel an und dachte daran, dass sie Marks richtigen Nachnamen nicht kannte; er war nicht lange, bevor sie ihn kennenlernte, von den Taunstätts aus einem Heim adoptiert worden.

»Kommt es dir nicht manchmal vor wie ein Märchen?«, hatte Anne ihn gefragt, als sie gemeinsam am Pool in der Sonne lagen – die Taunstätts waren, wie so oft, das ganze Wochenende nicht da.

»Was?«, hatte Mark träge gefragt.

»Na, alles, dein ganzes Leben.«

Sie wusste, dass er solche Bemerkungen nicht mochte, und doch konnte sie es sich nicht verkneifen. An diesem Nachmittag hatte er schon genug Bier getrunken, um nicht aufzubrausen, aber die Stimme, mit der er »Ja, sicher« antwortete, klang doch so ungeduldig, dass sie die Warnung verstand und beherzigte. Keine Fragen nach seiner Vergangenheit. Am besten überhaupt keine Fragen. Sie musste immer darauf achten, in welcher Stimmung er war. Sie ahnte bereits, dass er gefährlich werden konnte, noch bevor er es der ganzen Welt bewiesen hatte.

Anne schauderte. Der Spiegel in der Damentoilette des Cliff's zeigte ihr ein blasses, kleines Gesicht. Wie sie sich gewünscht hatte, er möge sie anfassen, überall … Kurz darauf war er dann mit so einer Schlampe herumgezogen, Britney, und sie, Anne, hatte ihre Ferien nicht mehr bei Luisa und Christopher verbracht … Anne schminkte sich die Lippen und nahm nun auch etwas Kajal – genug geweint –, bevor sie den kalten, mit Graffiti beschmierten Flur zurück in die Bar eilte, weil sie plötzlich befürchtete, dass Rebeccas Aufmerksamkeit endgültig verloren sein könnte.

Nur ein Verdacht. Der sich aber leider bewahrheitete. Rebecca saß, den Körper zu den Jungs gedreht, und gestikulierte. Sie flirtet, dachte Anne. Sie könnte sich genauso gut ein Schild umhängen: »Bin auf Männersuche.« Sie ist verwöhnt, wie Mark Taunstätt es niemals gewesen war, dachte Anne. Hier, in dieser Gegend, geschieht für Rebecca nichts von Bedeutung; hier spielt sie nur. Rebecca von der Upper East Side lässt sich herab, Rebecca hat Spaß, Rebecca ist durchaus in der Lage, sich in einer anspruchslosen Umgebung zu amüsieren.

»Hey«, sagte Anne, ohne die Freundin wirklich anzusehen, und setzte sich.

Rebecca sagte lebhaft: »Hey. Er hier«, sie deutete auf Prinz Harry, »hat eben gesagt, Rauchen wäre nicht gut für die Gesundheit. Hast du davon schon mal was gehört?«

»Sehr orginell«, sagte Anne miesepetrig. Der Blonde war eindeutig am attraktivsten, aber derjenige, zu dem sie andauernd hinschauen musste, war der Mark-Taunstätt-Klon. Mark, einige Jahre älter. Als sie ihn kennengelernt hatte, war er fünfzehn gewesen. Wie er jetzt wohl aussah, jetzt, in der Psychiatrie? So lange, nachdem er seinen Stiefvater mit dem Baseballschläger erschlagen hatte? Mark habe zur Tatzeit unter Drogen gestanden, hatten die Zeitungen geschrieben.

So viel zum Zauber meiner Kindheitssommer, dachte sie.

Rebecca boxte ihr in die Rippen: »Hey! Wie du heißt, war angefragt worden!«

»Anne heiße ich.«

Daraufhin folgten die üblichen Ausspracheübungen zu ihrem Namen. Der Mark-Taunstätt-Lookalike machte nicht mit. Anne rollte entnervt die Augen. Er lächelte.

»Wir wollten eigentlich noch etwas besprechen«, sagte Rebecca zu den Jungs und wandte sich wieder Anne und ihrem Zweiertischchen zu. Sie war plötzlich wieder ganz konzentriert – war das nur Show?

»Ich glaube, ich muss erst mal selbst über alles nachdenken«, sagte Anne.

»Ja, klar«, gab Rebecca zurück. »Aber was willst du jetzt machen? Eigentlich wolltest du Weihnachten ja gar nicht nach Deutschland, nicht wahr?«

»Tja. Stimmt.«

Ihre Mutter wollte Silvester in New York verbringen, eine Idee, der Anne eher skeptisch gegenüberstand.

Die Jungs am Nachbartisch bestellten Essen. Okay, sie würden also nicht so schnell aufbrechen.

»Ich meinte übrigens vorhin – als du weggerannt bist – nur, du müsstest vielleicht etwas mehr Selbstständigkeit entwickeln, auch, was zum Beispiel deine Themen in der Kunstgeschichte angeht. Weißt du, es kommt mir so vor, als würdest du dir dieselben Themen aussuchen wie diese Luisa.«

Jetzt ging das wieder los! Anne sagte nichts, warf ihr nur einen vernichtenden Blick zu.

»Weißt du noch, als ich mit dir die Jeff-Wall-Ausstellung im Metropolitan angeschaut habe, da fiel mir das auf. Du lässt ja nicht nur Wall nicht gelten, du stehst dem gesamten Medium Fotografie total ablehnend gegenüber. Das ist doch, als würde ich sagen: Literatur ja, aber keine Lyrik, nur Prosa, am besten Romane …«

»Nein«, sagte Anne beherrscht, »es wäre eher, als würdest du sagen: keine Kriminalromane. Und weißt du was? Ich würde es akzeptieren, weil ich nämlich weiß, dass du dich da besser auskennst als ich. Was umgekehrt nicht der Fall zu sein scheint: Du akzeptierst an mir gar nichts.«

In dem Moment, als sie es aussprach, begriff sie, wie wahr diese Aussage war. Rebecca hatte sie unter ihre Fittiche genommen, weil sie die kleine Deutsche war, die nicht in der großen Stadt klarkam. Aber sobald sie eine eigene Frau mit einer eigenen Vergangenheit, eigenen Freunden und Verwandten war, die Rebecca nicht kannte und nicht kontrollieren konnte, da galt sie nichts mehr. Ja – sie hatte eine eigene Vergangenheit, mit all ihren düsteren Seiten. Niemals würde sie Rebecca von Mark Taunstätt erzählen, wie hatte sie daran auch nur denken können!

»Und überhaupt: selbstständig!«, fuhr sie mit schriller Stimme fort. »Was meinst du denn damit? Was weißt du denn schon über Selbstständigkeit, hm? Woher willst du das denn wissen? Du bist es doch, die noch bei ihren Eltern wohnt!«

Rebecca hörte regungslos zu. Das flackernde Licht der Kerze mitten auf dem Tisch ließ ihre Augen dunkel glänzen.

Die Sache mit den Eltern war ein Hieb unter die Gürtellinie gewesen, so viel war Anne durchaus klar. Denn Rebecca krankte sehr an ihrer Familie, viel mehr, als man es angesichts des Geldes und ihres Status glauben könnte.

Jetzt sah sie fürchterlich verletzt aus. Wenn Anne sich nicht todsicher gewesen wäre, dass ihre Anschuldigungen begründet waren, hätte sie ihr leidgetan. So aber wartete sie gespannt auf eine Antwort.

»Mir ist klar, dass du sehr verwirrt bist wegen der schlechten Nachricht von deiner Tante«, sagte Rebecca langsam, »und du hast vielleicht etwas viel getrunken. Wir sollten morgen weitersprechen. Hast du überhaupt schon etwas zu Abend gegessen?«

Dieses scheinbare Verständnis und die Herablassung, die darin mitschwang, machten Anne fuchsteufelswild. Der Kellner kam mit Speisen beladen zum Nachbartisch und wurde unter großem Hallo empfangen.

»Ihr guckt so neidisch«, rief Prinz Harry. »Setzt euch zu uns und bestellt auch was. Zwei kleine Salate zum Beispiel.« Er war anscheinend der amtierende Scherzbold der Gruppe.

Ohne nachzudenken stand Anne auf, nahm ihren Stuhl in die Hand und trug ihn ein paar Meter weiter. Für alles, was von nun an passierte, wäre Rebecca verantwortlich, nicht sie. Sie setzte sich zwischen Mark Taunstätt und den Witzbold, der, erschrocken vom Erfolg seiner Einladung, viel mehr Platz schaffte, als nötig gewesen wäre.

»John, rutsch du halt auch ein Stück!«, sagte er dann, als er merkte, dass sein Teller auf dem Boden landen würde, wenn er ihn noch ein Stück weiter nach links bewegte.

Aha, dachte Anne, Mark heißt also John. Wie Prinz Harry hieß, hatte sie längst vergessen, und der hübsche Blonde hatte sich nicht vorgestellt, auch gut.

»Hallo, Anne«, sagte John, ohne den Blick von seinem Essen zu nehmen, und schob ihr die Speisekarte hin, nicht besonders freundlich, aber Anne, die als Referenz schließlich Mark hatte – eine Frau mit Vergangenheit! –, wusste, dass das nicht viel zu bedeuten hatte. Zumindest, was ein bestimmtes Interesse anging. Während sie die Karte studierte, hörte sie, wie Rebecca hinter ihr aufstand, ihren Anorak und die Zigaretten nahm und ging. Diese blöde Kuh. Einen Moment lang kam Anne ihre Weltläufigkeit abhanden – wie sollte sie sich jetzt verhalten, inmitten einer Männerrunde? Es stand quasi drei zu eins, dadurch, dass die dumme Nuss sich verdrückt hatte. Anne starrte weiter auf die Speisekarte, dann sah sie auf den Teller des Blonden. Das Cheese Steak sah verdammt lecker aus. Warum waren es immer die schönen Menschen, die sich so verdammt ungesund ernährten? Weil sie es nicht nötig hatten, sich Mühe zu geben? Sie klappte die Speisekarte zu. Prinz Harry und der Blonde unterhielten sich über Baseball – oder war das Football? –, wobei sie anscheinend an ein voriges Gespräch anknüpften. Anne rutschte auf ihrem Stuhl hin und her und wünschte sich weit weg.

»Warum hast du vorhin geheult?«, fragte John zwischen zwei Bissen. Er fragte ganz nebenbei, so, als ob weder Frage noch Antwort wichtig wären.

»Ach, eine Freundin von mir hat Krebs. Haben sie gerade festgestellt«, sagte Anne genauso leichthin.

Sie fand, dass *Freundin* irgendwie besser klang als Tante. Sie wollte kein kleines Mädchen sein, das sich noch über seine Familie identifizierte. Das war nicht cool.

»Meine Mutter hatte auch Krebs«, sagte John ungerührt. »Dann hat sie eine Chemo gemacht, und nun scheint sie wieder völlig in Ordnung zu sein.«

»Müssen wir uns jetzt über Krankheiten unterhalten?«, fragte Prinz Harry, und Anne sagte: »Nein, natürlich nicht. Er hatte eben nur gefragt.«

Dann ging das übliche Gerede los, was sie studierte, woher sie kam, wie lange sie bliebe, wo sie wohnte, und die Jungs, die sich vom Medizinstudium kannten, erzählten ein bisschen von sich. Alle kamen darin überein, dass die Stadt großartig war, wenngleich es einiges an ihr auszusetzen gebe. Es war viel leichter, als Anne gedacht hatte; sie machte eine ganze Reihe geistreicher und schlagfertiger Bemerkungen, und als kurz darauf ihre Spaghetti kamen – sie hatte einfach das Tagesgericht bestellt –, war sie schon ganz entspannt. Die Jungs plusterten sich ein wenig vor ihr auf. Im Übrigen war keiner der drei ein waschechter New Yorker, Prinz Harry kam sogar aus Texas (was aber möglicherweise ein Scherz gewesen war, sie hatte es nicht genau verstanden). Während des Gesprächs hatte sich ergeben, dass sie John in die Augen sah und er von ihren Nudeln probierte. Er hatte große, misstrauische, blaue Augen und sie fragte sich, was es war, um das er Angst hatte betrogen zu werden.

Sie aß ihre Spaghetti und sagte sich dabei, dass sie wieder eine Mutprobe bestanden hatte. Es war wirklich ein einfaches Rezept: Man gab einfach die Verantwortung ab, so war man es nicht selbst, der handelte, und nichts war unangemessen, peinlich oder blöde; sie war ganz und gar frei. Jetzt musste sie nur noch aufstehen, Tschüss sagen und gehen, hocherhobenen Hauptes, wie eine Diva, die gerade den Oscar überreicht bekommen hatte. Dann hätte sie gewonnen. Sie legte zehn Dollar auf den Tisch und stand auf: »Ich geh dann mal.« Keiner protestierte. Sie zögerte; sie fühlte sich leer und abgewiesen, aber nun war es unmöglich, die Worte zurückzunehmen.

»Ich bringe dich«, sagte John, stand auf und gab ihr die zehn Dollar zurück. »Wir zahlen das – an unserem Tisch zahlen wir«, sagte er großzügig und nickte Prinz Harry zu, der bloß mit den Schultern zuckte.

»Das ist nett«, sagte Anne weltläufig, zu niemand Bestimmten. Sie sah, wie die Jungs einen Blick wechselten: Ja, sie hielten sie für ein erstaunliches Mädchen, und so war es ja auch.

Die Straßenlaternen ließen den Schnee bläulich schimmern, und es war rutschig, als sie die Bleecker Street entlanggingen, vorbei an den großen Schattenrissen der Bäume, die wie Riesen dastanden, monumental und leidend. Einen Augenblick lang spürte Anne den einsamen, eisigen Wind zwischen den Schulterblättern und zog mit einem kurzen Schaudern die Luft ein. Sie sah etwas Dunkles einen dicken Stamm entlang huschen, es waren diese grauen New Yorker Eichhörnchen, die, wie sie sich hatte sagen lassen, eigentlich Baumratten waren. John war ohne seine Kumpels nicht besonders gesprächig. Aber er hatte, kaum waren sie auf der Straße, nach ihrer Hand gegriffen. Sie fühlte sich hellwach und bedauerte, dass dieser merkwürdige Tag schon enden sollte. Sie wären bald in ihrer Gegend, dann müssten sie sich verabschieden. Sie überlegte, noch einmal das Gespräch über New York als Stadt aufzunehmen. Beim Essen hatte sie erfahren, dass John in der Sullivan Street wohnte und genau wie sie gnadenlos stolz war auf seine Adresse in Manhattan, während die beiden anderen von Brooklyn schwärmten. Ob er aus einer Kleinstadt kam wie sie?

»Ich bin aus Boston«, sagte er.

»Oh«, machte sie überrascht, »aber da muss man nicht weg, oder? Ich meine, nicht so dringend wie vielleicht aus Texas oder Connecticut. Oder Heidelberg.«

Er schien sie zu verstehen und antwortete ihr überraschend ausführlich, indem er von seinem letzten Jahr am College, einer gescheiterten Liebe und einem verpatzten Footballspiel erzählte.

»… und dann wusste ich auf einmal nicht mehr, ob es an mir liegt oder an Boston, dass ich das Leben satt habe. Ich meine, ich gab nicht Sandy oder meinem Trainer oder der Mannschaft oder mir selbst die Schuld, sondern der ganzen Stadt. Ich legte mir die Theorie zurecht, dass es im Prinzip unmöglich wäre, in Boston zu leben, etwa so, wie es unmöglich ist, auf dem Mars zu leben. Weil da, weißt du, keine für Menschen geeignete Atmosphäre existiert, und daher braucht es unendlichen Aufwand, auch nur einen Schritt zu tun. Ganz viel Energie, als stecktest du immer in einem komplizierten Raumanzug… Sag mal, *verstehst* du mich? Findest du das albern? Klinge ich betrunken?«

»Nein, nein. Ich höre dir zu«, sagte sie, völlig gebannt von seiner Persönlichkeit. *Er denkt genau wie ich!*, sagte sie sich. Es war unerhört.

»Jedenfalls – ich war dann zu erschöpft. Ich sagte mir, in New York, da herrscht ein völlig anderer Wind.«

»Und – herrscht hier ein anderer Wind?«, fragte sie, seine Ausdrucksweise aufnehmend und ohne auf den logischen Bruch einzugehen – denn wieso sollte es eigentlich gerade in New York weniger anstrengend sein? Sie wollte ihn unbedingt begreifen. Sie ging immer langsamer; sie konnte schon ihr Apartmentgebäude erkennen.

»Ja und nein«, sagte er, und sie lachten beide.

»Weißt du was?«, sagte sie aus einer plötzlichen Eingebung heraus, »ich würde gerne deine Wohnung sehen.«

Er schaute sie überrascht an, aber das störte sie nicht, im Gegenteil. Wieder sagte die eindringliche Stimme in ihr: Er wird dich für eine erstaunliche Frau halten, und ihr wurde bewusst, dass sie sich genauso benahm, wie sie es Mark Taunstätt gegenüber getan hätte, wenn, ja, wenn alles anders gekommen wäre. Wenn er seinen ganzen Sexappeal, seine Verrücktheit und Intelligenz, seine Wut in eine andere Bahn hätte lenken können. Denn das hatte er gehabt, auch ein Krimineller konnte das haben. Sie hatte noch so oft an Mark gedacht – sein Anwalt hatte auf Unzurechnungsfähigkeit plädiert, er war von der Haft freigesprochen und in eine Nervenheilanstalt gebracht worden –, ja, sie hatte sogar ernsthaft überlegt, ihn zu besuchen. Und jetzt war sie also mit einem jungen Mann, der ihm verblüffend ähnlich sah, in New York unterwegs. Ihr gefiel die Vorstellung, mit Marks Geist zusammenzusein; sie war beunruhigend, kitzelnd, bedrohlich – es machte sie an. Ohne auch nur ein Wort zu sagen, bog John die nächste Straße links ab. Anne betrachtete die Spuren im Schnee, die vielen, vielen Menschen, die vor ihr schon diese Straße entlanggegangen waren, alle Leben, alle Schicksale. Sie dachte: Alles weiß und all die Farben im Verborgenen.

»Du wohnst über einem Deli?«, fragte sie dann aufgekratzt, als er anhielt. »Das ist aber praktisch!«

Sie waren vor einem roten Sandsteinhaus an der Ecke zur Sullivan Street stehen geblieben. Er brummte etwas und kramte in den Manteltaschen nach dem Schlüssel.

Das Haus lag nach Norden, und John bewohnte einen Teil des zweiten Stockwerks; seine Fenster blickten an der einen Seite auf die Sullivan Street und an der anderen auf

Hinterhöfe sowie die Rückwände anderer Wohn- und Geschäftshäuser. Sie war hier schon öfters bei Tag vorbeigekommen, wenn sie Richtung Chinatown ging, um etwas zu essen oder eine billige Maniküre machen zu lassen.

Als sie die Stiege hochging, war sie nicht mehr aufgeregt. Es war vollkommen gleichgültig, ob sie ihm wirklich gefiel, oder nur ein wenig oder fast gar nicht. Ob er lieber mit Rebecca … Aber nein, so wollte sie nicht denken, das war die alte, ängstliche Anne, die heute frei hatte.

Seine Wohnung war vielleicht sogar noch ein wenig winziger als ihre, zumindest war sie weit weniger charmant. Es war ein verschattetes Rechteck, höhlenartig, alles andere als einladend. Anne ließ Fremde nur ungern in ihre kleine Wohnung, hatte sich oft über den Charakter von Leuten gewundert, die anderen so schnell Zutritt zu ihrem Zuhause gewährten. Anne registrierte die große, breite Matratze, den Stapel Bücher daneben, den kleinen Fernseher, die DVDs. Zwei Jogginghosen lagen unordentlich auf dem Boden.

»Hübsch«, sagte sie.

»Ja«, brüstete sich John. »Es war auch nicht gerade leicht, sie zu bekommen. Die meisten meiner Freunde wohnen im Studentenwohnheim.«

»Oder in Brooklyn«, lachte Anne. Sie schaute immer noch die Jogginghosen an. Was auch sonst? Es gab keine Pflanzen, Bilder oder Fotos.

»Ich hab leider nicht aufgeräumt«, sagte John; plötzlich war ihm die Unordnung anscheinend doch ein wenig peinlich. Anne fand das schade, sie wollte, dass er sich wohlfühlte mit ihr – zu ihrem neuen Charakter gehörte, dass sie eine Frau war, *bei der Männer sich wohlfühlten.*

»Macht doch nichts«, sagte sie herzlich, »schließlich habe ich mich eingeladen.«

Sie ging zum Fenster und sah in den Hinterhof, was auch nicht viel besser war.

»Hübsch«, wiederholte sie dennoch.

»Ja. Naja. Ich versuche an die relativ niedrige Miete zu denken und nicht an den Grund dafür.«

»Wie viel, hast du gesagt, zahlst du?«, fragte Anne.

Aber John hatte sich umgedreht und ging in die Küchennische. »Machst du das öfters: zu einem wildfremden Jungen mit nach Hause gehen?«, fragte er und holte zwei Dosen aus dem Kühlschrank.

Anne sah ihn entrüstet an: »Nein! Ich mache es nur, wenn meine beste Freundin gerade benachrichtigt wurde, dass sie Krebs hat und ich total durcheinander bin, weil mich meine – äh, andere beste Freundin nicht versteht.«

»Ach so. Dann habe ich ja Glück gehabt.«

Er hielt ihr ein Bier hin: »Was anderes habe ich nicht. Wenn du was anderes willst, müsste ich schnell noch mal zu dem Deli runter.«

»Bier ist gut«, sagte Anne und dann, unvermittelt: »Ich habe ein schlechtes Gewissen meiner Freundin gegenüber. Obwohl ich erst seit heute weiß, dass sie krank ist, habe ich jetzt tatsächlich so etwas wie einen schönen Abend.«

Das Misstrauen in seinen Augen wich; er lächelte.

»Das habe ich auch ...« Er machte eine Pause. »Aber

ich glaube nicht, dass du dich deswegen schlecht fühlen solltest. Weißt du, als Medizinstudent bin ich sehr viel mit Sterblichkeit konfrontiert. Aber eine Regel gilt dennoch: Das Leben geht weiter.«

Sie wollte schon spöttisch antworten – sehr tiefsinnig war das nun nicht –, aber sie schwieg und schlenderte zum Fenster auf der anderen Seite des Zimmers, das hinaus auf die Sullivan Street ging. Wie viele andere ausgesprochen hässliche Teile der Stadt nahm sich die Sullivan Street bei Schnee auf einmal vorteilhaft aus.

Das Leben geht weiter, wiederholte Anne prüfend für sich. Natürlich, es war ein bescheuerter Spruch. Aber was konnte man dagegen einwenden? Es stimmte schließlich: Die Wahrheit, die in dieser Banalität lag, traf einen wie ein Schlag, hinterrücks und gemein. So war es, das Leben. Ein Beispiel nach dem anderen, das solche Phrasen illustrierte, bis eine Kette entstanden war, und unentwegt folgten noch weitere Sprüche, ja, eigentlich sogar bis zum Ende: »Das letzte Hemd hat keine Taschen.« »Über Tote soll man nicht schlecht reden.« Und so weiter und so weiter. Es waren Generationen von Leben mit einzelnen schweren Krankheiten, Geburten, Glücks- und Unglücksfällen, die diese Platitüden geformt hatten. Außerdem war John angehender Mediziner, also musste er gegenüber dem omnipräsenten Sterben frühzeitig eine möglichst emotionslose, sachliche Haltung einnehmen, um sich zu schützen.

»Jetzt sei nicht traurig«, sagte er. Immer noch blickten seine hellen Augen ohne Argwohn, und er sah Mark weniger ähnlich dadurch. Sie dachte: Das wird mein erster One-Night-Stand. In New York.

Im Zimmer war es dunkel, aber er machte das Licht nicht an. Sie standen gemeinsam am Fenster und sahen auf die Straße hinaus. Obwohl es gegen Mitternacht und so kalt war, liefen unablässig Paare, Gruppen und einzelne Fußgänger vorbei, viele mit Tüten bepackt. Es war angenehm, so zu stehen und zu schauen; man musste gar nicht reden. Wieder gefiel sie sich in der Vorstellung, mit einem Geist zusammen zu sein. Mit dem Geist von Mark Taunstätt, der irgendwo in einer psychiatrischen Anstalt vegetierte – sie meinte gehört zu haben, es wäre Wiesloch-Walldorf. War es krank von ihr, sich das auszumalen? Auf der Straße tanzte schon wieder eine Plastiktüte in der Luft.

Sie überlegte gerade, ob sie John das Gedicht rezitieren sollte, als etwas Plüschiges ihren Handrücken berührte und sie aufschrak.

»Eine Katze!«

Es war eine gleichmäßig graue Kartäuserin mit einem ziemlich kleinen Kopf.

»Darf ich vorstellen? Nelly, das ist Anne. Anne: Nelly.«

Anne streichelte das kurze, flaumige Fell. Nelly drehte sich um und bewegte sich elegant über das Fensterbrett und auf die Schreibtischplatte.

»Sie ist sehr eigenständig«, sagte John. »Ich habe sie mit der Wohnung übernommen.«

»So ein Tier ist unglaublich beruhigend. Am Kuhlmühlgraben, bei meiner Tante, gibt es einen Hund. Benno heißt er. Ich hätte auch gerne einen gehabt, aber meine Mutter …«

Er begann, sie zu küssen.

Vielleicht eine halbe, vielleicht eine ganze Stunde später lag Anne auf dem zerwühlten Bett und war von der übermäßigen Lust verblüfft, die sie empfunden hatte – zum ersten Mal überhaupt hatte sie »dabei« an gar nichts gedacht. John, erschöpft und begeistert, war eingeschlafen; er atmete leise.

Lust, dachte Anne – dasselbe Wort auf Englisch und Deutsch.

Sie rührte sich nicht, sondern beobachtete die Katze auf dem Fensterbrett. Ein- oder zweimal dämmerte sie kurz weg, dann kamen wieder Bruchstücke aus der Vergangenheit hochgeschwemmt. Hier lag sie, neben John, und warum? Weil er sie an jemanden erinnerte – an einen Mörder. Nichts weniger als das. Sie hatte sich damals, so jung sie auch gewesen war, um mehr als alles in der Welt gewünscht, dass Mark Taunstätt mit ihr schlafen würde, aber der hatte sich geweigert – sie sei minderjährig, sagte er, als gälte das für ihn selbst nicht auch. Anne wollte es nicht in den Kopf, dass er, der Hasch und vermutlich auch Kokain nahm und sich auch ansonsten herzlich wenig um das Gesetz scherte, ausgerechnet in diesem Fall zum Paragrafenreiter wurde. Sie hatte in der Zeit danach immerzu an das Unglück gedacht, an die Demütigungen, wie er sie seinen Freunden vorführte und dann sitzen ließ; sie hatte ihr Begehren vergessen. Jetzt, in Amerika, hatte es sie eingeholt. Wir vergessen unsere Träume – aber unsere Träume vergessen uns anscheinend nicht. War es das jetzt, war das Leben als Erwachsene so – eine Überlagerung von Personen, die man gekannt hatte, durch neue, die an sie erinnerten: Lebte man gleichzeitig mit den Geistern der Vergangenheit und mit dem Neuen? Waren einmal eingeschlagene Wege daher *immer* von Bedeutung?

Sie stand leise auf und kramte, nackt wie sie war, in ihrer Tasche nach ihrem Make-up-Beutel und sah nach, ob sie eine Hautcreme dabei hatte. Dabei fiel ihr der Blake-Band in die Hände, den hatte sie ganz vergessen. Mist. Sie setzte sich ans Fensterbrett und blätterte. Was für Bilder, was für ein Menschenbild. *Gott erschafft das Universum. Umarmung einer Blume. Die Ehebrecherin.* Immer diese Einzelgestalten, mächtig, kämpferisch, wie wilde Rächer, oder Engel. Die vielen Gelb-, Orange- und Rottöne – wie loderndes Feuer. War sie, Anne, vielleicht auch ein Ungeheuer, wie Blake? Sie erschauderte und klappte das Buch zu. Sie würde Rebecca den Band gleich am Morgen bringen; sie wollte nicht schuld sein, wenn Rebecca ihre Arbeit nicht rechtzeitig fertig bekam. Anne kroch wieder ins Bett; sie würde hier übernachten. Das war ein so seltsamer Abend gewesen, dass es darauf auch nicht mehr ankam. Wir vergessen unsere Träume, aber unsere Träume erinnern sich an uns, länger als wir es je geahnt hätten. Sie war glücklich. Sie saß bei einem fremden Mann am Fenster und war glücklich. In New York. Sie dachte an Tante Luisa. Sie würde sie gleich morgen anrufen und fragen, wie es ihr ging. Die sehr eigenständige Katze sprang vom Fensterbrett, rollte sich zu ihren Füßen zusammen und schlief ein. Es hat sich immer alles um die Hunde gedreht, am Kuhlmühlgraben, war Annes letzter Gedanke, bevor sie ebenfalls in den Schlaf glitt, aber vielleicht ist jetzt die Zeit der Katzen angebrochen.

Silke Scheuermann
Reiche Mädchen
Erzählungen
164 Seiten. Gebunden.
ISBN 978-3-89561-370-8

»Silke Scheuermann ist ein großes Talent.
Sie ist eine Hoffnung für die deutsche Literatur – und also
eine Hoffnung für uns Leser, etwas mehr über uns
und unsere Zeit zu erfahren. Sie versteht sich auf die Kunst,
in ihren Geschichten etwas vom besonderen Klima, vom
speziellen Aroma der Gegenwart zu verdichten und
damit sichtbarer, spürbarer zu machen, als es im Alltag ist.«
Uwe Wittstock, Die literarische Welt

Silke Scheuermann
Die Stunde zwischen Hund und Wolf
Roman
174 Seiten. Gebunden.
ISBN 978-3-89561-371-5

»Atmosphärisch stark, mit leisem Humor, unsentimental
und mitfühlend erzählt Silke Scheuermann dieses
Kammerspiel aus Sicht einer jungen Frau, die die Welt
nur noch wie durch Glas betrachten kann und in jeder Scheibe
schon die Scherbe spürt.«
Hubert Spiegel, Frankfurter Allgemeine Zeitung

Schöffling & Co.

Silke Scheuermann
Über Nacht ist es Winter
Gedichte
88 Seiten. Gebunden.
ISBN 978-3-89561-372-2

»Hier schreitet Sprache gebieterisch aus
und tänzelt nicht bloß so dahin.
Man wünscht sich mehr davon.«
Tobias Lehmkuhl, Süddeutsche Zeitung

Silke Scheuermann
Shanghai Performance
Roman
312 Seiten. Gebunden.
ISBN 978-3-89561-373-9

»Ein kluger und vielschichtiger Roman.
Silke Scheuermann erzählt in einer Sprache, die sich selbst
wie eine schöne Oberfläche anfühlt, kühl, ruhig, genau –
wie Glas, das jederzeit zerspringen könnte. Glas, das
den Blick ins innere der Figuren erlaubt und sichtbar macht,
wie ihre Gedanken, ihr Identitätsgefühl, ja sogar ihre
Körper mit der Welt und den Dingen verbunden sind.«
Christine Lötscher, Der Tagesanzeiger

Schöffling & Co.